월요일
수요일
토요일

DER BADEMEISTER OHNE HIMMEL by Petra Pellini
© Petra Pellini 2024

Korean Translation © 2025 by THE BOOKMAN
All rights reserved.
The Korean language edition is published by arrangement with
Marcel Hartges Literatur-und Filmagentur through MOMO Agency, Seoul.

이 책의 한국어판 저작권은 모모 에이전시를 통한 Marcel Hartges Literatur-und Filmagentur 와의 독점 계약으로 '㈜책읽어주는남자'에 있습니다.
저작권법에 의해 한국 내에서 보호를 받는 저작물이므로 무단 전재와 복제를 금합니다.

월요일 수요일 토요일

페트라 펠리니 소설 전은경 옮김

Der Bademeister
ohne Himmel

북파머스

차례

1-67   7

1년 후   368

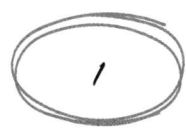

자동차에 뛰어들어야겠다. 사람들이 내 주위로 몰려들어, 눈이 휘둥그레진 채 피가 흐르는 상처를 빤히 보겠지. 내 왼팔이 제대로 놓이면 팔 아래쪽에 새긴 검치호가 보일 거다. 세상이 멈추고, 드디어 누군가 소리 내어 말할 테지. "이 아이는 도움이 필요해!"

나를 차에 뛰어들지 못하게 막는 사람이 두 명 있다. 케빈과 후베르트다. 가까운 곳에 사는 케빈은 아주 똑똑하고, 나랑 같은 건물 4층에 사는 후베르트는 중증 치매 환자다. 후베르트는 브레겐츠 호숫가 야외 수영장에서 42년 동안 안전요원으로 일했다. 케빈과는 6년 전부터, 그러니까 내가 그를 등굣길에 데리고 가야 하면서부터 알게 됐다. 그의 머리에 나 있던 노란 솜털이 지금도 기억난다. 그걸 머리카락이라고 부를 수는 없었다. 어쨌든 케빈은 내가 휴대해야 할 수하물이었다. 그의 엄마는 싱글 맘이고, 등굣길은 위험해서 어쩔 수 없었다. 케빈은 내 다리에 매달린 짐이었다.

케빈이 아홉 살이 될 때까지 우리는 나란히 서서 걸었다. 만나면 고개를 끄덕여 인사했고, 헤어질 때도 그렇게 했다. 우리 엄마와 아빠가 헤어지고 나서야 나는 케빈을 좋아하기 시작했다. 그때 케빈은 우리 집에 무슨 일이 벌어졌는지 아는 유일한 사람이었다. 하지만 후베르트도 내 비밀을 안다. 그에게 털어놓은 비밀들은 안전하다고 생각하니 웃음이 터져 나온다.

케빈과 나는 언제든 시간이 될 때 만난다. 후베르트는 월요일과 수요일과 토요일에 그에게 익숙한 공간에서 만나고, 그의 24시간 간병인은 내가 가면 한숨 돌린다. 치매 환자들에게 성적을 매긴다면 그는 반에서 1등일 거다. 그는 수저를 사용하는 방법, 앞에 음식이 놓이면 먹어야 한다는 사실을 모두 잊었으니까. 지난 수요일에 나는 그의 손에 빗을 쥐여주고 "할아버지, 직접 해보세요"라고 말했다.

그런데 그는? 욕실 거울 속의 남자에게 빗을 건네주려고 했다. 그나저나 거울은 좀 생각해볼 문제다. 그의 주변 환경을 세밀하게 신경 쓴다면 거울은 치워야 한다. 60제곱미터짜리 집에 거울이 다섯 개나 필요한 사람이 어디 있단 말인가. 지난 금요일에 그는 거울에 비친 자기 모습에 깜짝 놀랐고, 그 전주에는 거울 속의 자기 자신과 싸우기 시작했다. 거울에 있는 남자를 집에서 쫓아내려고 한 것이다. 그건 나도 이해한다. 나도 거울 때문에 골치 아플 때가 많다.

1년 전, 후베르트의 딸이 아래층 우편함 옆에서 나를 기다리고 있었다. 딸이 말하는 내내 나는 날개가 아주 얇은 나방을 떠올렸다. 그 정도로 연약해 보였다. 돌봐주지 않으면 자기 아버지는 완전히 끝이라고 그녀가 말했다. 우리 공통점은 그거로군, 나는 그렇게 생각했다.

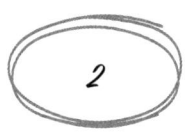

그가 앉아 있다. 라디오에서 흘러나오는 목소리가 우리 사이에 놓여 있다. 나는 콘센트를 뽑는다. 끝. 정적. 이제 그가 나를 발견했다. 나는 그에게 손을 내민다. 내 손은 뜨겁고, 그의 손은 차다. 게임이 시작됐다. 나는 그가 긴 갈색 머리 여자아이를 알아보는지 늘 궁금하다. 그는 나를 너라고 부른다. 내 생각에 나를 낯선 사람으로 인식하는 것 같지는 않다. 만약 그렇다면 내가 갑자기 자기 집에 나타날 때 경찰을 부를 테니까. 그가 경찰 이야기를 꺼낼 때는 자기 저금 통장을 찾을 때뿐이다. "할아버지와 통장을 찾는 게 새로 생긴 내 취미예요." 나는 그의 딸에게 전화로 말한다.

폴란드 출신 간병인 에바는 인사도 없이 재빨리 나간다. 나는 그의 맞은편에 앉아, 시급 12유로는 쉽게 버는 돈일까, 어렵게 버는 돈일까 곰곰이 생각한다. 우리 둘이 메모리 게임을 하는 동안 그의 눈이 때때로 감긴다. 나는 그의 역할을 넘겨받아 나를 상대로 게임을 하며, 그가 게임에서 이기는 모습을 지켜본다.

"할아버지, 배고프세요?" 나는 그가 세 번째로 이긴 후에 물어본다.

흰 빵의 가장자리를 떼어내고 간 소시지를 바른다. 이 소시지를 바르려면 큰 용기가 필요하다. 빵을 잘라서 한 조각씩 그의 입에 넣어준다. 그가 빵을 씹는다. 이러면 절반은 성공한 셈이다. "이제 삼키세요." 나는 구스베리 주스를 갈라진 그의 입술에 가져다댄다. 그는 주스를 아주 조금 마시고는 컵에 다시 뱉는다.

"나를 독살하려는 거냐?"

"네, 맞아요." 내가 대답한다.

내가 그의 독살설에 동의할 때마다 그는 눈썹을 찌푸리며 모은다. 나는 꽃무늬 냅킨으로 그의 입술을 톡톡 두드려 닦으려다가 그만둔다. 뭐가 됐든 변화는 문제를 일으킬 수 있으니까.

그 무엇으로도 후베르트의 기운을 북돋우지 못하면 나는 책장에서 브로크하우스 백과사전 세 권을 꺼내 위로 겹쳐 놓고, 그 위에 올라가 심호흡을 하고 코를 막은 다음 풀장 가장자리에서 뛰어내린다. 그리고 거실을 가로지르며 수영을 한다. 평영, 배영, 자유형, 접영. 모든 종목으로 한다. 후베르트는 나를 보며 불쌍하다는 듯이 미소 짓는다. 풀장 가장자리에서 세 번 뛰어내려도 후베르트가 반응이 없을 때면 나는 유튜브에서 야외 수영장 콘텐츠를 찾는다. 아무것도 소용이 없으면 우리는 1975년에 나온 루디 카렐의 노래를 듣는다. 〈언제 다시 제대로 된 여름이 올까?〉 루디가 둥근 풀장 가운데에 앉아 있고, 빨간색 수영복을 입은 여자 여덟 명이 루디를 빙빙 돌며 수영한다. 바로 거기에서 나는 한계를 느낀다. "이제 내 차례예요." 이렇게 말하고, 남자 여덟 명이 빙빙 돌며 수영하는 율리엔 밤의 〈풀 송〉을 재생한다.

누가 먼저 죽게 될지 궁금할 정도로 시간이 아주 느리게 흘러간다. 라디오 콘센트를 다시 꽂는다. 어떤 강연자가 기후변화에 대해 이야기한다. 지금까지 내가 계획을 실행에 옮기지 못한 것은 언론 탓이다. 케빈을 제대로 곤경에 빠트리게 되리라는 생각 때문에 스트레스를 받는다. 뭔가 따뜻한 음식을 먹어야 하고, 컴퓨터는 끌 수도 있는 물건이라는 사실을 누가 그에게 말할까? 게다가 케빈은 잠을 거의 안 잔다. 물고기처럼 밤새 인터넷 그물에 걸린 채 검색을 하며 온갖 쓰레기를 읽는다. 우리가 지구와 기후와 북극곰을 망가뜨리고, 발언권이 있는 사람들은 모두 이기적인 멍청이라는 사실이 그를 절망하게 한다.
"그런 말은 분위기를 깨는 것 같아." 나는 케빈이 너무 깊이 들어가면 이렇게 말한다.
"린다, 넌 아무것도 몰라." 그가 웅얼거린다.

에바는 쉬는 시간을 1000분의 1초 단위로 나눠 알뜰하게 사용한다. 후베르트가 부엌 구석 의자에 앉아 있다. 그가 숨을 빠르게 쉰다. 평소보다 가쁘다. 얼굴이 잿빛이다. 나는 수저 서랍을 열어보고, 창턱을 확인하고, 비스킷 캔을 더듬어본다. 에바가 담배를 숨긴 모양이다. 24시간 내내 지속되는 괴로움. 나는 그런 생각을 하며 후베르트의 가슴에 손을 얹는다. 그가 무슨 일이냐는 눈길로 나를 본다. 나는 그의 셔츠 아래로 윤곽이 드러나는 자그맣고 네모난 상자를 바라보고, 심박 조정기라는 단어를 분석하고, 그의 결혼식 사진이 들어 있는 액자를 들고 검지로 신부의 얼굴을 톡톡 두드린다. 후베르트는 전혀 관심을 보이지 않는다. 오늘은 아무것도 건지는 게 없다.

후베르트와 헤어지는데, 느낌이 좋지 않다. 에바가 나더러 오늘 무슨 계획이 있는지 묻는다.
"계획? 별로 없어요." 내가 대답한다. "아마도 집안일을 조금 할 것 같아요."
"나도." 에바는 자신이 재미있는 농담이라도 했다는 듯이 웃는다. 내게 형제자매가 있다면 좀 싸우면서 집안일을 공평하게 나눌 텐데, 아빠가 오래전에 떠난 뒤로 모든 일을 나 혼자 도맡아 한다.
엄마는 끔찍한 목록을 쓴다.

빨래 널기.

빈 병, 수거함에 버리고 오기.

고양이 화장실 청소하기.

장보기 - 쪽지를 볼 것.

하지만 솔직히 말해 나는 엄마가 써둔 목록을 좋아한다. 공부를 하지 않아도 되니까.

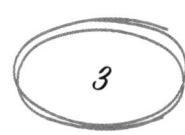

몇 시간 후에 샤워를 막 하려는데 에바에게 문자가 온다.
'후베르트 병언. 에바.'
아, 어쩌나. 병언이 아니라 병원이지만, 나는 맞춤법이란 얼마나 하잘것없는가 생각한다. 그리고 병언이든 병원이든 후베르트가 그곳에서 잘 적응하지 못하리라는 생각도 한다. 안 좋다. 아주 안 좋다. 나는 케빈에게 전화한다. "후베르트 할아버지가 병원에 계셔. 같이 갈 수 있어?"
"미안. 나는 병원에 갈 만한 사람이 아니야. 병원에 가면 구역질이 나." 그의 목소리가 들린다.

나는 야간 근무 간호사에게, 후베르트는 거실이 없으면 잘 지내지 못한다고 설명한다. 간호사는 당직 의사를 알려 주고는 나더러 누구인지 묻는다. 그러게, 좋은 질문이네. 나는 간호사의 명찰을 읽지만 이름을 바로 잊어버린다. 그러고 내가 거리에 누워 죽어가는 장면을 머리에서 몰아낸 다. 간호사가 전문용어들을 돌멩이처럼 나의 세상에 던지는 동안, 달아오른 내 뺨으로 눈물이 흘러내린다. "난 라이힐 씨의 관계자예요." 내가 대답한다. "그분 딸은 여행 중이고, 간병인은 독일어를 거의 못 해요." 나는 내 휴대폰 번호를 불러주고, 휴지를 건네받고서 기다린다. 손바닥을 심장에 대고 싶지만 그럴 엄두가 나지 않는다. 후베르트를 죽게 내버려둔다면 내가 차에 뛰어들 거라고 당직 의사에게 말하면 그가 어떤 반응을 보일까 상상해본다. 바로 다음 순간, 누군가 내 등에 손을 얹는 게 느껴진다. "미안. 내가 허튼소리를 했어. 정말 미안해."
나는 안심하며 케빈의 어깨에 머리를 기댄다.

당직 의사는 아이다. 아니, 어쨌든 아이처럼 보인다. 후베르트라면 자기 목숨을 절대 이 아이에게 맡기지 않을 거다. 나는 눈물을 닦고 몸을 일으킨다. 이제 우리 둘은 키가 같지만, 의사가 명백하게 유리한 카드를 쥐고 있다. 그는 울 필요가 없으니까. 나 자신이 작게 느껴진다. 케빈도 나보다 크다. 케빈의 손이 풀로 붙인 듯 내 어깨에 붙어 있다.

그가 누워 있다. 은은한 빛이 이불을 비춘다. 어둠 속 어딘가에 그의 얼굴이 있겠지. 그가 살아온 삶처럼. 케빈이 자기는 바깥에서 기다리겠다고 한다. 나는 고개를 끄덕이고, 소리 나지 않게 의자를 들어 침대 옆에 가져다놓고 앉는다.

"나예요." 내가 말하며 그의 손을 잡는다. 내 손은 차고, 그의 손은 뜨겁다. 뭔가 잘못됐다. 누군가 내 가슴에 바위 덩이를 얹는다. 뭔가 잘못될 때면 사람은 언제나 평범한 일상을 그리워한다. 그의 손목에서 맥박을 체크해본다. 맥박이 빠르다. 너무 빠르다. 어딘가에서 읽었는데, 이런 걸 빈맥이라고 한다지.

케빈의 상투적인 하소연이 떠오른다. "우린 너무 빨라. 주파수가 너무 높다고." 그는 언제나 이렇게 말한다. "5G처럼 지나치게 빨라. 우리 모두."

빈맥. 아름답게 들린다. 진단명은 일반적으로 아름답게 들린다. 예를 들어 디아베테스(Diabetes, 당뇨병)는 도시의 어느 지역 이름 같고, 톤질리티스(Tonsillitis, 편도선염)는 식물 이름이 될 수도 있을 것 같다. 평범하기보다는 좀 희귀한 식물. 인플루엔자조차 마법처럼 들린다. 어릴 때 누군가 나더러 인플루엔자를 좋아하는지 물었다면 난 아마 많이 갖고 싶다고 대답했을 것이다. 뮈오카르디티스(Myocarditis, 심근염)도 괜찮게 들린다. 하지만 뜻을 알면 갖고 싶지 않다. 이러나저러나 진단명에는 장점이 없다. 이름은 아름답지만 아무도 원하지 않는 허리케인과 마찬가지다.

후베르트는 8일 동안 내과에 입원해 있었다. 의사들은 그가 가정에서 돌봄을 받는 게 더 낫겠다고 의견을 모았다. 병원 나들이는 그에게 도움이 되지 않았다. 병원이라는 이름 자체가 이미 거기서 더 나아질 게 없다는 걸 말해준다. 눈이 달린 사람이라면 후베르트가 죽어가는 중이라는 걸 볼 수 있다. 그는 매일 조금씩 줄어든다. 이제 살가죽과 뼈만 남았다. 게다가 더 높은 권능자가 마치 그의 뇌에서 삭제 버튼을 누르고 있는 듯하다.

말이 사라짐.
능력이 사라짐.
기억이 사라짐.

그는 퇴각하는 중이다. 어쩌면 그래서 우리는 서로를 잘 이해하는지도 모른다. 우리는 공통점이 많다. 예를 들어, 우리는 주어진 규정을 중요하게 생각하지 않는다. 과거를 후비지도 않고, 미래 계획을 짜지도 않는다.

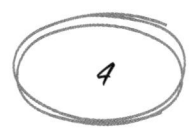

 후베르트 집에서 오후를 보내는 덕분에 내 일주일은 잘 짜여 있다. 같은 반 아이들에 비해 명백한 장점이다. 시간을 어떻게 보내야 할지 고민하지 않아도 된다.
 "할아버지, 사람은 할 일이 있어야 해요. 그렇죠?" 나는 그의 옷깃을 가다듬는다.
 "꺼져." 그가 쉿소리를 낸다.
 "왜 그러세요?" 내가 묻는다.
 "꺼지라고!" 그가 나를 옆으로 밀친다. "사진사에게 가야 해."
 "거기서 뭘 하시게요?"
 "웃기는 질문이네. 내 신분증을 도둑맞았어." 그가 자기 재킷 주머니를 뒤지며 새된 소리를 낸다.

 처음에는 내가 무슨 일에 직면하게 될지 몰랐다. 이제는 문제가 뭔지 살펴서 확인하고 해결책을 찾는다. 다른 것보다 훨씬 효율적인 방법이다. 그의 세상으로 들어가거나 그냥 포기하는 것이다. 그의 뜻에 거스르는 것은 아무 의미도 없고, 그에게 뭔가를 하라고 강요하는 것은 더더욱 의미가 없다. 서핑과 비슷하다. 파도에 몸을 맡기고 따라가야 한다. 나는 고개가 떨어질 만큼 세차게 흔드는 에바를 생각한다. "자기 마음대로 한다고, 마음대로."
"당연하죠. 후베르트는 자기 마음대로 해요." 내가 대답한다. "나도 내 마음대로 하는걸요. 우리 모두 자기 마음대로 할 수 있어야 해요."

수요일에는 별다른 일이 없다. 아마도 후베르트가 오랫동안 수요일에는 일을 하지 않았기 때문인지도 모른다. 우리는 인형의 부엌에 앉아 있다. 구석 의자에 앉아 엄지발가락으로 식기세척기의 동작 버튼을 누를 수 있을 만큼 좁아서 인형의 부엌이라고 부른다. 우리는 오이 껍질을 벗긴다. 더 정확하게 말하자면 내가 오이 껍질을 벗긴다. 후베르트는 집안일을 하지 않는다. 한 번도 한 적이 없고, 모든 집안일은 로잘리가 했다. 에바의 친구 반다가 엄청난 양의 오이를 수확했는데, 에바는 그걸로 병조림을 하려고 한다.
"5월에 오이를 수확할 수 있어요?" 내가 묻자 에바가 설명한다.
"반다한테는 온실이 있어. 마늘, 당근, 소금, 후추, 월계수 잎, 두송 열매, 겨자와 식초가 거기서 나."
후베르트는 내 옆에 앉아 신문을 뒤적인다. 식기세척기

가 꾸르륵꾸르륵 소리를 낸다. 에바가 빨간 끈으로 묶어서 매달아둔 커다란 세이지 다발에서 향기가 풍겨온다.
"그렇게 많이?" 내가 묻는다.
"그래야 돼." 에바가 엄한 눈길로 대답한다.

내 생각에 신문 1년 구독 비용은 아낄 수도 있을 것 같다. 후베르트에게 필요한 모든 것은 이웃이 어제 읽은 신문에 다 들어 있을 테니까. 신문에서 가장 중요한 점은 그걸 뒤적일 때 후베르트의 얼굴 윤곽이 부드러워진다는 사실이다. 그는 몇 분에 한 번씩 고개를 들고 독서용 안경을 똑바로 쓰고는 주위에 귀를 기울인다.
"기다리는 사람 있어요?" 내가 묻는다.
"아내." 그가 대답하고 현관문을 가리킨다.
"지금 어디 있는데요?"
"장 보러 갔어. 올 때가 됐는데."
나는 로잘리가 7년 전에 죽었다는 말을 그에게 하지 않는다. 내 눈에 그가 사는 세상은 괜찮아 보인다.
하지 않는 집안일.
신문의 바스락거림.
식기세척기가 내는 꾸르륵꾸르륵 소리.
로잘리 기다리기.

후베르트의 딸은 부모님이 금슬 좋은 부부였다고 한다.

후베르트가 결혼식 사진에 있는 신부를 더는 알아보지 못하는 지금에 와서는 그 말이 사실인지 확인하기 어렵다. 사실 망각은 장점도 있다. 엄마가 겪은 부부 싸움을 생각해보자. 또는 내가 자동차에 뛰어드는 날이 내년 봄이라고 가정해보자. 엄마는 마흔두 살이라는 나이에 빌어먹을 이혼을 했는데 외동딸도 자살로 잃게 된다. 엄마가 이런 고통을 잊을 수 있다면 완전 웰빙일 테지. 그렇지 않을까?

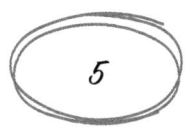

5

고향에서 아주 멀리 떨어져 밤낮으로 후베르트와 함께 있다는 게 에바에게는 분명히 쉽지 않을 거다. 정말 고역이 겠지! 그럼에도 나는 확실하게 말하기로 한다. "로잘리가 죽었다는 말을 후베르트 할아버지에게 한 번만 더 하면 내가 할아버지 딸에게 알릴 거예요. 에바가 12시에 식사하라고 강요하고, 수면제를 8시가 아니라 6시에 준다는 것도."

"그래도 알아야지." 에바가 말한다.

"할아버지는 그걸 알 필요가 없어요. 그러니 그냥 편히 지내게 내버려둬요."

그리고 성큼성큼 걸어 거실에서 나오다가, 어떻게 하면 에바를 압박할지 좋은 생각이 떠오른다. 그래서 단호하게 발걸음을 돌린다. "안 그러면 보너스 요일은 없어요."

에바의 눈이 휘둥그레진다.

"살면서 아내의 죽음을 한 번 겪는 것만으로도 충분하다고요. 세상에, 매일 알아야 할 필요는 정말로 없어요!"

"보너스 요일은?" 에바가 양처럼 온순한 눈으로 나를 본다.

"없어요." 나는 쳇소리를 낸다.

2주에 한 번, 수요일이 보너스 요일이다. 이날 에바가 친구인 반다와 알렉산드라를 만나는 동안 나는 평소보다 한 시간 더 오래 후베르트를 돌본다.
커피 마시기.
수공예하기.
머리카락 염색하기.
매니큐어 칠하기.
화장법 교환.
인터넷 사업하기.
에바는 두 친구가 황금처럼 소중하고, 둘 다 자기 마음속에서 특별한 자리를 차지하고 있다고 자주 말한다.
얼마나 많은 사람이 에바의 마음속에서 자리를 차지하고 있는지 도무지 믿지 못할 정도다.
세 친구는 비슷한 운명을 겪었다.
자동차 정비공 교육을 받은 반다, 회사가 망함.
코스메틱 교육을 받은 알렉산드라, 회사가 망함.
재봉사 에바, 회사가 망함.

오늘 에바는 나더러 30분 일찍 와달라고 부탁했다. 에바는 꽉 채운 헝겊 가방을 양손에 들고 있다. 또 무슨 계획을 세운 걸까. "바로 나가야 해요?" 내가 묻는다.

"조금 일찍." 에바가 미소 짓는다.

보너스 요일에는 에바의 행복이 겉으로 다 드러난다.

"인터넷 사업은 잘되나요?" 에바가 핸드백에서 접이식 거울을 꺼내는 동안 내가 묻는다. 그녀가 고개를 끄덕이고 손을 재빠르게 놀리며 속눈썹을 다듬는다.

"사람들이 손으로 수놓은 티셔츠를 산다고요?"

"많이, 많이." 대답하는 에바의 입꼬리가 양쪽 금 귀걸이까지 올라간다. 나는 고개를 젓고는, 에바가 기분이 좋을 때 대화를 좀 나눠보기로 한다.

"남자친구는? 이름이 뭐랬죠?"

"마레크야. 마레크 다브브로스키."

"폴란드에서 두 사람이 만나면 뭘 하나요?"

"산책, 춤, 짧은 여행. 섹스는 없어." 에바의 대답에 나는 땅속으로 가라앉는다.

"나는 채식주의자라서 미혼이야." 에바가 말한다.

"에바, 말도 안 돼요. 난 날레스니키(폴란드식 크레페)를 에바만큼 맛있게 굽고, 에바만큼 단정하게 정리를 잘하는 사람을 본 적이 없어요. 에바를 얻는 남자는 정말 행복한 거예요."

에바가 몸을 일으키고, 당황한 표정으로 미소를 짓는다.

"그런데 에바는 어떤 교육을 받았나요?"

"응급처치."

"다른 건?"

"없어."

"없다고요?"

"어떤 회사 재봉사였는데, 회사가 망했어."

"파산한 거예요?"

"무슨 산?"

"아, 아니에요."

에바가 다리를 넓게 벌리고 서서 자기 손바닥을 가리키며 말한다. "손, 뇌, 건강 아주."

나는 크게 웃음을 터뜨리고 에바에게 다가가 안으며 말한다.

"에바. 아주 건강하다, 아주 건강하다고 말하는 거예요."

에바는 키가 5센티미터는 줄어든 채 눈물을 흘린다.

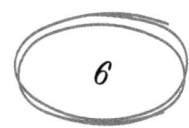

"나 좀 도와주세요." 나는 후베르트의 오른손에 초록색 타파웨어 필러를, 왼손에 중간 크기의 감자 하나를 쥐여준다. 그는 필러를 이리저리 돌리며 자세히 들여다보더니 날달걀처럼 조심스럽게 탁자에 내려놓고, 감자를 요리조리 굴리다가 필러 옆에 세운 후에 아이를 재우는 것처럼 그 위에 신문을 조심조심 펼친다. "뭐 하시는 거죠?" 나는 말투가 거칠어지지만, 곧장 나 자신이 바보처럼 느껴진다. 그가 뭘 하는지 나에게 설명할 수 있다면 지금 나는 우리 집에, 에바는 다른 가족의 집에 있고, 나방은 날개를 펼칠 수 있을 텐데.

엊그제 후베르트의 딸이 울었다. 그녀가 얼마나 힘든지 눈에 훤히 보였다. 나는 딸이 아버지에게, 자기가 다 잘해 낼 것 같은데 전혀 그런 것 같지 않다고 말하는 걸 들었다. "뭐라고 말 좀 해봐!" 딸이 후베르트에게 소리쳤지만, 그는 포도를 한 알씩 찻잔에 던져 넣는 데 열중했다. 딸은 어깨를 축 늘어뜨린 채 눈물을 펑펑 흩뿌리며 부엌으로 달려갔다. 나는 냉장고로 가려다가 문간에서 돌아섰지만, 왠지 이미 곤경의 한가운데에 들어선 듯한 기분이었다. 딸의 기분이 엉망인데 홀로 내버려둘 수는 없었다. 우리는 PVC 바닥을 구멍이 뚫릴 정도로 빤히 내려다봤다. 그러다가 내가 딸의 어깨에 한 손을 얹었고, 그녀에게서 이런 말을 이끌어냈다. "아, 린다. 전부 개코같다."

이제 후베르트는 신문을 들어서 접고, 자리에서 일어나 찬장 문을 하나씩 차례로 모두 연다.
"뭐 찾으세요?" 내가 묻는다.
대답이 없다.
"엘더베리 주스 한 잔 만들어드릴게요. 에바가 직접 만든 시럽이에요." 나는 시럽에 물을 넣어 희석하고, 끈적거리는 시럽이 묻은 손가락을 쪽 빨고는 그에게 잔을 내민다.
"목마르게 해줘서 고마워." 후베르트가 잔을 받아든다.
"아이고, 할아버지." 나는 고개를 저으며 말한다. "할아버지가 최고예요. 모든 사람 중에 최고."
그는 한 모금도 마시지 않고 잔을 치운다.
"뭘 잘못 드셨어요? 제멋대로 행동하시네요." 내 말에 후베르트는 곧장 유리창을 열고 창턱에 바나나 하나를 놓는다.
"사장은 어디 있지?" 그가 반문한다.
"몰라요. 사장이야 제멋대로 하늘로 솟을 수도 있죠. 그러려면 사장이 되어야 해요."

나는 사과를 하나 집어 들고 유리창을 연 다음, 바나나 옆에 사과를 내려놓는다. 그건 그렇고 유리창 이야기가 나왔으니 말인데, 맞은편 집에서 아흔여섯 살 된 할머니가 유리창 밖으로 몸을 던졌다. 4층이었고, 3주 전의 일이다. 안타깝게도 나는 그때 학교에 있었다.

공연 끝.

상황 종료.

그 할머니가 왜 그랬는지는 아무도 모른다. 에바가 구글 번역을 켠 휴대폰을 내 코앞에 내밀었다. '고독'이라고 쓰여 있었다. 에바가 마구 고함을 질렀다. "인간들 나빠. 불쌍한 부인, 불쌍한 부인. 인간들 나빠!"

후베르트는 고함을 지르는 에바를 미심쩍은 눈길로 바라봤다. 나는 그를 안심시키려고 그에게 아주 가까이 다가가서 앉았다. 모든 것에는 끝이 있어. 나는 그렇게 생각하며 따뜻한 손바닥을 내 검치호 위에 올려놓았다.

나는 가끔 작은 폴란드에 들른다. 에바의 방을 나는 그렇게 부른다. 에바의 세상은 한눈에 보기 편하다. 창문 추락 사건 이후에 에바의 게시판에는 단어 다섯 개가 새로 더해졌다.

고립

비트
불 붙이기
대재난
영혼

에바는 그 사건 이후에 2주 동안 집에만 있었다. 미사에도 참석하지 않고, 케이크도 굽지 않고, 화장도 하지 않았다.

"할아버지한테 카디건이 하나 필요해요." 내 말에도 에바는 꿈쩍도 하지 않는다. 지금 와이파이 때문에 골머리를 앓는 중이다. 어쩌면 후베르트는 요양원에서 지내는 편이 나을지도 모른다. 그곳에는 간병인이 여러 명일 테고, 간병인들끼리 서로 잘 통제할 테지. 그리고 후베르트와 발코니에서 담배를 피울 간병인 두세 명은 분명히 있을 거다. 여긴 발코니조차 없다. 나방은 요양 시설에 대해서는 알려고 하지 않는다. "양로원은 절대 안 돼." 그녀의 말이다. 우리는 플랜 A를 고수한다. 플랜 A란 에바와 에바 부모님의 생계 보장, 내 용돈, 그리고 후베르트가 집에서 추위에 떨어야 하는 것을 뜻한다. "할아버지 한테는 카디건이 하나 필요해요." 내가 다시 말한다. "할아버지는 추위를 탄다고요."

나는 옷장 앞에 서서, 안에 있는 누군가를 놀라게 하려는 듯이 양쪽 문을 동시에 재빨리 연다. 일상적 행위의 극적인 연출은 기분을 좋아지게 한다. 재색과 초록색 옷이 층층이 쌓여 있다. 카디건이 아홉 개. 나는 옷더미를 들추고 제일 아래 있는 카디건을 꺼낸다. 공평해야 하니까.

그리고 수영장 안전요원 후베르트에게 20년 전에는 분명히 맞았을 옷을 입도록 도와준다. "단추 잠그세요." 이렇게 말하고 그의 앞에 서서 숫자를 센다. "하나, 둘." 나무 단추들이 내 손가락을 지나 늘어진 단춧구멍으로 들어간다. "셋, 넷."

우리는 숫자 세기를 즐긴다. 숫자 세기는 의미가 있다. 우리는 발걸음과 완두콩과 동전을 센다. "그리고 다섯." 내가 말한다.

"그리고 다섯, 맞아." 후베르트가 반복해서 말한다.

"딸이 전화하면, 할아버지가 카디건에 파묻혀 사라졌다고 말할게요."

후베르트가 눈썹을 치켜세운다.

나는 그의 소매를 걷는다. "둘, 셋."

"넷, 다섯." 그가 말한다.

카디건을 입으니 그는 다른 사람이 된다. 이런 결론을 내리는 사람은 나뿐이다. 내 생각에 에바와 나방은 결정적인 실수를 하는 것 같다. 두 사람은 자기 자신을 기준으로 후베르트를 판단하지만, 모든 사람은 각각 하나의 우주다.
"관찰하는 게 중요해요." 나는 에바에게 말하며 검지와 중지로 내 눈을 가리킨 다음 후베르트를 가리킨다. "할아버지가 카디건을 입으니 더 오래 앉아 있고, 더 많이 드시고, 더 상냥하게 대답하는 거, 눈치챘나요?" 내가 묻는다.

에바가 고개를 끄덕인다. 나는 이 모든 게 그저 내 상상일지도 모른다고 혼잣말을 한다.

"이 카디건은 할아버지 나이만큼이나 오래됐어요." 내가 말한다. 후베르트는 본인이 몇 살인지 모른다. 아까는 자기 엄마가 일흔다섯 살이라고 우겼다. "할아버지, 다시 계산해보지 않으실래요? 할아버지가 여든여섯 살인데, 할아버지 엄마가 일흔다섯 살이라고요?"

그는 주장을 굽히지 않는다. 에바처럼 고집이 세다.

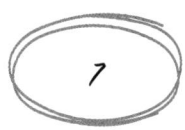

 엊그제 독일어 수업 시간. 너무 피곤해서 소셜 미디어와 가짜 뉴스에 대한 아주 바보 같은 신문 기사를 요약해서 글을 쓰는 게 힘들었는데, 그때 수영 보조 팔 밴드가 들어 있는 상자가 떠올랐다. 오늘 사방을 뒤져봤지만 찾지 못했고, 우리가 또 어디를 찾아봐야 하는지 에바도 모르니 나방에게 전화하는 수밖에 없다.
 "집이 아주 넓은 것도 아니잖아요." 내가 에바에게 말한다. "토요일이긴 하지만 이제 전화를 걸죠."
 나는 주방 싱크대에 기대서 휴대폰의 스피커폰을 켠다. 몇 번 신호음이 가고 딸이 전화를 받는다.
 "린다?" 딸의 목소리가 들린다. 그녀는 내가 미처 대답하기도 전에 우리가 지금 뭘 하는지, 혹시 무슨 문제라도 있는지 묻는다.
 "에바는 요리하는 중이에요." 내 대답에 그녀가 다시 묻는다.
 "어떤 요리? 고기?"

에바는 토마토 다섯 개를 냄비에 던져 넣고 코를 씩씩거리며 뭔가 안 좋은 짓을 저지르려는 듯이 상추를 움켜쥔다. 문제는 후베르트가 고기를 좋아하고, 에바는 고기에 손도 대지 않으며, 나방은 에바가 고기 요리를 전혀 할 줄 모른다고 주장한다는 점이다.

"우리 아버지는 채소를 음식이라고 생각하지 않아." 나방이 말한다.

이 대화가 어디로 흘러갈지 궁금하군.

"고기가 없을 때 아버지 반응은 어때?" 그녀가 캐묻는다.

"우리더러 먹이를 직접 처먹으라고 해요."

"아버지가 그렇게 말한다고?"

"정확히 그렇게 말하죠."

"아버지가 맛이 없다고 하면 에바가 뭘 드리지?" 나는 에바의 기분을 북돋워주려고 팔꿈치로 그녀를 툭 치고는 눈을 흘기며 대답한다. "음, 소시지 바른 빵요."

"그걸 먹고 살 수는 없는데."

"할아버지는 살 수 있어요." 내가 대답한다. "수영 보조 팔 밴드 상자가 어디로 갔는지 물어보려고 전화했어요."

"수영 보조 팔 밴드? 아마 지하실에 있을 거야."

"왜 지하실에 있어요?"

"그런데 그게 왜 필요하니?"

나는 한숨을 내쉬고, 고맙다는 인사를 하고는 얼른 전화를 끊는다.

"몇 명?" 상자를 본 후베르트가 묻는다.

"열한 명이에요." 내가 대답한다. 옆에 와서 선 후베르트는 내가 상자를 열자 바지 주머니에 양손을 넣은 채 깊은 숨을 내쉰다.

다양한 크기의 오렌지색 오리지널 베마 브랜드 수영 보조 팔 밴드들이다. 후베르트는 식은 죽 먹기라는 듯이 빠른 속도로 카디건 단추를 풀고, 스무 살 먹은 청년처럼 느긋한 동작으로 쿠션이 있는 안락의자에 카디건을 던진다. 그리고 손바닥을 맞비빈다. "몇 명?"

"열한 명이에요." 나는 다시 대답한다. "여자아이 일곱 명, 남자아이 네 명."

"연령대는?"

"네 살에서 여섯 살."

"30킬로그램 미만?"

"모두 30킬로그램 미만이에요."

후베르트가 고개를 끄덕인다. "모두 0 사이즈."

"도와드릴까요?"

내 말에 그가 분노해서 나를 빤히 노려본다.

이제 후베르트는 수영장 안전요원이다. 부드러운 바람이 거실을 지나간다. 아이들의 고함 소리. 염소와 선크림 냄새. 후베르트는 수영 보조 팔 밴드를 크기별로 구분하고,

기능을 제대로 하는지 살피고, 공기를 넣은 후에 로또에라도 당첨된 것처럼 싱긋 웃는다. 나는 하얀 모자를 가지고 와서 조심스럽게 그의 머리에 씌운다.

"햇빛 때문에요." 내가 이렇게 말하고 거실 전등을 올려다본다. 후베르트는 감사 인사를 하고는 나더러 꺼지라고 손짓한다. 내가 곧장 하늘로 솟지 않자 그가 눈썹을 좁게 모으고 으르렁거린다. "꺼져라."

"할아버지, 다 괜찮아요." 나는 두 걸음 뒤로 물러나지만, 그와 눈길을 마주치려고 애쓴다. "할아버지가 하시는 일은 중요해요. 그렇죠?" 후베르트는 천천히 고개를 끄덕이고 모자를 똑바로 쓴다. "수영하는 사람들의 안전, 특히 어린 손님들의 안전이 아주 중요해요. 내 말이 맞죠?" 내가 다시 묻는다.

"내가 일할 때 익사한 아이는 없어." 그가 불쑥 말한다. "한 번은 아주 위험했지만, 익사한 아이는 한 명도 없지."

나는 자주 들었던 말을 머릿속으로 반복한다. 베마 수영 보조 팔 밴드에서 가장 중요한 것은 바람을 넣는 양쪽 공간 사이에 있는 인체공학적 형태의 지지대다. 이것 덕분에 수영을 배우는 사람들은 움직임이 자유롭다. 후베르트가 나에게 몇 번이나 설명해서 나는 이 내용을 외울 정도다. 내가 수학에서 낙제하더라도 수영 보조 팔 밴드 회사에서는 분명히 취직자리를 줄 테지.

한 시간 후에 후베르트는 지친 모습으로 쿠션을 둔 안락의자에 앉아 있다. 수영 보조 팔 밴드 열한 개가 양탄자 가장자리에 줄지어 놓여 있다.

"잘하셨어요." 내 말에 후베르트가 만족스러운 표정으로 고개를 끄덕인다. 나는 수영 보조 팔 밴드 중에 하나를 그에게 건넨다. 그는 표면을 누르며 공기 주입구 마개를 체크한 후에 밴드를 허벅지에 내려놓는다.

"훌륭한 발명품이에요." 내가 그의 허벅지를 가리키며 말한다. 이건 그가 나에게 이야기를 전부 다 들려줘야 한다는 신호다. 훈련받은 수상 구조원 베른하르트 마르크비츠에 관한 이야기를 전부 다. 그는 세 살짜리 딸이 하마터면 익사할 뻔했던 사고를 겪은 후에 수영 보조 팔 밴드를 발명했는데, 그 보조 용품은 전 세계를 정복했다.

"마르크비츠라는 사람은 어디 출신이었어요?" 내가 묻는다.

"함부르크. 훌륭하고 오래된 도시 함부르크."

"함부르크에 가보신 적이 있나요?"

"응, 연례 총회 때."

"아, 할아버지 이야기는 참 재미있어요. 사과 케이크 한 조각 드실래요? 막 구워서 아직 좀 따뜻해요."

"세상에, 안 돼." 그가 대답한다. "케이크는 집에도 있어."

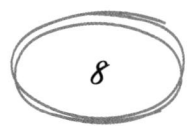

 후베르트와 처음 만났을 때 나는 그와 몇 시간이나 사진 앨범을 넘겨봤다. 앨범은 후베르트 딸의 아이디어였다. 차라리 곧장 가족 모임을 열고, 스무 명의 사람들 틈에 그를 앉혀두고 나서 그가 고개를 돌릴 때까지 기다리는 편이 나았는지도 모른다. 그게 다 무슨 소용이 있으랴? 그때 이미 그는 아무도 알아보지 못했고, 앨범을 넘길 때마다 허공에 긴장감이 감돌았다. 사진 속에서 웃고 있는 사람들은 후베르트가 자기를 알아봐주기를 기다리는 것 같았다. 머릿속에서 사라진 사람들을 후베르트가 갑자기 어떻게 알아볼 수 있을까? 완전히 허튼짓이다. 나는 이제 그와 함께 사진 앨범 보는 일은 거부한다. 수영 보조 팔 밴드 대신 앨범을 지하실에 가져다 두는 편이 나을 거다. 세상이 어떻게 돌아가는지 사람들이 알아야 할 텐데. 잘 이해하지 못하겠다는 사람들에게는 우리 창턱에 둔 과일 옆에 자기 머리를 좀 내려놓으라고 권하고 싶다. 당시 앨범 사건 때 내가 유일하게 잘한 일은 나도 이름을 외우지 못한다고 말한 거였다. 하지만 더 똑똑한 사람은 어차피 후베르트였다. 그는 그때 이미 느슨하게 찬 손목시계를 만지작거리다가, 중요한 약속이라도 있다는 듯이 숫자판을 두드렸던 것이다. 그 약속은 아마 연례 총회였겠지.

요즘은 나도 후베르트와 내가 정말로 한 배를 탔다는 사실을 실감한다. 그는 자기가 어디로 배를 조종해 가는지 나만큼이나 모른다. 조금 전에는 당근으로 토스트를 하려고 했고, 엊그제에 내가 수프를 드시라고 했을 때는 "당신이 드시겠어요?"라고 했다. 내가 할아버지는 나에게 반말을 한다고, 그리고 수프가 아직 따뜻할 때 드시라고 하자 전날 이미 먹었다고 대답했다.

이러나저러나 엊그제 오후는 완전히 정신이 나간 날이었다. 내가 후베르트에게 딸에 대해 묻자 그는 딸이 없다고 우겼다. 나방이 그 자리에 없었던 게 얼마나 다행인지. 그의 대답이 너무 재미있어서 나는 이따금 웃음을 터뜨린다. 하지만 웃음이 목에 걸릴 때가 훨씬 더 많다. 후베르트는 다음에 무슨 일을 해야 할지 전혀 모를 뿐더러 누가 자기 가족인지, 자기가 가족이 있기나 한지 모른다. 엄밀하게 말하자면 허공에 붕 뜬 상태인데, 그게 어떤지는 전문가인 내가 잘 안다. 정말 재미없는 상태다.

어쩌면 이제 질문을 그만해야 할지도 모르겠다. 내가 뭔가 물을 때마다 후베르트는 점점 더 자주 화를 내니까.

"할아버지, 몇 살이에요?" 내 질문에 그가 대답한다.

"쉰 살."

"그러면 나는 몇 살이죠?" 내가 또 묻는다.

그가 탐색하는 눈빛으로 나를 빤히 본다. "쉰 살."

"잘 봐줘서 고마워요." 그러고서 내가 제일 좋아하는 질문을 한다. "할아버지 엄마는 몇 살이에요?"

"먹을 만큼 먹었지. 빌어먹을." 그가 쳇소리를 내고는, 귀 뒤에 꽂아둔 볼펜을 집어 벽에 던진다.

그의 관심을 다른 데로 돌리려고 나는 지리 시험지를 탁자 위로 건넨다. "여기 서명해주시겠어요?"

그가 귀 뒤를 만지다가 당황해서 머리카락을 훑는다.

"여기, 내 걸 쓰세요." 나는 그에게 내 라미 알 스타 볼펜을 내민다. 후베르트가 지리 시험지에 뭔가 끼적인다.

"고마워요, 할아버지. 엄청 친절하시네요."

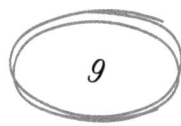

에바는 오늘 오전 일찍 사랑니 두 개를 수술로 뽑았다. 에바의 얼굴 모양도 이 문장의 느낌 그대로다. 보름달처럼 붓고 색깔도 알록달록하다.

그래서 나는 여기서 밤을 보내야 한다. 나는 후베르트가 집안일을 하는 것만큼이나 여기서 자주 밤을 보냈다. 다시 말해서 한 번도 그러지 않았다는 뜻이다. 내가 밤에 여기서 뭘 하지? 모르겠다. 에바도 모른다. 그러면 나방은? 나방은 에바가 사랑니 수술을 하고 쉬어야 하니, 내가 밤에 여기 있어야 한다고 고집을 부린다. 지난주에 우리는 이미 이 일로 입씨름을 벌였다.

"이 수술 좀 한 걸 가지고." 에바가 이렇게 말하고는 고개를 저었다.

"난 상관없어요." 내가 대꾸했다. "4층에서 자든 2층에서 자든."

"내 말대로 해." 나방은 이렇게 입씨름을 끝냈다.

"내가 접이식 매트리스를 가져다줄 수 있어." 나방이 이른 저녁에 전화로 제안한다.

"그냥 두세요. 쿠션 안락의자에서 할아버지가 주무실 수 있다면 나도 그렇게 할 수 있으니까요." 나는 힘차게 대답하고, 구멍 뚫린 양말에 얼음 팩을 넣어 뺨에 대고 있는 에바에게 윙크한다.

"50유로 어때?" 나방의 질문에 나는 말없이 얼굴을 구긴다.

"너무 적니?" 그녀가 캐묻는다.

"아니, 아니요. 50유로면 괜찮아요." 나는 감정을 최대한 숨기며 대답하고서 허공에 주먹을 휘두른다. 후베르트의 집에서 하룻밤 자는 데 50유로라니. 에바 말로 밤에는 할 일이 하나도 없다던데.

"돌처럼 자." 에바가 힘주어 말한다. "7시 전까지는 절대로 안 살아나."

나는 케빈에게 왓츠앱 메시지를 보낸다. '나 야간 근무해. 50유로를 받고 돌 하나와 그의 폴란드 출신 간병인을 보살펴. 굉장하지.'

10초 후에 케빈의 반응이 온다. '밤에는 적이 잠을 자기 때문에 행성이 더 편해지지. 50유로를 우리 둘이 나누자.'

'장난꾸러기!!! 그런데 사랑니가 모두 몇 개지?' 내가 답장한다.

나는 후베르트가 '나는-전혀-모르는-일이야'라는 표정을 짓고 있을 때가 제일 좋다. 그럴 때면 나는 그를 아주 제대로 숭배한다. 그가 앉은 쿠션 안락의자 팔걸이에 내 머리를 대고 거친 천에 뺨을 비비면서, 우리 집에서는 풍기지 않는 퀴퀴한 냄새를 맡는다. 팔걸이와 앉는 자리 사이 틈새에 왼손을 집어넣고, 오른손으로는 후베르트의 카디건을 꽉 잡는다. 후베르트가 나를 믿어서 좋다. 내가 자기를 진심으로 대한다는 걸 그는 분명히 느낄 거다. 그도 나를 진심으로 대한다는 걸 나는 당연히 안다. 그에게는 무슨 말이든 할 수 있다. 나는 엄마와 같은 반 아이들, 선생님 때문에 짜증이 난다고 말한다. 내가 정말 애쓰고 있다고 하면서, 애쓰는 게 얼마나 힘든 일인지 그에게 설명한다. "할아버지, 이해하실 거예요, 안 그래요? 할아버지의 하루도 힘들 때가 많잖아요." 나는 그에게 더는 살고 싶지 않다고 속속들이 이야기한다. 이런 말을 해도 후베르트는 여전히 느긋하다. 그에게는 뭐든 감출 필요가 없다. 무슨 말을 하더라도 똑같으니까.

"세 명 모두 열두 시간이나 잤다고?" 내가 후베르트 집에서 야간 근무를 한 일을 설명하자 케빈이 놀라서 묻는다.
"그렇게 오래 잔 건 정말 오랜만이야." 나는 이렇게 대답하며, 휴대폰 케이스에 들어 있는 50유로짜리 지폐를 생각한다. 잠자리에 들기 전 얼마나 재미있었는지 이야기하고, 후베르트의 머릿속 삭제 버튼이 점점 더 우위를 차지하고 있어서 그가 나중에 아무것도 기억하지 못하리라는 말도 덧붙인다.

"아무것도 모른다는 건 삶을 살아가는 편한 방식이야." 케빈이 말한다. "대부분의 사람들은 무지하지." 그가 주장하며 자기 책상 위에 놓인 학급 사진을 가리킨다.

나는 양손으로 책상을 짚고 사진을 자세히 들여다본다. 청소년 스물다섯 명 중에 두 명이 미소를 짓고 있다. 좋은 컷은 아니로군.

"모두 루저야. 이들 중 후베르트를 돌볼 수 있는 아이는 한 명도 없을 거야." 케빈이 말한다.

"왜 그렇게 생각해?"

"흠, 섬세하지 않으니까. 버릇이 없으니까. 창의력이 없으니까. 다시 말해서 루저야."

"전부?" 내가 묻자 그가 고개를 끄덕인다.

케빈이 나를 루저의 범주에 넣고 낙인을 콱, 찍지 않아서 다행이다. 나는 낙인찍기가 정말 빠르게 이루어지는 걸 자주 본다.

난민, 그 위에 낙인.

실업자, 그 위에 낙인.

채식주의자, 그 위에 낙인.

"너, 너무 엄격한 거 아냐?" 내가 묻는다.

"전혀 아니야. 오히려 더 엄격해져야 할 수도 있지."

케빈이 인류를 헐뜯을 때면 나는 내 계획이 옳다는 것을 더욱 강하게 느낀다. 모든 것이 무너져 내릴 때 내가 반드시 이곳에 있을 필요는 없다. 열여덟 번째 생일이 오기 전에 작별하는 게 합리적이겠지. 단정하게 제대로 세상을 떠나고 싶다. 사람들이 거리에서 생명이 없는 내 몸을 빤히 내려다보게 되는 그날, 내 머리카락은 깔끔하고 숙제도 모두 끝냈고 내 방도 잘 정리되어 있을 거다. 나는 그 장면을 아름답게 상상한다. 행인들에게 정말 의미 있는 일이 될 테지. 어떤 사람은 "저렇게 젊은데. 인생을 제대로 살아보지도 못하고"라고 말하고, 집에 가서 자기 아이를 포옹할지도 모른다. 또 다른 사람은 빌어먹을 직장에 사표를 내고, 또 다른 사람은 아내를 더는 때리지 않을 테지. 세상이 더 나아질 것이다.

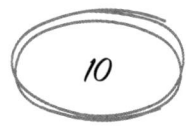

에바는 내가 집에 발을 들여놓자마자 뜨개질한 더플백을 등에 지고 문틈으로 빠져나간다. "만나서 반가웠어요!" 나는 에바의 등에 대고 소리친다. 그녀의 발소리가 계단실에 울린다. 내가 없을 때 무슨 일이 있었는지 에바가 말해준다면 더 편하겠지만, 사실 이제 나는 비언어적 의사소통 분야의 전문가가 됐다. 집에 들어서거나 문으로 머리만 들이밀어도 내 센서가 모두 켜져서 무슨 일이 있었는지 알게 된다. 연습이 잘 되어 있으니 이런 상황은 버스에서 만나는 낯선 사람들에게도 적용할 수 있다. 눈을 감으면 가장 잘 작동한다. 후베르트가 "너희가 안다면"이라고 말하는 모습을 상상한다. 그러면 나는 우리가 모르는 게 뭔지 알려고 마음을 연다. 마음에서 나오는 언어가 하나 있다. 말이 없는 언어다.

나는 우산을 다른 우산들 사이에 밀어넣고 신발을 벗은 후에 재킷을 현관 옷걸이에 건다. 후베르트가 신발장 앞에

쭈그리고 앉아 있다. "도와드릴까요?" 내가 묻는다. 그는 책망이 가득한 눈길로 나를 쏘아보고는 몸을 돌려 신발장을 계속 뒤진다. 나는 옷걸이에서 1.5미터 떨어진 곳에 놓인 미니 양탄자에 앉아 고개를 숙인다. 빨강, 노랑, 초록 줄로 엮은 발 매트다. 나는 발 매트를 반듯하게 펴고 술을 당기며, 이렇게 보기 흉한 물건은 내 침대에 잘 어울리겠다고 생각한다. 나는 보기 흉한 물건, 특히 흉측한 양탄자를 좋아한다. 후베르트의 낯빛이 붉게 변한다. 혈압에 좋지 않을 테지만, 언제 혈압을 끌어올릴지는 후베르트 본인이 직접 결정한다. 흥분하고 싶으면 하는 거지 뭐. 심지어 나방도 그렇게 말한다.

"아버지가 아무것에도 관심 없는 나날을 보내는 것보다는 나아."

나도 그렇게 생각한다. 후베르트가 힘이 빠진 모습을 지켜보노라면 견디기 힘들다. 그가 우리 모두를 바쁘게 만드는 편이 더 낫다.

그는 지금 분명 작업화를 찾는 중일 거다. 평생 일을 했으니, 그걸 찾는 게 확실하다. 그만 찾을 이유가 대체 뭘까? 지금은 14시인데, 그의 교대 근무는 14시 30분에 시작된다.

"제길." 그가 욕설을 내뱉는다.

나는 네발로 기어 그에게 다가가, 머리를 신발장에 집어넣고 그와 함께 툴툴거린다. 이맛살을 찌푸린 그는 지쳐버린 100세 노인처럼 보인다.

"할아버지, 그냥 두세요." 그러고는 이 극적인 상황을 여덟 번 중에 일곱 번은 끝낼 구원의 문장을 준비한다.

"할아버지." 내가 반복해서 부르자 그가 으르렁거린다.

나는 그와 눈을 마주치려고 애쓰며 조금 더 크게 말한다. "할아버지!" 그가 이제 나를 본다. "할아버지, 오늘은 수요일이에요."

그가 눈을 크게 치켜뜬다. "수요일? 오늘이?"

나는 그의 눈을 똑바로 들여다보며 양손바닥으로 그의 위팔을 문지른다. "네, 수요일이에요. 쉬는 날이라고요!"

나는 그를 붙잡아 일으킨다. 그가 뭐든 다 있는지 확인하려는 듯이 양손으로 자기 몸통을 더듬는다. 피아니스트를 연상시키는 손동작이다. 이제 그는 허리띠 버클을 발견하고는 똑바로 당긴다. 손가락이 춤을 추듯 등 뒤로 사라진다.

나는 모든 게 다 있는지 확인하는 그의 모습을 자주 목격한다. 열쇠, 호두, 손수건, 허리띠 버클, 지갑. 그가 이걸 확인하는 건 당연하다. 이미 오래전부터 다 있지 않았으니까. 그의 뇌만 없는 게 아니다. 기념일도 그의 삶에서 사라졌다. 자기가 아버지가 된 날도, 딸의 세례식도, 손주가 태어난 날도, 50회나 60회처럼 0으로 끝나는 본인과 로잘리의 생일이 어땠는지도 기억하지 못한다. 본인이 어느 교회에서 결혼식을 올렸는지도 모르지만, 자기가 결혼했다는 사실은 안타깝게도 기억하고 있다. 로잘리를 잊어버렸다면 그녀를 찾거나 그리워하지 않을 텐데.

"간 소시지 바른 빵 드시겠어요?" 내가 묻자 그는 미소를 짓는다.

아이고, 관심을 드디어 다른 데로 돌렸군. 나는 그의 손을 잡고, 이게 인생에서 진정으로 위대한 승리라고 생각한다.

간 소시지 바른 빵을 세 개 먹은 후에 그의 이마에 식은 땀이 솟는다.

"나, 집에 가야 해."

그때 막 부엌으로 들어온 에바가 말한다. "여기, 집."

나는 눈을 흘긴다. 그렇게 말한다고 무슨 소용이 있담?

후베르트는 에바에게 미쳤냐는 듯이 관자놀이를 톡톡 두드려 보이고 헛기침을 한다. "내가 여기 산다고? 당연히 아니지."

나는 유리창에 기대선 채, 하루 대부분의 시간을 이 두 사람만 함께한다는 사실을 잊으려고 애쓰며 잠자코 기다린다. 여기 대장은 내가 아니니까. 나는 담벼락의 담쟁이 같은 장식일 뿐이다. 담벼락이어야 할 사람은 에바다. 안정적이고 위기에 강해야 한다. 하지만 그녀는 그런 사람이 아니다. 에바가 담벼락일 수 있는 유일한 이유는 고집 때문이다. "크라쿠프에서 고집 센 아기로 태어났어." 나방이 말한다.

후베르트가 일어나 침실로 가서 문을 열더니 다시 닫는다. 화장실 문을 열고 다시 닫는다. 거실 장을 열고 다시 닫는다.

"짐 싸야 해." 에바가 이렇게 말하고 자리를 뜬다.

"에바가 없으면 어떻게 되겠어요." 나는 나가는 문을 계속 찾고 있는 후베르트에게 말하고, 탁자에서 카드 게임을 집어 들어 소파에 앉는다.

"야스 카드 게임 할까요?"

후베르트가 미심쩍은 눈길로 나를 빤히 본다. 나는 손가락 마디로 카드 박스를 툭툭 두드려 카드를 꺼낸 다음, 열두 장씩 두 번 나누고 트럼프 카드를 내보인다.

"잎사귀 카드"라고 말하고 눈길을 아래로 내린다. 네 번 중에 세 번은 그가 옆에 와서 앉는다.

오늘은 아니다.

"로잘리 할머니가 어디 계신지 알아요?" 내가 묻는다.

그가 손목시계를 내려다본다.

"장 보러 가셨나요?"

후베르트가 고개를 끄덕인다.

"이런 날씨에?" 내가 묻는다.

후베르트가 창가로 가서 "빌어먹게 궂은 날씨"라고 중얼거린다.

나는 그의 옆에 가서 선다. "정말 그래요. 빌어먹게 궂은 날씨."

그가 한숨을 내쉰다.

"독한 술 드릴까요?" 내가 묻는다.

의사의 지시에 따르면 후베르트는 하루에 두 번, 할로페리돌을 한 방울에서 세 방울까지 마셔도 된다.

나는 부엌으로 가서 독주 잔에 할로페리돌을 방울 수를 세어가며 담는다. 한 방울, 두 방울, 두 방울, 세 방울, 세 방울. 그런 다음 물을 채운다. 거실로 돌아와 보니 후베르트는 소파에 앉은 채 잠들어 있다.

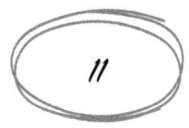

 분위기가 안 좋다. 우리는 며칠째 후베르트의 틀니를 찾는 중이다. 에바는 이런 상황을 가장 끔찍하게 여긴다. 죄책감을 느끼는 것이다. 나는 에바가 왜 언제나 모든 일에 죄책감을 느끼는지 도무지 모르겠다. 내 생각에는 그 누구의 잘못도 아니다. 다들 큰일이 벌어졌다고 생각하지만, 우리는 지난 몇 달 동안 이미 네다섯 번이나 그의 틀니를 찾아 나섰다.
 "우리는 늘 틀니를 찾잖아요." 나는 에바를 위로하려고 애쓴다. 에바는 손을 내젓고는 시큼한 빵 반죽에 눈물 몇 방울을 떨어뜨리고 주무른다. 내 휴대폰이 울린다. 나방에게서 온 전화다. 나는 잠시 망설이다 전화를 받고, 부엌에서 나와 문을 닫는다. 나방이 오로지 한 가지 주제에 대해서만 이야기할 테니, 지금은 에바를 빵 반죽과 같이 남겨두는 편이 최선이다. 나는 에바가 통화를 절대 듣지 못할 만큼 멀어진다. 현관 옷걸이 앞에서 뭔가를 기다리는 듯한 후베르트와 마주친다. 버스 정류장에 서 있는 듯한 모습이다.

"틀니 찾았니?" 나방이 묻는다.

"아뇨."

"아니라고?" 그녀가 또 묻는다.

"아니라고 했잖아요."

그렇다고 세상이 망하기라도 한담. 나는 머릿속으로 전화를 끊기에 적당한 핑곗거리를 찾는다.

부엌 화재.

가정 살림살이 사고.

후베르트의 실종.

"아버지가 틀니 없이 뭘 하지?"

아버지가 틀니 없이 뭘 하지? 나는 소리 내지 않고 그 말을 흉내내기만 할 뿐, 대답은 하지 않는다. 멍청한 질문을 너무 많이 한다! 나방과 싸움을 시작해봐야 얻는 게 없다. 싸운다고 후베르트의 틀니가 돌아오는 것도 아니고.

옆에 서 있는 후베르트가 아랫입술을 잘근잘근 씹는다. 그래, 되잖아. 나는 속으로 생각한다. 어쨌든 아랫입술을 씹는 데는 상악 틀니가 필요하지 않아.

나는 거울에 비친 우리 모습을 자세히 살펴본다. 우리 둘 다 이 빌어먹을 상황에 아무런 관심도 없다. 나는 입을 옆으로 잔뜩 늘이고, 치아 사이 공간에서 실처럼 생긴 것을 손톱으로 긁어낸다. 후베르트가 놀라서 나를 빤히 본다.

"할아버지 문제가 아니에요." 나는 그를 안심시킨다.

"린다, 아직 전화 안 끊었지?"

"그럼요. 우리가 틀니를 찾아낼 거예요." 내가 장담하자 나방이 말한다.

"에바가 떠나기 전에."

"에바가 떠나기 전에." 나는 그 말을 따라 한다.

"에바가 떠나는 것만으로도 끔찍한데, 새로 오는 사람은 완전히 신참이야. 간병인으로 처음 일하는 거라고. 이렇게 운이 나쁘다니." 나방이 불평한다.

"죄송한데, 이제 끊어야 해요." 내가 이렇게 말하고 통화를 끝낸다.

후베르트는 여전히 버스를 기다리는 듯하다.

"자, 할아버지. 뭐가 필요하세요?"

"면도기 찾는 중이야." 그가 대답하고 한숨을 내쉰다.

"흠, 그럼 같이 찾아보죠. 우리 엄마가 늘 하는 말이 뭔지 아세요? 할머니가 이미 했던 말과 똑같아요. 인생은 소원을 말하면 그대로 이루어지는 음악회가 아니라는 거예요. 하지만 면도기가 나타나기를 우리가 아주 강력하게 원한다면 혹시 찾게 될지 또 누가 알겠어요? 자, 그러니 용기를 잃지 말자고요. 면도기 때문이든, 할아버지 딸 때문이든 말이에요."

후베르트의 딸은 다른 사람들이 자기가 뭐든 잘못한다고 느끼게 하는 사람 중 한 명이다. 그런 일이 어떻게 일어날 수 있냐고 늘 묻는데, 나는 그럴 때마다 그런 일은 아주 쉽게 일어난다고 설명한다.

후베르트의 틀니는 이미 온갖 곳에 가 있었다. 양말이랑 똑같다. 그는 양말을 벗어놓듯이 틀니를 빼서 둔다. 방금 전까지만 해도 있던 물건이 지금은 사라지고 없는데, 그게 어디 있는지 그가 어떻게 알까. 물건을 잃어버리는 건 바로 이 원리에 따라 일어난다. 중요한 것은 우리가 그의 틀니를 다시 찾는 거고, 지금까지 틀니는 늘 다시 나타났다. 그러니 도대체 왜 이렇게 난리법석을 부려야 하는지 의문이다. 게다가 뭔가를 잘못 둔다는 건 기발한 일이다. 찾는 일에는 장점도 있기 때문이다. 할 일이 생기면 시간이 날아가듯 흘러가고, 잃어버린 물건을 찾으면서 온갖 것을 발견하기도 한다.

나방과는 달리 후베르트와 나는 뭔가가 사라져도 지극히 느긋하다. 하지만 지금 통장과 자동차 열쇠, 여권은 예외다.

"어디 가시려고요?" 6년 전부터 손자가 타고 다니는 오펠 자동차 열쇠를 후베르트가 찾을 때면 나는 이렇게 묻는다.

"프리츠 거리로."

"그게 어디죠?"

"너, 프리츠 거리가 어디인지 몰라?" 그가 화를 내며 되묻는다.

"몰라요. 말해주세요."

"아, 늘 있는 거기에 있지."

"할아버지는 지금 어디 계시는데요?"

"어디 있는지 내가 어떻게 알아." 그가 주위를 둘러본다. "어쨌든 프리츠 거리는 아니야."

로잘리와 후베르트는, 가수 네나의 노래에 나오는 99개 풍선이 지평선을 향해 날아가고 아이들이 모두 루빅스 큐브를 손에 들고 돌리던 1980년대 초반에 프리츠 거리를 떠났다. 후베르트는 반평생이 넘는 시간을 프리츠 거리에서 보냈다.

"하지만 할아버지, 이제 곧 어두워져요."

"내가 집을 못 찾을 거라고 생각해?"

"난 아무 생각도 하지 않아요. 정말 아무 생각도 안 해요." 나는 양손을 허공으로 들어올린다. 머물고 싶지 않은 집에 갇혀 낯선 사람들과 함께 지내고, 그들이 자기에게서 뭘 원하는지 알지 못할 때 어떤 심정인지 나는 안다.

"그럼 난 이제 간다." 후베르트가 말한다.

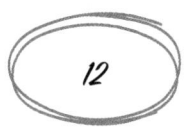

후베르트가 프리츠 거리로 가려고 하면, 나는 그가 숨이 찰 때까지 토론을 하거나 혹시 나에게 줄 호두가 있는지 묻는다. 그는 항상 반쪽짜리 호두를 오른쪽 바지 주머니에, 손수건을 왼쪽 바지 주머니에 넣고 다닌다. 좌우가 바뀌는 일은 절대 없다.

나는 후베르트 말고는 호두를 가지고 다니는 사람을 본 적이 없다. 손수건을 사용하는 사람도 못 봤다. 나방은 그 손수건들이 자기 할아버지의 것이었다고 한다. 후베르트는 손수건을 서랍장에서 꺼내 허벅지에 펼쳐놓고 아래쪽 양편 구석을 위쪽으로 접어 올린 다음, 왼쪽에서 오른쪽으로 접고 마지막으로 아래에서 위로 접는다. 접는 방식이 언제나 똑같다.

에바는? 그녀는 후베르트가 왕족 출신이기라도 한 것처럼 헌신적으로 손수건을 다림질한다. 'R. N.'이 무슨 말의 약자냐는 에바의 질문에 나는 코흘리개라는 뜻인 "로츠나제"라고 대답했다. 그냥 생각이 나서 아무렇게나 대답한

거다.

후베르트는 프리츠 거리와 같은 일로 이런 떠들썩한 풍경을 손쉽게 만들어낸다. 맹세하건대, 이런 풍경은 아무런 전조도 없이 마른하늘에 날벼락처럼 갑자기 우리 발 앞에 뚝 떨어진다. 케빈과 나는 위험 경고등을 고안했다.

'나 이제 집에 가야 해. 엄마가 요리를 했어!' 이건 노란색.

'빌어먹을 자동차 열쇠가 어디 간 거야. 어제까지만 해도 있었는데!' 이건 오렌지색.

'약 안 먹는다. 너희가 나를 독살할 작정이지?' 이건 분홍색.

'저금 통장과 자동차 열쇠 찾기.' 이건 빨간색.

모든 게 평화롭다.

떠들썩한 풍경이 잔잔해진다.

그가 반응한다.

우리도 반응한다.

그러면 야단법석이 벌어진다.

순식간에 난리가 난다. 후베르트에게는 아주 쉬운 일이다. "어떻게 이런 일을 이다지도 쉽게 벌이죠?" 내가 묻자 후베르트가 히죽 웃는다. 바로 그 순간, 나는 그가 도대체 왜 웃는지 궁금해진다. 그가 이 모든 상황을 즐긴다고 가정할 수도 있을 것 같다. 이런 대혼란이 자기가 벌여놓은 건설 현장이 아니라는 듯이 즐기기.

건설 현장이라는 말이 나온 김에 말하자면, 아흔여섯 살 할머니가 뛰어내린 맞은편 집은 외벽을 새로 짓는 중이다.

"그 부인에게는 이제 소용없어." 에바가 논평한다. 그녀가 옳은 말을 할 때는 옳다. 하지만 후베르트에게는 건설 현장이 도움이 된다. 그는 소음이 있는 현장과 없는 현장 중에 선택할 수 있다. 후베르트는 소음이 없는 건설 현장을 선호한다. 뭔가 관심이 갈 만한 게 보이면 그는 창가로 가서 유리창을 연다. 하지만 소음 때문에 놀라서 대부분 얼른 다시 닫는다.

"너무 시끄럽죠." 내가 말한다. "너무너무 시끄러워요." 그러고 귀를 막는다. 인생은 보통 너무 시끄럽다. 치매에 걸리지 않아도 그렇다. 고함, 개 짖는 소리, 엔진 소리. 조용하면 귀를 기울이게 된다. 평소와 너무 다르니까.

어제 나는 버스에서 청각장애와 언어장애가 있는 두 남자를 지켜봤다. 재빠른 손과 몸이 말을 하고 있었다. 두 사람의 얼굴에서 감격과 기쁨이 읽혔다. 두 남자의 모든 것이 끊임없이 들썩거렸고, 그들의 입이 소리 없이 말을 했다. 그렇게 조용한 세상은 과연 어떨까.

에바는 정적을 능숙하게 잘 다룬다. 비가 오지 않는 날이면 쉴 때 언제나 숲에서 시간을 보낸다. 숲을 자신의 초록방이라고 부른다. 돌아올 때는 종이 봉지 두 개에 민들레와 쐐기풀, 산미나리를 가득 담아 온다. 그녀의 긁힌 아래팔을 내가 가리키면 "금송화 때문"이라고 말한다.

 주변의 창백한 얼굴들을 볼 때면 나는 우리 모두 디지털 단말기를 도시에 그대로 두고 초록 방에서 만나야 한다는 결론에 도달한다. 나방뿐 아니라 우리 반 아이들과 선생님들에게도 예외 없이 숲의 공기가 어느 정도는 필요하다. 특히 '수학이 곧 우주'라고 주장하는 선생님한테는 더더욱.

 나는 가끔 숲에 가는데, 현실에서는 아니지만 어쨌든 가긴 간다. 후베르트가 깜박 잠이 들면 바닥에 책상다리를 하고 앉아, 오른손 손가락 끝을 왼손 손가락 끝에 대고 살짝 누른 다음 눈을 감는다. 내 생각을 여행 보내면서 숲과 바다, 하늘 중에서 하나를 고른다. 하늘을 고를 때가 많다.

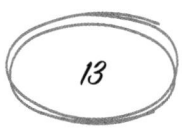

후베르트가 증조할아버지가 됐다는 사실은 그가 스스로에게 내리는 자기평가에 영향을 끼치지 않는다. 그는 여전히 쉰 살이다. 매주 화요일 오후에 나방은 애벌레를 후베르트의 품에 안긴다. 당연히 치료 요법상의 이유가 있을 거다. 나방이 그냥 그러지는 않을 테니까.

나는 후베르트의 딸이 오늘 왜 손녀와 같이 왔는지 모른다. 아마도 이 근처에 우연히 왔거나 요일을 헷갈리기 시작했을 테지. 자기도 치매 환자가 되어간다고 자주 말하는 걸 보면. 이 치료 요법은 레오니가 조용히 하는 동안만 통할 거다. 돌이 지나 걷기 시작하면 아이는 후베르트와 누가 더 비틀거리며 잘 걷는지 내기하자고 들 테니까. 나도 한때는 이렇게 작았다는 게 상상이 가지 않는다. 엄마는 그게 얼마 전의 일이라고 말한다.

"우리는 세포분열이 시작되기 전에는 모두 연필로 찍은 점처럼 작았어." 생물 선생님의 주장이다.

"할아버지가 아기 귀를 잡아당기지는 않을까요?" 즐거운 분위기인 사람들에게 내가 묻는다. 에바와 나방은 비난하는 눈길로 나를 노려본다.

"농담한 거예요." 나는 얼른 덧붙이고, 후베르트에게 "아기를 떨어뜨리지 마세요"라고 말한다.

나는 그가 애벌레를 신문에 싸는 모습을 상상하고는 웃음을 터뜨리지 않으려고 입을 앙다문다.

"몇 살?" 에바가 묻는다.

"4개월이에요." 나방은 애벌레에게서 눈을 떼지 않은 채 한 손을 에바의 어깨에 얹는다. 에바가 눈물을 흘린다. 애벌레는 잠이 들었다. 자기방어를 하려고 그러는 거다. 에바가 꽤 요란하게 코를 푼다. 창문 추락 사건 이후만큼이나 지친 모습이다.

불쌍한 에바는 퍼프 페이스트리 반죽처럼 창백하다. 마레크와 섹스를 안 하면 아이가 생기지 않는다. 나조차도 생각할 수 있는 지극히 단순한 결론이다. 그런데 에바가 가임기 때에도 이미 마레크와 알고 지내던 사이였는지 아닌지는 모른다. 나방은 감시 카메라와도 같은 할머니의 시선으로 애벌레를 지켜보지만, 나는 내게 후베르트를 보증하라면 손에 장을 지질 수도 있다. 그는 평생 아이들을 보호했다. 그게 달라질 이유가 있을까? 그럼에도 우리는 그에게 애벌레의 목욕을 맡기지는 않는다.

이런 아기를 볼 때 미치겠는 건, 모든 게 달려 있다는 점이다. 내게도 애벌레를 낳을 수 있는 기본 장비까지 포함해 모든 게 달려 있긴 하다.

"인생은 선물이야." 에바가 말한다.

"그건 논쟁의 여지가 있어요." 나는 이렇게 대꾸하고 거실 벽에 기댄다. 이곳에 내가 필요하지 않다는 생각이 그 어느 때보다도 더 심하게 든다.

다들 애벌레에게 감탄하고, 후베르트는 마치 평소에도 이렇게 평온하다는 듯이 지극히 느긋하게 애벌레를 품에 안고서 30분째 조용히 앉아 있다. "그럼 난 이제 가볼게요." 내가 여기 있다는 걸 누군가 아는지 확인하려고 나는 소곤거린다.

"수학 때문에?" 나방의 질문에 나는 고개를 끄덕인다. 나가면서 보니 에바의 재킷과 신발이 없다. 틀림없이 이미 모두 아주 깔끔하게 싸두었을 거다.

나는 계단을 내려간다. 난간이 내 손을 스치고 지나간다. 어디론가 도망치는 느낌이 든다. 이 평화로운 정경에 구역질이 난다. 인간은 신생아로 이곳에 온다. 오기를 원했는지는 아무도 묻지 않는다.

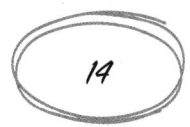

나는 안마당에 가서 새로운 벤치 중 한 곳에 앉는다. 낡은 생각을 하면서 새 벤치에 앉아 있다는 느낌이 든다. 후베르트는 이제 여기까지 오지 못한다. 너무 약해졌다. 지난주에 형광 조끼와 보호 헬멧 차림을 한 남자 다섯 명이 콘크리트를 부어 정원 벤치 세 개를 만들었다. 새빨간 색, 진초록, 맑은 노란색. 반짝이는 래커를 칠한 신호등 색깔이다.

"드디어 뭔가 변화가 생기네요." 나는 후베르트에게 이렇게 말하고, 아래 안마당에서 무슨 일이 벌어지는지 설명했다.

계단실에 걸린 안내문에 따르면 건물 관리소는 공동체 의식을 강화하기 위해 안마당을 생기 있게 만들 계획이다.

"무슨 공동체?" 내가 에바에게 묻는다. "문제는 정원 벤치 숫자가 아니라 사람들인데요."

나는 맑은 노란색 벤치에 앉아서 우리가 여기 얼마나 자주 앉아 있었던가 생각해본다. 정확하게 바로 여기였지만, 그때는 오래된 벤치에 그보다 더 오래된 생각을 하며 앉아 있었다. 엄마는 시간이 빠르게 흘러간다고 늘 말한다. 어딘지 모르게 엄마의 말이 맞다.

나는 샌들을 벗고, 맨발 아래 있는 따뜻한 돌판을 느껴본다. 지난여름에 후베르트와 나는 안마당에서 자주 시간을 보냈다. 나는 맨발, 그는 작업화를 신었다. 딸깍, 딸깍. 안전요원이 순찰을 돈다.

나방은 후베르트가 작업화를 신으면 넘어질 위험이 크다고 주장한다. 후베르트는 "잘 비틀거리는 사람은 넘어지지 않는다"라고 말하지만, 로잘리가 대퇴골 경부 골절 합병증으로 사망했다는 사실을 기억한다면 그런 말을 쉽게 입 밖으로 내지는 못할 텐데. 로잘리는 거실 양탄자에 걸려 넘어졌다. 예나 지금이나 집은 낙상 사고가 아주 쉽게 벌어지는 곳이다.

후베르트가 이제 더는 안마당으로 나오지 못하는 이유는? 몇 주 전부터 그는 호흡이 가쁜데, 나는 개인적으로 이게 참 부당하다고 생각한다. 치매만으로는 부족하다는 건가. 안마당은 후베르트에게 늘 좋은 영향을 주었다. 돌판에서 올라오는 온기. 보리수나무가 내는 쏴쏴 소리. 지붕에서 비둘기들이 구구거리는 소리. 방금 깎은 잔디 냄새. 그리고 여러 가지 색깔. 그런데 색깔로 말하자면 그는 이미 오래전부터 목덜미를 젖혀 하늘을 볼 수 없기 때문에 자기 코앞에 있는 색깔밖에 못 본다. "고개를 뒤로 젖혀요. 할아버지, 내가 어떻게 하는지 보세요." 나는 그에게 알려주려고 애썼고, 지켜보는 사람이 없을 때면 그의 머리를 이리저리 돌려보기도 했지만 소용이 없었다. 후베르트가 야외 수영장과 안마당, 하늘을 잃어버리는 바람에 케빈과 나는 음향 녹음이라는 아이디어를 떠올리게 됐다.

케빈과 나는 우리 녹음이 자랑스럽다. 우리는 케빈의 사촌형 아드리안에게서 전문 장비를 빌려, 사흘 동안 호숫가 야외 수영장에서 녹음을 했다. 미끄럼틀 옆에 있는 아동용 풀장과 스포츠 풀장, 수영 대회 상황을 녹음한 것이다.

아드리안은 훌륭한 음향 기술자로, 에바가 버섯을 채집하듯 소리를 모은다. 그가 우리에게 뭘 해야 하고 뭘 하지 말아야 하는지 설명했다. "이게 녹음기인데, 이걸 들고 가까이 다가가. 하지만 너무 가까이 가면 안 돼. 기껏해야 물이 튀는 것 정도에만 방수가 되니까. 앞쪽의 폼폼은 바람을 막아주고, 여기서 음량을 조절할 수 있어. 그리고 헤드폰으로는 너희가 녹음하는 소리를 잘 들을 수 있지. 아무것도 물에 떨어뜨리면 안 돼. 준비가 되면 풀장 녹음 세션을 시작할 수 있어."

야외 수영장에서 녹음을 한 후에 나는 소리에 과도하게 집착하게 됐다. 계단 오르기, 식기세척기 정리, 이 닦기, 카밀라에게 사료 주기. 모든 것이 갑자기 소리를 냈다.

엄마는 모차르트나 바흐 작품을 배에 대고 들려주는 임신부들이 있다고 말했다. 나는 아빠가 엄마의 배에 대고 소리를 질렀다는 말을 못 들은 척했다. 그런 말은 하고 싶지 않다. 나는 엄마가 할 수만 있다면 이번에는 더 잘해보려고 시간을 과거로 돌리고 싶어 한다는 걸 알고 있다.

아니면 식물인간 상태인 환자를 예로 들어보자. 이에 관한 다큐멘터리를 본 적이 있다. 사고나 기타 뇌 손상 사건을 겪은 후에 의식이 없는 환자의 순환계를 훈련하고 환자가 반응을 보이기를 바라며 환자에게 사진이나 동영상을 보여준다. 식물인간 환자가 의식을 찾거나 적어도 손가락 하나를 움직이거나 한 단어라도 말하기를 바라면서. 나는 외상성 뇌 손상을 입은 초등학교 선생님에게 쉬는 시간의 운동장 소음을 들려주는 상황을 상상해본다. 내 생각에, 식물인간 환자들은 자기가 지금 있는 곳에 그대로 머물고 싶어서 의식이 돌아오지 않는 것 같다.

기분이 안 좋을 때면 나는 아드리안과 풀장 녹음 세션을, 그가 우리에게 장비를 설명하던 모습을 떠올린다. 녹음 결과는? 엄청났다. 새된 소리를 지르는 아이들, 물이 첨벙거리는 소리, 사방에서 울리는 고함. 진짜 수영장이라도 이보다 더 생생한 현장감이 느껴지지는 않을 거다. 맹세컨대, 지금까지의 내 인생에서 최고의 오후였다. 케빈과 나는 그날 아동용 풀장의 스타였다.

후베르트가 더는 밖으로 나오지 못하지만 녹음 덕분에 그래도 아주 끔찍한 상황은 아니다. 꽤 간단하다. 나는 쿠션 안락의자를 햇빛이 드는 쪽으로 옮기고 후베르트에게 모자를 씌운 다음, 5월 20일 토요일 스포츠 풀장과 5월 21일 일요일 아동용 풀장, 그리고 5월 28일 일요일 수영 대회 상황 중에 하나를 고른다. 후베르트는 양손을 허벅지에 내려놓고 눈길을 허공으로 향한 채 녹음에 귀를 기울인다. 어쩌면 그는 지금 탁구를 치거나 풀장 주위를 돌고 있는지도 모른다. 어쩌면 피부에 내리쬐는 햇빛을 느끼고 있을 수도 있다. 나는 전혀 아는 바가 없다! 하지만 어쨌든 한 가지는 확실하다. 수영장 안전요원이 그곳을 기억한다는 사실이다. 너무나 감동적이다. 정말이다!

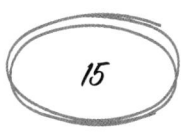

15

집에 와보니 발코니 문이 활짝 열려 있다. 바람이 커튼을 돛단배의 돛처럼 부풀린다. 나는 손바닥을 커튼에 댄 채, 이 집에 그동안 얼마나 많은 폭풍이 일어났을까 생각해본다. 발코니 문을 닫고, 소파에 앉아 다리에 담요를 두른다. 티브이 리모컨을 들어 오른손으로 위로 던졌다가 왼손으로 받으며 새로 숨길 만한 곳을 고민한다. 리모컨 숨기기는 새로 생긴 취미다. 욕실에서 들리는 소리는 엄마가 외출 준비를 하고 있다는 걸 짐작하게 한다. 엄마는 물론 내 말을 듣지 않는다. 나라도 내가 누구와 함께 외출할지 다른 사람의 지시를 받지 않을 테니까. 나는 리모컨을 양탄자 아래에 밀어 넣고, 내가 지금 아무런 이유도 없이 기분이 좋다는 걸 느낀다. 눈을 감고 천둥소리와 빗방울 떨어지는 소리에 귀를 기울인다.

솔기를 검정 실로 꿰맨 투명한 우산이 새로 산 이케아 현관 옷걸이에 걸려 있다. 그가 지난주 토요일에 조립한 옷걸이다. 크림색 옷걸이인데, 엄마는 자기가 딱 원하던 대로 간결하고 아름답다고 말했다. 우산도 엄마가 그에게서 받은 거다.

그의 이름은 위르겐이다. 엄마는 지금 7주째 연애 중이다. 위르겐은 새로운 사람일 뿐 아니라 아빠 이후 첫 번째 남자다. 이곳은 6년 동안 평화로웠다. 내가 기억하는 한 우리는 우산이나 옷걸이 없이도 잘 지내왔다. 우리 재킷은 의자 팔걸이에 걸쳐져 있는 데 익숙했다. 그리고 우리는 하늘에서 떨어진 비 세 방울을 맞았다고 공황 상태에 빠지는 유형의 사람들이 아니다. 그러기에는 너무나 많은 일을 겪었으니까.

엄마는 이 옷걸이가 다른 옷걸이들에 비해 어떤 장점이 있는지 매일 이야기한다. 하지만 나는 말도 안 되는 이 거짓말에 속지 않는다.

"그 사람, 여기로 이사 못 와." 나는 욕실에서 나온 엄마에게 말한다.

"누구?" 엄마가 묻는다.

"아휴, 누구겠어?" 나는 이렇게 대꾸하고 리모컨을 떠올린다.

"위르겐?" 엄마가 바보처럼 묻는다.

"그 장의사." 내가 대답한다.

내가 위르겐이 장의사라는 게 문제라고 여겨 우리는 아

마 스무 번쯤 토론했던 것 같다. 엄마는 나더러 그렇게 굴지 말라고, 너는 다섯 살짜리 꼬마가 아니라고, 장의사도 필요하다고 말한다. 나는 양탄자에서 툭 튀어나온 부분을 가만히 노려본다.

"그리고 리모컨 좀 가만히 놔둬." 엄마가 불쑥 말한다.
"숨겨야 해."
"왜?"
"위르겐이 티브이 중독이니까."
"아니야."
"맞아."
"아니, 그렇지 않아. 그저 흥미를 느낄 뿐이지."
"흥미는 무슨. 어디에 흥미를 느낀다는 거야?"

내 생각에, 위르겐을 두고 하는 우리의 대화는 생기가 넘치는 것 같다. 어쨌든 우리는 같이 이야기를 나눈다. 지난 몇 달 동안, 할 이야기가 별로 없었다. 대화 주제라고는 수학과 카밀라뿐이었다. 엄마는 나더러 수학 점수를 올리라고, (아이고, 누가 생각이나 했으랴) 그리고 밤에 카밀라에게 사료를 주지 말라고 했다. 자기는 건강한 고양이를 원한다면서.

"밤에 혼자 먹는 건 재미없단 말이야." 내가 설명했다.
"밤에는 자야지." 이게 엄마의 대답이었다.

밤에 자야 한다는 건 나도 안다. 그렇다, 나는 늦게 음식을 먹는다. 스크램블드에그, 칩스, 비스킷, 초코 과자 등 야

밤에 먹지 말아야 할 것들이다. 요란하게 밤참을 먹은 것을 나중에는 늘 후회하지만, 실수에서 배운다는 격언은 나에게 해당하지 않는다. 문제는 내가 낮에는 스스로를 돌아볼 시간이 거의 없는 데다 낮에는 할 시간이 없던 온갖 생각이 22시 이후에 나를 덮친다는 점이다. 머릿속에서 어떤 목소리가 나더러 곰곰이 생각하라고 명령하는데, 이런 일은 먹으면서 제일 잘할 수 있다. 하지만 솔직하게 말하자면 나는 이 목소리를 대부분 무시한다. 다른 데로 신경을 돌리는 것이다. 그렇게 하는 게 가능하다. 하와이안 토스트의 파인애플을 치즈로 덮듯이 생각을 덮어버릴 수 있다.

"밤에 잠이 안 오면 뭘 해요?" 내가 에바에게 묻는다.
"후베르트를 살펴."
"또?"
"코바늘 뜨개질, 대바늘 뜨개질."
"뭘 뜨는데요?"
"머플러랑 모자."
"색깔은?"
"재색."
"재색은 지루하지 않아요?"
"좋은 재색." 에바가 고개를 끄덕이며 미소를 짓는다.
"마레크에게 어울리는 좋은 재색?" 내가 캐묻는다.
에바는 대답하지 않는다. 나는 에바가 대답하지 않더라

도 신경 쓰지 않기로 이미 마음먹었다. 그녀의 머리는 후베르트에 대한 걱정과 자기가 모든 일을 제대로 하는가에 대한 의문으로 가득하다.

나도 이따금 후베르트와 에바에 대해 곰곰이 생각한다. 그 집에서 나오며 문을 닫는다고 두 사람이 저절로 사라지지는 않으니까. 때때로 나는 두 사람을 집으로 데려오기도 하는데, 물론 실제로 그러는 건 아니다. 그들이 나를 쫓아온다고 말할 수 있겠지. 이 일의 묘미는 내가 아무런 대가도 받지 않는다는 점이다. 나는 욕실에 서서 머리카락을 빗으면서 에바가 하는 말을 듣는다. "빗으로 이를 닦아." 잠옷을 입고 이를 닦으면서 에바의 목소리를 듣는다. "칫솔로 머리카락을 빗어." 나는 칫솔을 든 손을 내리고 세면대 가장자리를 짚고 서서, 상황이 여전히 그대로라는 사실에 옅은 슬픔을 느낀다.

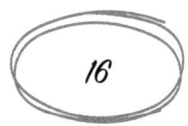

 오늘 오후에 나는 사유서 없이 두 시간을 무단결석한다. 무단결석은 학년당 서른 시간 허용된다. 학기당 서른 시간이라면 더 좋을 텐데. 제대로 계산한 게 맞다면 나는 대략 플러스마이너스 열일곱 시간을 결석했다. 작년 이 시기에 결석한 시간과 얼추 맞아떨어진다. 열 시간은 여름방학 전의 마지막 몇 주를 위해 아껴둔다. 선견지명이다. 그렇지?
 오후에 결석하게 된 계기는 점심시간에 듣게 된 리자와 벤의 수다였다. 두 아이는 내가 앉은 식탁에 와서 앉았다. 남은 자리가 거기뿐이었으니 내가 달리 뭘 어쩌랴?
 "응, 앉아." 나는 이렇게 대답하고는 옥수수 알을 포크에서 떨어뜨렸다. 그러자 벤이 자기 누나가 물건을 정리하지 않고 서랍에 모두 쑤셔 넣는 바람에 엄마가 자주 화가 폭발한다고 말했다. 그 답례로 리자는 요정 같은 미소를 지으며, 청소년들에게 도움이 많이 되는 정리 비법이 유튜브에 있다고 알려줬다. 나는 남의 말을 흘려듣지 못해 그냥 듣고 있을 수밖에 없었는데, 그런 이야기만으로는 충분하지 않다는 듯 벤이 후식으로 나온 설탕에 졸인 사과를 먹으면서 나에게 물었다. "린다, 너는 네 방을 청소해?"

"그럼." 나는 대답하고 쟁반을 든 다음, 그가 1년 내내 쓰고 다니는 검정 털모자를 쓱 내려 눈을 가렸다.

정확히 말해 이런 일은 자주 일어난다. 나는 다른 사람 옆에 앉거나 서 있으면서도, 마음속에서 그 자리를 벗어나거나 또는 처음부터 거기 참가하지 않고 분리되어 있다고 느끼는 나 자신을 지켜본다.

후베르트와 비슷하다. 출구를 찾지만 발견하지 못한다. 다른 사람들이 이런 상황을 눈치채는지 아닌지는 모르겠다. 사람들은 건망증이 심하거나 아니면 나처럼 상관하고 싶지 않아서 숙제나 할 일, 계산 과정이나 생일을 잊어버린다. 엄마도, 선생님들도 내가 왜 다른 아이들과 다른지 묻지 않는다. 그들은 그저 내가 기계처럼 작동하기만을 원한다. 사실 엄마도 나방과 같다. 나를 위한 플랜 A도 있다. 나는 뭔가 되어야 한다. 하지만 내가 정말 누구인지에 대해서는 아무도 관심이 없다.

비가 오지 않는 날 수업을 빼먹으면 교회 뒤편에 있는 공원 벤치에서 시간을 보낸다. 나는 이 공원 벤치를 숭배할 정도로 좋아하는데, 다리가 바닥에 닿지 않기 때문이다. 다리는 바닥에서 10센티미터 위에 매달려 있다. 진자처럼 오른쪽 다리를 앞으로, 왼쪽 다리를 뒤로 흔들흔들. 그러면 마음이 차분해진다.

이 공원을 찾아내는 관광객은 거의 없다. 그들은 교회 뒤에는 풀밭, 그리고 밤이면 교회를 비추는 조명 말고는 아무것도 없다고 여긴다. 나에게는 그러는 편이 낫다. 나는 모든 장소를 관광객과 나누고 싶은 마음이 없다. 일반적으로 나는 잘 나누지 못한다. 걱정조차 나누지 않는다.

얼마 전에 케빈과 이곳에 앉아서 우리 유년기가 얼마나 힘들었는지 이야기했다. 물건이 가득한 다락방을 정리하듯이 기억을 하나씩 꺼냈다. 기분이 좋았다.

"어릴 때는 바보 같은 일이 많이 일어나잖아." 나는 이렇게 말하고, 유치원 때 발가락에다 커다란 접시를 떨어뜨려서 새끼발가락이 며칠이나 부어오르는 바람에 그 뒤로 더는 큰 접시를 들고 다니지 못했던 기억을 떠올렸다.

"어른으로 태어나야 해." 우리는 그렇게 의견 일치를 보고 웃었지만, 웃음이 왠지 낯설게 느껴졌었.

도시에서 가장 구석진 자리도 여전히 시끄럽다. 긴급 차량 소리도 항상 들린다. 사이렌 소리가 가까이 왔다가 멀어진다. 나는 이따금 대도시에 사는 건 어떨까 상상해본다. 수백만 명의 사람. 지하철. 트램. 비행기. 다들 자기 갈 길을 간다. 공부하러, 일하러. 모두 달리고, 먹고, 잠을 잔다. 나는 동시에 일어나는 모든 일을, 그리고 사람들이 아주 많아서 모두에게 부담이 분산되어 개개인은 자기 자신의 문제를 심각하게 받아들일 필요가 없는 모습을 상상해본다.

후베르트가 커피에 우유를 넣고, 눈을 크게 뜨고서 나를 바라본다. 말을 하지 않아도 나는 그가 무슨 말을 하려는지 안다. 티스푼을 건네자 그는 그걸로 탁자에 원을 그린다. 나는 컵을 바로 놓고, 티스푼이 컵에 들어가게 살짝 도와준다.

"쉬운 일이 없죠." 나는 그의 어깨를 두드리고 내가 마실 컵을 하나 가져온 다음, 보온병을 든다. 미지근한 액체를 아주 조금만 마셔도 충분하다.

이걸 마신다고요? 이렇게 묻고 싶지만 입술을 앙다문다.

오늘 아침에는 위험 경고등이 분홍색까지 올라갔다. 에바가 자기를 독살하려고 한다는 후베르트의 의심이 점점 더 잦아진다. 나라면 약이 아니라 커피를 훨씬 더 많이 의심할 텐데.

후베르트가 하루에 먹어야 할 약품이 가득 찬 소분함이 티브이 위에 놓여 있다. 내가 생각하기에 그가 심부전 치료제 레니텍을 한 번쯤 안 먹는다고 배가 침몰하는 건 아니다. 하지만 에바는 아주 제대로 확대해석한다. "뇌졸중 걸려, 뇌졸중 걸려!" 이러면서 펄펄 뛴다.

"일을 시작하죠." 나는 에바에게 윙크한다. 내일 그녀가 떠나고 새로운 사람이 온다는 생각을 해서는 안 된다. 나방은 우리가 지옥을 경험하게 될 거라고 말한다. 그 정도로 끔찍하지는 않아야 할 텐데.

나는 약 소분함에서 약을 네 알 쏟아서 내 손바닥에 올려놓는다. 한 알은 작고 길쭉한 흰색이고, 한 알은 작고 둥근 분홍색이다. 나머지 두 알은 조금 큰데, 한 알은 둥글고 불그스름하고 한 알은 길쭉하고 하얗다.

"그걸 왜 먹어?" 후베르트가 묻는다.

"할아버지 심장을 위해서요."

그가 고개를 젓는다. "나는 심장에 아무 문제도 없어."

"할아버지, 그러지 말고 드세요."

"너희가 나를 독살하려는 거야."

아이고, 분홍색 경고등이군. "이제 약을 드시겠어요?"

"절대 안 먹어." 그가 툴툴거린다. "너나 먹어라."

나는 웃는 모습을 그에게 들키지 않으려고 몸을 돌리고는, 나도 그와 똑같이 고집을 부려야겠다고 생각한다.

후베르트가 자리에서 일어나 양손을 바지 주머니에 넣고 창가로 다가간다. 나는 약을 소분함에 다시 넣는다.

"그거 아세요? 나도 이제부터 할아버지처럼 할래요. 양손을 바지 주머니에 넣고 남은 생애 동안 창밖을 내다볼 거예요. 허튼짓을 하고 싶은 마음은 없거든요."

바지 주머니에 손을 넣으려다 보니, 내 바지는 양손을 넣기에는 너무 딱 달라붙는다는 생각이 든다.

이런 약 먹기 시나리오는 최상의 경우에는 5분, 최악의 경우에는 35분간 지속된다. 이 상황이 내게 문제가 될 때는 에바가 좌절할 때뿐이다. "에바 잘못이 아니에요." 내가 그녀에게 말한다. "할아버지는 제멋대로잖아요."

내 생각에 에바는 차를 끓이는 것만큼이나 자주 여길 떠나고 싶어한다. 에바는 차를 자주 끓인다. 물이 다 끓어 물주전자가 휘파람 소리를 내기를 기다리면서 폴란드 국가를 부르는데, 자기 뒤에 팀파니와 트럼펫이 있기라도 한 것처럼 요란하게 열정적으로 부른다. 손바닥으로 박자를 맞추며 조리대를 두드리기도 한다. 에바가 캐모마일 꽃잎을 0.5리터짜리 찻주전자에 넣는데, 절반은 옆으로 쏟아진다. 그녀는 손바닥으로 급하게 꽃잎을 모아서 크라쿠프가 그려진 양철통에 도로 넣는다. 통을 닫은 후에 바벨성에 입을 맞춘다. 분노와 과중한 부담이 엿보이는 좁은 틈새처럼 에바의 눈이 번쩍인다.

"눈에 들어간 파리처럼." 그녀가 새된 목소리로 말한다. 안타깝게도 후베르트를 말하는 것 같다. 에바는 자기가 마시려고 차를 끓인다. 후베르트는 차에 손도 대지 않는다. 그래도 내가 자꾸 권하면 "그걸로 네가 족욕이나 해"라고 한다.

"난 족욕을 하기에는 너무 젊어요." 내가 대답한다. 후베르트는 계속 뭔가를 까먹거나 잊어버리니 이따금 그에게 차를 권한다. 어쩌면 자기가 차를 안 좋아한다는 것도 잊었을지 모르니까. 에바는 차를 30분이나 우린다.

"색깔이 필요해." 그녀가 말한다.

"에바도 그래요. 에바도." 내가 대답한다.

약을 술잔에 넣으면 가끔 도움이 될 때도 있다. 그러면 그가 입에 털어 넣기도 한다. 하지만 술잔을 나에게 돌려줄 때도 있고, 폭탄 돌리기 하듯 우리 둘이 잔을 주고받는 일도 생긴다. 후베르트는 검지를 잔에 넣어 약을 밀치고, 나더러 할 말이 이제 다 떨어졌냐고 묻는 것처럼 눈썹을 치켜세운다.

"의사 처방이에요." 내가 말한다.

"나는 약 안 먹어. 이상, 끝." 그가 대답한다.

"하지만 주치의가 약을 처방했다고요. 의사가 처방을 그만하지 않는 한 할아버지는 약을 드셔야 해요."

후베르트는 알아듣지 못할 말을 중얼거리고서 술잔을 휘둘러 약을 벽에 던져버린다.

나는 에바에게는 "마레크를 만나게 되어 기쁘겠어요"라고, 그리고 후베르트에게는 "창의적인 해결책이네요"라고 말한다.

에바가 바깥으로 나간다. 그녀의 몸짓에 많은 이야기가 담겨 있다. 이제 정말 절박하게 떠나야 할 시점이다. 나는 수학 시험이 언제로 연기됐는지 살펴볼까 고민한다. 하지만 그런 게 무슨 소용이 있으랴?

"난 수학 공부를 하지 않아. 이상, 끝." 이렇게 중얼거리고 화장실로 가서 손을 씻은 다음, 작은 폴란드에 잠시 들러 에바를 포옹하고는 이미 싸둔 여행 가방을 노려보다가 거실로 돌아와 알약을 모은다. 네 개 중에 세 개만 찾아내어 후베르트의 손에 쥐여준다. 그가 이번엔 어떻게 할까? 그는 약을 삼킨다.

몇 분 후에 후베르트는 사과 케이크 앞에 앉아 음식을 입에 넣고 이리저리 굴린다. 혀로 오른쪽 볼주머니를 쓸며 원을 한 번 그린다. 다시 한번, 그리고 다시 한번. 혀가 멈추지 않는다는 듯이.

"뭐 하세요?" 나는 그의 뺨에 부드럽게 손바닥을 댄다. 그는 혀로 계속 원을 그리며 당황한 눈길로 나를 본다. 내 눈에는 흰자인 부위가 후베르트의 눈에선 노란색을 띤다.

"간 때문이야." 에바가 주장한다.

이제 그는 음식을 다른 편으로 민다. 그의 혀가 왼쪽 볼주머니에서 원을 한 번 그린다. 다시 한번, 그리고 다시 한번. 에바는 식기세척기에 기대서서 휴대폰을 두드리고 있다. 아마 마레크와 문자를 주고받겠지. 나는 두 사람의 만남을 상상해본다. 산책, 춤, 짧은 여행. 섹스는 없다.

2주 전에 나는 에바가 후베르트의 입을 비우는 모습을

지켜봤다. "모으기만 하고 삼키진 않아." 에바는 이렇게 말하고, 라텍스 장갑을 끼고서 씹다 만 뭔가를 그의 입에서 건져냈다. 보기 끔찍했다.

"할아버지는 햄스터가 아니에요." 나는 그의 어깨에 한 손을 얹고 말한다. "삼키세요, 할아버지. 삼켜요."

말이 통한다. 그가 삼킨다.

"할아버지가 삼키는 걸 잊은 걸까요?" 내가 묻지만 에바는 대답하지 않는다.

"잊어버리면 어떻게 하죠?" 내가 다시 묻는다.

대답이 없다.

"삼키는 걸 잊어버릴 수는 없어요. 안 그래요?" 나는 짜증을 내며 묻는다. 에바는 대답하기에 너무 지쳤거나, 내가 오래전부터 이미 앞날을 예상하고 있었어야 한다고 생각하는 것 같다.

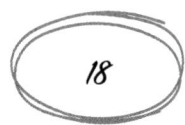

나는 앞날을 예상하고 있고, 많은 것을 이해한다. 내가 이해하지 못하는 것은 사람들이 왜 죽음을 두려워할까라는 점이다. 삶을 두려워한다면 그건 이해가 된다. 어제 케빈과 나는 탄생과 죽음 사이에 있는 모든 것, 정말로 모든 것이 불안하다는 결론에 이르렀다. 삶은 맹렬하게 다가온다. 사람들은 거기 부응하려고 하지만 실패하고 또 실패한다. 평화를 누리지 못한다. 항상 뭔가 증명해야 하고, 자기 자체만으로는 결코 충분하지 않다. 슬프다. 정말 슬프다.

죽음을 생각하면 새까만 까마귀가 떠오른다. 귀에 거슬리는 쇳소리가 나는 울음이 새의 목에 걸려 있는 것 같다. 깃털은 장엄하게 반짝이지만 발톱과 주둥이는 빛이 나지 않는다. 까마귀는 탄생부터 죽음까지의 삶을 주둥이로 시간 단위로 쪼갠다. 지나간 모든 것은 무너진다. 연결도 모두 불분명해진다. 한 가지 일이 어떻게 다른 일로 이어졌는지 기억하는 사람은 아무도 없다. 스트레스가 사라진다. 심지어 꿈을 실현해야 한다는 부담도 사라지고 드디어 평화가 온다. 나는 이 평화를 소용돌이처럼 상상하는데, 소용돌이는 모두에게 똑같이 적용되고 이건 심지어 삶에 집착하는 사람들에게도 마찬가지다. 인생의 끝에서 좋은 점은 마침내 그냥 놓아버릴 수 있다는 사실이다.

후베르트의 상태는 변화무쌍하다. 좋은 날도 있고 안 좋은 날도 있다. 그리고 아주 좋은 날과 아주 안 좋은 날이 있다. 아주 좋은 날은 이제 드물어졌다. 아주 안 좋은 날이 잦아졌다. 이따금 후베르트는 아무 문제도 없다는 인상을 풍기기도 한다. 안타깝게도 그 상태는 오래 지속되지 않는다. 가끔 그의 관심을 끄는 상황이 생긴다. 예를 들어 음소거된 축구 경기를 보거나 창밖을 내다보며 날씨를 관찰할 때다. 기상 관측 분야에서 그는 정말 끈기 있는 사람이다. 누구도 쉽게 따라 할 수 없다. 그는 창가에 서서 바지 주머니에 양손을 넣은 채 뭐라고 중얼거리면서 고개를 양쪽으로 번갈아 갸우뚱거리며 20분 동안 하늘을 쳐다볼 수 있다.

"비 오나요?" 내가 묻는다. 그는 나에게 신경 쓰지 않고 살짝 한 걸음 앞으로 옮겨 창문을 열었다가 금방 다시 닫는다.

"일기예보가 맞아요?" 내가 다시 묻지만 대답이 없다.

그에게 날씨 앱을 설명해주려고 해도 관심을 보이지 않는다.

"할아버지, 이 앱은 무진장 천재적이에요. 정말이에요!" 내가 말한다.

후베르트가 느긋하면 에바도 느긋하다. 에바는 자기가 모든 것을 제대로 할 수 있게 해달라고 매일 저녁 기도한다고 나에게 말했다. 곰곰이 그 생각을 해보면 에바를 존경하게 된다. 그녀는 일을 잘하려고 한다. 그러니까 돈 때문만이 아니라 마음을 쏟으며 일하는 거다.

후베르트가 기분이 좋으면 나도 좋다. 우리는 전혀 스트레스를 받지 않고 수다를 떤다. 하지만 느긋한 후베르트가 가장 큰 영향을 끼치는 사람은 나방이다. 그거야 당연하다. 나방은 병의 상태가 어떨지, 그리고 자기가 뭘 할 수 있을지, 앞으로 자기와 자기 아버지에게 어떤 일이 닥칠지 고민하고 있으니까. 얼마 전에 나방은 가족을 위한 조언 책자를 가져와서 나에게 읽어줬다. 후베르트의 뇌 용적이 줄어든다는 글을 읽을 때 나방의 눈에 눈물이 맺혔다. 정말 장난 아니게 힘들다!

"아마 그래서 할아버지 머릿속에 혼란이 차지할 자리가 많은가 봐요. 실질적으로 보면 혼란스러운 생각을 담을 용량이 많은 거죠." 내가 말했다.

"그래, 안타깝게도." 나방도 내 말에 동의했다.

아주 안 좋은 날에는 대혼란이 일어난다. 후베르트의 옆에 서 있으면 불안이 그를 찢어버린다는 느낌을 받는다. 그가 기분이 안 좋은 날에 에바는 투덜거리고 나방은 안절부절못해서, 차분하게 있는 사람은 나밖에 없다. 놀라운 점은 후베르트가 나의 모든 관심을 자기에게 집중시키는 데 성공한다는 거다. 우리 선생님들이 그걸 해낼 수 있다면 아주 열광할 텐데.

후베르트가 스트레스 상황을 만들면 나는 저절로 정신이 번쩍 든다. 그가 집이나 자기 동생들을 찾을 때면 우리는 다른 데로 생각을 돌릴 틈이 없다. 게다가 그는 아주 혼란스러운 날에는 몸을 마구 움직여서 우리 모두를 긴장하게 한다. 내내 비틀거리고, 자주 넘어진다. 입술을 다치거나 심각한 찰과상을 입는데, 가장 안 좋은 경우는 피부가 찢어지는 열상을 입을 때다. 종이처럼 얇은 그의 피부에 난 상처는 모두 끔찍해 보인다. 지금까지 그는 두 번 엑스레이를 찍었고 한 번은 꿰매야 했다. 이런 날은 에바나 후베르트의 딸에게 정말 안 좋다. 몇 주 전에 에바와 내가 부엌에 있을 때 후베르트가 머리를 탁자 모서리에 부딪쳤다. 그 소리가 부엌에 있는 우리에게까지 들렸다. 에바는 무슨 일이 벌어졌는지 바로 알아챘다. 거실로 가면서 그녀는 팔을 휘저으며 소리쳤다. "부러지면 안 돼, 부러지면 안 돼." 당연히 후베르트의 딸은 도대체 어떻게 그런 일이 일어났는지 물었다. 그러고 나서 눈물과 극적 표현과 온갖 것이 동원된 프로그램이 이어졌다. 내가 느끼기에는 너무 심했다. 정말이다! 나는 후베르트 옆에 앉아, 오른손 손가락 끝을 왼손 손가락 끝에 대고 이번에는 숲을 선택했다.

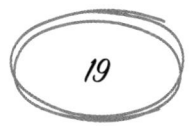

 에바의 손에 가볍게 들린 거품기가 리듬감 있게 법랑을 때린다. 나는 전기레인지를 가리킨다.
 "컴프리야." 에바가 말한다. "연고가 돼."
 그럼 그렇지. 내가 생각한다. 에바가 가운 앞치마 주머니에서 묵주를 꺼내 나에게 건넨다.
 "이걸로 뭘 하라고요?"
 "학교를 위해. 도움이 돼." 그녀가 용기를 북돋워주듯이 고개를 끄덕인다.
 내가 망설이자 에바가 말한다.
 "선물이야."
 "에바는요?"
 그녀가 양손을 옆구리에 척 올리고 대답한다. "많아."
 내 계산기 뒷면에 있는 인조 다이아몬드가 수학 과목에 아무 도움도 되지 못했으니 나는 묵주를 잡는다. "에바 생각이 그렇다면." 나는 선물을 받고 손가락으로 진주를 돌린다.
 그 훌륭한 수학 선생님 그레테가 에바처럼 낙관적인 사

람이라면 좋을 텐데. 지난주 화요일에 선생님은 나를 포기하고 싶다고 말했다. 나는 분위기를 풀려고 "포기는 배추 셀 때나 쓰는 단위고요. 학생을 포기하지는 않아요"라고 대답했다. 선생님은 그 말이 재미있다고 생각하지 않았다. 유머를 이해하는 선생님은 드물다. 후베르트가 비록 제대로 작동하지 않지만 우리는 그를 포기하지 않는다. 제대로 작동하지 않는 모든 사람을 포기한다면, 아이고! 그 훌륭한 그레테 선생님은 내 장례식에서, 본인이 혹시 내 죽음에 어느 정도 책임이 있는 게 아닐까 고민하겠지. 어쨌든 그 선생님은 학생들의 삶을 좀 더 편하게 해주는 사람은 아니었으니까. 하지만 내가 왜 신경을 쓰랴. 나는 하늘로 가는 배추가 되고 싶다.

잘 우는 간병인과 어떻게 작별해야 할까 고민하고 있는데, 에바가 나를 안고 이마에 백 번쯤 입을 맞춘다. 그녀의 뺨으로 눈물이 흘러내린다. 에바는 흐느끼다가 아무 말도 없이 나를 놓더니, 한 걸음 뒤로 물러나 내 어깨를 잡는다. "많이 컸구나"라고 말하려는 것 같다. 그러고 내 이마에 마지막으로 한 번 더 입을 맞추고는 행주를 개수대 옆에 던지고 부엌을 나선다.

현관 옷걸이 아래에서 스니커즈를 신는데, 에바가 내 뒤에 서 있다.

"또 만나요." 내 말에 에바가 대답한다.

"42일 후에."

"맞아요. 42일 후에."

"내가 못 했어."

"손톱 말인가요?"

"열 개 중에 여섯 개만."

"아이고, 그래도 많이 했네요."

"독수리 발톱 같아."

"괜찮아요, 그래도."

후베르트가 죽으면 어떨까 궁금하다. 낯선 사람들이 여기로 이사 오겠지. 우리가 겪은 모든 일을 전혀 모르는 사람들이. 머리카락이 짧고 남편이 없으며, 수입은 평균이고 머리가 잘 돌아가는 젊은 여성이 개를 데리고 들어올지도 모른다. 창턱에는 새 모이로 해바라기 씨를 놓을 거다. 이곳에는 풀장-와인-골프 연맹 사람들은 이사 오지 않는다. 60제곱미터짜리 다세대주택이 있는 이 지역으로는. 어쩌면 애벌레가 부모와 함께 들어올지도 모르지. 처음에는 후베르트의 오펠을, 나중에는 집을 차지하는 거야. 누가 오든 간에 집을 그대로 두지는 않을 테지. 로잘리와 후베르트가 마련한 물건은 아무도 사용하지 않으려고 할 거다. 그 물건들은 순식간에 가치를 잃게 되겠지. 갖고 싶을 만큼 좋은 물건은 전혀 없을 거고. 후베르트뿐 아니라 여기 있는 모든 것은 낡았다. 수도꼭지에서도 물이 똑똑 떨어진다.

나는 침대에 누워, 배 위에 가로로 누운 카밀라를 쓰다듬으며 최소한 뭐라도 하려고 발가락을 움직인다. 엄마는 장의사 집에서 잔다.

"그냥 가. 우리가 먹을 버섯 피자는 카밀라가 가지고 올 테니까." 양심의 가책을 느끼라고 나는 엄마에게 이렇게 말한다. "너, 칩스 어떻게 했어?" 엄마가 나간 뒤에 카밀라에게 묻고, 침대 밑에 손을 넣어본다. "아, 여기 있구나."

에바가 내일 떠나고 나서 새로 온 사람이 있을 때 후베르트가 죽는다면 나는 에바를 다시는 볼 수 없다. 후베르트를 위해서라도 그가 새로 온 사람 옆에서 죽지 않기를 바란다. 그는 새 간병인을 전혀 모른다. 나방은 우리가 처음부터 다시 시작해야 한다고, 하지만 그럴 힘이 없다고 한다. 나는 하필 지금 간병인이 바뀌는 게 좋지 않다고 생각하지만 달리 해결책이 없다. 에바는 한계에 이르렀다. 후베르트는? 그는 자기 침대를 '둥지'라고 부르고, 부모님이 일을 하러 갔으니 자기가 동생들을 돌봐야 한다고 말한다. 그리고 엄청난 일도 있다. 그가 담배 피우는 것을 까먹은 것이다. 담배를 건네면 그는 반쪽짜리 호두가 들어 있는 오른쪽 바지 주머니에 넣는다. 주초에 나방과 나는 거울에다 모조리 신문을 붙였다. "좁은 공간에 사람이 너무 많은 학교 같아서요." 내가 후베르트의 딸에게 말했다. 거울을 덮는 건 내 아이디어였다. 카밀라가 기지개를 켜고 하품을 하고는 침대에서 뛰어 내려간다. "이제 피자 좀 가져오라고!" 내가 카밀라의 등에 대고 소리친다.

나는 배에 손바닥을 얹고, 에바가 도대체 어떻게 견디는지 생각해본다. 에바는 한 사람 옆에 있다가 그가 죽으면 다른 사람에게로 옮겨 간다. 작은 폴란드를 건설하고 장식 쿠션들을 줄지어 놓고는 요리하고 간병하고, 간병하고 요리하다가 작은 폴란드를 다시 허물고 떠난다. 분명히 죽은 사람들을 모두 가슴에 품고 있을 테니 언젠가는 가슴이 죽은 사람으로 가득해질 거다. 우리 할머니는 늘 이런 말을 했다. "강물은 힘들이지 않고 하류로 흘러. 우리 인간만 스스로를 들볶지."

우리는 의무와 금지, 질병으로 자신을 들볶는다. 여성들은 남자와 출산과 차별로, 남성들은 경쟁과 불안과 중독으로 고생한다. 미래 세대는 낡은 구조 때문에 고생할 테지. 케빈은? 케빈은 중국 때문에 또 걱정한다. 늘 듣던 타령이다. 그는 냉전이 끝난 후 중국은 자신들의 이미지에 맞게 세상을 형성하는 데 필요한 세계적 의지를 지닌 유일한 국가라고 주장했다. 이 문장을 기억하고 있다는 게 나는 지금도 자랑스럽다.

"그 정보로 내가 뭘 해야 하지?" 내가 묻는다.

"중국은 세계의 본질을 바꾸고 있어. 그게 너에게 아무렇지 않을 리가 없잖아." 케빈의 대답이다.

어제부터 케빈은 이웃에 사는 다섯 살짜리 여자아이를 호위하고 다닌다. 그 아이 이야기를 듣고 있으면 웃음이 나온다. 아이 이름은 안네 마리라고 한다. 케빈은 그 아이를 아미라고 부른다.

"거리 두 개만 동행하면 돼." 케빈이 스스로를 위로하듯 말한다.

"만나서 고개 끄덕, 헤어질 때 끄덕?" 내가 묻는다.

케빈은 그 일이 얼마나 힘든지 얘기하고, 그래서 하기 싫지만 억지로 한다고 설명한다. 자기 엄마는 내가 그때 자기를 데리고 다닌 걸 지금까지도 고마워한다고, 그리고 싱글맘의 부탁은 거절하면 안 된다고 말했다고 한다.

"아미는 허공에 대고 주먹을 쥐면서, 자기가 그걸로 때려서 이를 부러뜨릴 수 있다고 우겨." 케빈이 이야기를 이어 간다.

"귀엽네." 내가 말한다.

"아미는 다른 아이들에게, 자기 직업이 유치원 학생이라고 말해. 그리고 노란 고수머리야."

이것도 낯설지 않다.

"그리고 길에서 자전거 헬멧을 쓰고 있어."

"도대체 왜?" 내가 묻는다.

"몰라. 밤에 잠을 안 잔 것처럼 헬멧 속에서 하품을 해 대."

"다섯 살짜리가 밤에 뭘 할까?" 내가 또 묻는다.

"인터넷을 할 거야." 케빈이 짐작한다. 우리는 웃을 기분이 아니지만 웃음을 터뜨린다.

"걔 나한테 소개해줄래?" 내가 묻는다.

"물론이지. 네가 후베르트를 나한테 소개해준다면 말이야."

"안 돼. 우린 동물원에 있는 게 아니니까." 내가 대답한다. 나는 케빈에게 후베르트와 내가 암울한 시기에 서로 합의한 게 있다고, 후베르트는 내 비밀을 지켜주고 나는 그를 보호하기로 했다고 몇 번이나 설명했다. 그게 우리의 거래 내용이다. 이 합의에는 '나를 네 친구들에게 보여줘'라는 건 포함되지 않는다.

"다리에 매달린 짐 같아?" 내가 묻는다.

"정확해. 그리고 그 아이 몸 전체에는 한 가지 무늬밖에 없어."

나는 그게 뭐냐는 눈길로 그를 쳐다본다.

"해골." 케빈의 대답에 나는 대박이라고 생각한다. 해골 무늬 조끼를 입은 후베르트를 상상해보고, 특정 나이부터는 해골 무늬를 걸치면 안 된다는 결론에 도달한다.

"비가 올 때마다 해골 무늬 고무장화를 신어. 머플러는 어떨 것 같아?"

"내가 알아맞혀볼게. 해골 무늬?"

"난 그 애를 잃어버릴까 봐 악몽을 꿔. 아이들이 실종된다잖아. 그런 말이 계속 들려." 케빈이 말한다.

"겨우 거리 두 개만 가면 돼. 나도 너를 잃어버리지 않았어." 나는 그의 머리카락을 헝클어뜨린다. 그걸 케빈이 싫어하는 걸 알아서 일부러 그렇게 한다.

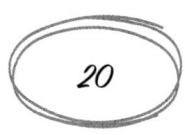

20

 새 간병인에 대해 말하자면, 나는 처음부터 느낌이 좋지 않았다. 마니나는 스물아홉 살이고 흠잡을 데 없이 아름다우며 겁이 많다. 나는 마니나를 하이디 클룸이라고 부른다. 그 모델과 너무나도 닮았기 때문이다. 아래팔에 주근깨가 가득하고, 말을 하지 않는다. "말을 하지 않으면서 어떻게 할아버지를 보살피려는지 모르겠어요." 내가 나방에게 말한다. 마니나도 폴란드 출신인데, 새장에 새를 넣어 자기 방에 두었다. 이런 면에서는 작은 폴란드가 여전히 폴란드의 수중에 있긴 하지만 그게 누구에게 도움이 되랴. 말을 하지 않는 간병인은 운전을 하지 않으려는 택시 운전사와 같다. 뭔가 말할 때 보면 마니나는 에바보다 독일어를 잘한다. 또 틈날 때마다 소독제를 손에 뿌린다. 한없이 긴 다리 끝에는 간결한 형태를 띤 모래색 샌들을 신고 있으며, 폴란드에 남편이 있다. 그녀는 아무것도 기억하지 못한다. 에바라면 그녀가 아주 건강하다고, 하지만 잘 잊어버린다고 말할 테지.

마니나가 일을 시작한 지는 닷새째고, 향수병을 앓는 게 겉으로 다 드러난다. 그냥 조금 앓는 게 아니라 확연히 보인다. 전체 이름은 마니나 노바크다.

"노바크라는 이름은 폴란드에 흔해. 새롭다는 뜻이지." 나방이 설명한다.

"딱 맞네요." 내가 쳇소리를 낸다. "하지만 우리는 새로운 사람을 맞고 싶지 않은데요."

우리는 다시 한번 구멍이 뚫릴 정도로 PVC 바닥을 빤히 내려다본다. 내가 마니나랑 친해지면 에바에게 부당한 것 같다. 어쨌든 에바는 수학에 도전하라고 나에게 묵주를 남겼으니까. 나는 후베르트가 자랑스럽다. 그는 새로 온 간병인을 무시한다.

"저렇게 아름다운 여자는 처음 봐." 나방이 소곤거린다.

"자꾸만 더 가까이 다가가고 싶죠." 내가 대답한다. "하지만 그렇다고 분위기가 좋아지는 건 아니에요."

마니나가 에바에게 비할 바가 못 된다는 건 확실하다. 이렇게 보면 선택지는 두 개다. 후베르트가 죽거나 (내일이 가장 좋겠지) 내가 눈을 꾹 감았다가 뜨면 6주가 다 지나갔고, 그래서 에바가 문으로 들어와 나를 품에 안는 거다. 그러면 만사 오케이일 텐데.

"금송화가 없으니 여긴 아무것도 제대로 돌아가지 않아요."

나방이 무슨 소리냐는 눈길로 나를 본다. "무슨 뜻이야?"

"아, 에바 말이에요!" 나는 이렇게 운을 떼고는, 지리 선생님이 우리에게 뭔가 절박하게 설명할 때 그러듯이 나방 주위를 빙빙 돈다. "에바와 금송화 연고. 아이고, 내가 지금 무슨 말을 하는 거야! 금송화 연고만이 아니에요! 온갖 연고죠. 에바가 그 연고들을 자기 할머니 때부터 내려오는 조제 방식으로 만든다는 거 아세요?" 나방이 눈썹을 치켜세운다. "그리고 에바의 화살기도는 그 어떤 압박붕대보다 도움이 더 많이 돼요. 그리고 가장 중요한 점은 에바가 할아버지를 좋아한다는 거고요."

"마니나는?" 나방이 묻는다.

"마니나? 마니나는 우리를 보면 구역질이 난다는 듯이 8분에 한 번씩 자기 손을 소독해요. 자연과 전혀 접촉하지 않고, 할아버지를 돌볼 감각은 더더욱 없어요. 마니나의 방에는 할인점에서 산 알로에 베라가 있고요." 내가 대답한다.

나방이 나에게 가까이 다가오더니 목소리를 더 낮추어 소곤거린다. "마니나가 크노르 상표의 인스턴트 수프를 끓이는 걸 본 적이 있어."

"아이고, 세상에. 작은 폴란드에는 항생제가 여기저기 놓여 있어요."

"정말이야?"

나는 고개를 끄덕인다.

나방이 이마 쪽으로 숨을 내뿜자 짧은 앞머리가 춤을 춘다. "우린 이제 어떻게 하지?"

"어떻게 하긴요. 기도해야죠." 내가 대답한다.

"왜 기도를 해?"

"에바 말로, 기도하면 스트레스가 줄어든대요." 내가 말한 것 중에 나방이 좀 알아들은 게 있기는 할까.

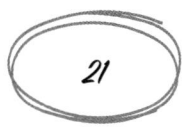

나는 정적과 고딕 아치, 둥근 천창에 구름이 지나가는지 햇빛이 비치는지에 따라 달라지는 빛을 좋아한다. 이곳은 미쳐 돌아가는 세상 속에서 안전한 공간이다. 바깥은 소음과 빈맥, 실내는 평화와 느림.

나는 언제나 오른쪽 세 번째 장의자, 중앙 통로 가까운 쪽에 앉는다. 제단 오른쪽에 마리아상이 있기 때문이다. 우리 여성들은 뭉쳐야 한다. 나는 눈을 감고 내가 인식하는 것들에 정신을 집중한다. 성수를 뿌릴 때 사슬이 달그락거리는 소리. 낮은 기침 소리. 아이 울음소리. 문 닫히는 소리. 탑에서 울리는 종소리. 중앙 통로 돌바닥을 걷는 소리는 장의자들 사이의 나무 바닥을 걷는 소리와 다르고, 하이힐을 신고 걷는 소리는 굽이 낮은 신발을 신고 걷는 소리와 다르다. 나가면서 누군가 말을 하면 그 소리가 마치 인생처럼 불분명하게 들린다. 방문객들의 발걸음이 리드미컬할 때가 많은데, 그럴 때면 원하지 않아도 후베르트의 심박 조정기가 저절로 떠오른다. 그 생각은 나를 놓아주지 않는다. 분홍색 코끼리를 생각하지 마!

나는 그런 생각을 떨쳐내려고 파도가 바위 절벽에 부딪치듯이 발걸음의 울림이 원을 그리며 벽에 가서 부딪치는 모습을 상상한다. 절벽과 색깔이 거의 구별되지 않는 온갖 크기의 새우를 상상하거나 시골에서 사는 삶이 어떤지 곰곰이 생각한다. 더 적은 배기가스와 인구, 마당에서 가꾸는 채소, 덤불에서 따는 산딸기, 천연 울타리, 잡지에서 보는 것과 같은 시골의 목가적인 풍경. 초록 방의 사람. 단순한 사람들. 단순한 절차들. 한 번에 한 가지씩만. 추월선에서 내려오기. 자연 속에서 동물과 가까이 지내는 사람. 모든 과를 두루 보는 일반의. 아보카도와 금귤같이 낯선 것은 없고 사과와 배, 자두 같은 토산물뿐이다. 끝.

심심할 때면 나는 일요일에 교회 담에 기대어, 미사를 보고 나오는 사람들을 관찰한다. 그들이 행복한지, 미사 전보다 더 행복한지 표정에서 알아내려고 애쓴다. 그러려면 학교의 환경미화원처럼 전과 후를 비교해야 하겠지. 그녀는 코를 성형한 후에, 자기 코가 수술 전에 어떤 모습이었는지 만나는 사람마다 보여준다.

일반적으로 겉모습을 보고 행복한지 알아차리기란 어렵다. 나는 미사에 참석하지 않지만, 교회 광장을 가로질러 가다가 오르간 연주자의 연주가 들릴 때면 그 음악이 자석처럼 나를 끌어당긴다.

"교회에 갔었어?"

엄마 질문에 내가 되묻는다. "어떻게 알았지?"

"이상한 냄새가 나." 엄마가 대답한다.

나는 이런 오르간 연주에 매혹된다. 연주는 본당을 가득 채우고 거기 앉아 있는 사람들의 마음도 채운다. 이게 에바 마음에 들 거라고 충분히 상상할 수 있다. 장식 쿠션을 좋아하는 사람은 오르간 음악과 기름을 칠한 교회 장의자도 좋아한다. 에바는 아마도 이런저런 것을 모두 좋아할 테지. 그녀는 성직자의 이름을 다 알고, 그들이 어디에서 성장해서 어떻게 여기까지 왔는지도 알고 있다.

어쩌면 에바는 마리아가 될지도 모른다. 여행을 떠나기 전에 나에게 마리아가 되고 싶다고 털어놓았다. "참 이상한 계획이네요." 내가 말했다. 내 계획은 그 정도로 이상하지는 않다. 나는 케빈과 교회에서 그냥 한 번만 밤을 새우고 싶은데, 그 이야기는 아무에게도 하지 않는다.

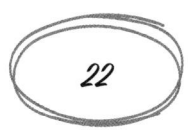

22

"그가 뭔가 찾고 있어." 마니나가 말한다. 마니나의 입에서 그 말이 나오니 그게 새로운 현상이라도 되는 것처럼 들린다. 마니나는 맨발로 현관에 서서, 도시 전체가 정전이라도 된 듯 양손을 마구 흔들며 이야기한다. 나는 그녀가 왜 모델이 되지 않았는지 수십 번째 궁금하다. 그리고 그녀를 그냥 내버려둔 채 요란한 소음을 따라간다. 아이고, 대혼란이 벌어졌다.

거실 장의 문과 서랍이 모두 열려 있다. 엽서와 봉투, 펼쳐진 서류철, 투명 파일, 서류와 편지. 모든 것이 온 사방에 널려 있다. 나는 손가락 끝으로 영수증과 사용설명서와 메모를 훑는다. 대혼란의 한가운데에 출생증명서가 있다. 나는 그 서류를 얼른 훑어본다. 후베르트 라이힐, 출생지 인스부르크. 내가 모르던 사실이다.

후베르트가 거실 탁자 주위를 빙빙 돈다. 절망한 것처럼 보인다. 불안한 시선, 떨리는 손, 땀에 젖어 가슴과 등에 달라붙은 셔츠. 이마에선 땀방울이 반짝인다. 에바라면 그에게 뭘 찾는지 물어볼 테지. 새로 온 사람은 아무것도 모른다. 불난 집에 부채질을 할 거다. 그러는 데 특별한 재능이 있으니까. 이 장면에 대해 나는 400 단어 분량의 글을 쓸 수도 있다.

후베르트가 뭔가 찾는 중인가? 자기가 뭘 찾는지는 알까? 찾는 동안 자기가 처음에 뭘 찾으려고 했는지 기억하고 있을까? 아니면 그사이에 뭔가 다른 걸 또 찾는 걸까?

그가 자리에 앉는다. 나에게는 기회다. 나는 쪼그리고 앉아서 그의 위팔을 잡고 눈을 마주친다. "도와드릴까요?"

"내가 일할 때 익사한 아이는 없어." 그가 쥐어짜듯 말한다.

"알아요, 할아버지. 알고 있어요."

나는 의자를 끌어와서 그의 맞은편에 앉아, 안정을 찾아줄 중심인물 역할을 한다. 옆에 서 있는 하이디 클룸은 끼어들지 않는데, 개인적으로는 그게 더 좋다. 지금 여기서 벌어지는 일은 '그가 뭔가 찾고 있어' 그 이상이니까.

후베르트가 양손으로 허벅지를 짚고 생각에 잠긴 표정으로 고개를 주억거린다. "한 번은 아주 위험했지만, 익사한 아이는 한 명도 없지."

"다행이에요, 할아버지. 다행이에요." 내가 말하고 그의 손등을 톡톡 두드린다. "수영하는 사람들의 안전, 특히 어린 손님들의 안전은 언제나 아주 중요해요. 할아버지가 정말 옳아요. 난 충분히 이해해요. 할아버지가 일할 때 익사한 아이가 한 명도 없어서 진짜 다행이에요. 엄청나게 운이 좋은 거죠. 할아버지, 정말 큰 행운이에요."

이런 수다를 떨며 내가 나 스스로를 진정시키려는 건가 생각하는 중에, 후베르트가 다시 일어나더니 지친 얼굴로 발을 끌며 탁자를 두 바퀴 빙빙 돈 다음, 떨리는 손으로 장의 제일 위쪽 서랍을 닫았다가 다시 열고는 내 앞에 서서 나를 빤히 본다. 그리고 내가 마치 방금 왔다는 듯이 고개를 끄덕여 인사한다.

"할아버지, 안녕하세요?" 나도 인사하고 그의 손을 잡는다. 그는 손을 잡아 빼고 바지 주머니에서 손수건을 꺼냈다가 다시 집어넣고, 손목에서 시계를 풀어 종이 무더기 위에 올려놓고는 그 무더기를 탁자 한가운데로 좀 더 밀고 다시 한번 고개를 끄덕인다. 나는 주위를 둘러보며, 그를 진정시키고 그에게 방향을 알려주는 데 도움이 될 만한 것을 찾아본다. 부모님의 흑백사진이 도움이 될 것 같군. 미소 짓는 여성과 진지한 표정을 한 남성이 결혼식에서 손에 손을 잡은 채 예배당 앞 계단에 있다.

"보여드릴 게 있어요." 나는 후베르트에게 말하고, 뒤편에 있는 매력적인 엑스트라에게 잘 봐두라는 시선을 보낸 후에 다시 후베르트에게 관심을 집중한다. 마니나는 숨을 참는 것처럼 보인다.

후베르트는 시선을 들더니 이마를 찌푸리고, 내가 자기 통장을 쫓아다니기라도 하는 것처럼 나를 노려본다.

"할아버지, 잠깐 쉬세요. 보여드릴 게 있거든요." 나는 다시 한번 말하고 그의 뒤에 의자를 가져다둔 다음, 왼손을 그의 등에 대고 오른손으로 그를 뒤로 부드럽게 민다. 후베르트는 살짝 저항하지만 결국 포기하고 의자에 앉는다. 나는 잠시 기다리다가 그에게 사진을 내민다. 그는 뭔가를 기필코 차지하려는 아이처럼 양손으로 사진을 움켜쥐더니 손을 허벅지에 내려놓는다. 나는 의자 하나를 그의 옆으로 가져다놓고, 허벅지끼리 닿을 만큼 바짝 다가가 앉는다. 우리는 함께 그의 부모님 사진을 들여다본다.

두 사람에 대해 할 만한 말이 떠오르지 않는다. 내가 아무것도 하지 않았지만 그의 손 떨림이 멈추더니, 손수건을 꺼내 왼손으로 계속 사진을 든 채로 오른손으로 이마의 땀방울을 닦는다. 다음 순간 그는 나에게 몸을 돌리고 절박한 눈길로 바라보며 손으로 입을 가리고 소곤거린다. "이기는 게 중요한 게 아니야."

"이기는 게 중요한 게 아니에요." 그 말을 되풀이하는데 내 눈에 눈물이 고인다. "할아버지가 옳아요. 이기는 건 정말 중요하지 않죠." 나는 손을 그의 아래팔에 살짝 올린다. 모든 것과 모든 사람에 대항해 싸우는 걸 멈춰야 한다고 생각하니 긴장이 공중누각처럼 스르르 무너지는 게 느껴진다. 이제 내 차례라는 기분이 들어서 두어 번 심호흡을 한다. 그가 정말 옳다는 생각이 들고, 그가 어쩌다가 이 문장을 말하게 됐는지는 모르지만 어쨌든 나를 위한 말인 것만 같다.

하이디 클룸이 거실에서 나가는 소리가 들린다. 그녀가 나가면서 조용히 문을 닫는다. 나는 역할 분담을 생각하지 않기로 마음먹고 따뜻한 손을 내 배에 올린다. 이기는 게 중요한 게 아니다, 이기는 게 중요한 게 아니야, 이기는 건 정말로 중요하지 않아. 내 머릿속에서 어떤 목소리가 떠든다. 이 문장이 왜 이렇게 긴장을 완전히 누그러뜨리게 하는지 알 수 없다. 할아버지, 고마워요. 말해줘서 고마워요. 누군가 나에게 한 말 중에 최고예요.

"난 할아버지가 모든 사람 중에 가장 현명하다는 걸 늘 알고 있었어요." 나는 이렇게 말하고 그의 이마에 쪽 소리 나게 입을 맞춘다.

잠시 후에 내가 사진을 톡톡 두드리며 묻는다. "할아버지 부모님이 여기 왔었나요?"

후베르트가 고개를 끄덕인다.

"내가 두 분을 놓쳐서 안타깝네요."

후베르트는 '그거야 네 탓이지'라고 말하려는 듯이 싱긋 웃는다.

"할아버지의 아버지는 일을 하시죠?"

또 끄덕끄덕.

"어디서 일한다고 하셨죠?"

"시립 수목원에서."

"시립 수목원." 내가 그 말을 따라한다. "그렇군요. 원예에 재능이 있는 손이겠어요."

그가 왼쪽 손목을 돌려 자기 손을 자세히 들여다본다.

"형제자매가 몇 명이죠?" 내가 묻는다. 후베르트는 입꼬리를 내리고 어깨를 올린다.

"남자가 더 많아요, 여자가 더 많아요?" 나는 질문을 바꿔서 그가 대답하기 좋게 도와준다.

"반반이야."

"모두 몇 명이에요?"

"아홉 명." 그가 몸을 숙이고 엄지를 뻗고는, 자기 손이 남의 것이라도 되는 듯 자세히 들여다본다.

후베르트가 앉아서 졸고 있는 동안 나는 무질서한 것들을 다시 거실 장에 집어넣는다. 몽땅 집어넣고 문 닫기. 완벽하게 성공. 도움이 많이 된다는 유튜브의 정리 비법이 떠오른다. 그런 생각을 할 수 있는 사람은 리자뿐이다. 후베르트가 지치는 건 당연하다. 이런 대혼란을 일으키려면 틀림없이 힘이 많이 들겠지. 사망증명서를 발급받으려면 출생증명서가 필요하다는 게 기억나서 나는 후베르트의 출생증명서를 제일 위에 올려둔다. 어쨌든 우리 할머니의 경우에는 그랬다. 엄마는 그때 할머니 출생증명서를 찾지 못해서 완전히 절망했었다. 나방이 해야 하는 걱정 한 가지는 줄었다.

지나가면서 보니 후베르트의 아래팔에 돋은 빨간 점들이 그대로 있다. 그게 처음 내 눈에 띈 건 이번 주 초였다. 너무 많아서 세어보지는 않는다.

점이 뭔지 검색해봤다. 구글 박사의 말에 따르면 점상출혈인데, 피부에 생기는 점 형태의 출혈이란다.

이제 그가 움직인다.

"아, 푹 주무셨어요?" 나는 그에게 말을 걸고, 점들을 더 자세히 살펴보려고 쪼그리고 앉는다. 후베르트는 하품을 하고 주위를 둘러본 뒤에 다정하게 나를 바라본다.

"잠깐 낮잠을 자면 무척 좋지요." 나는 그의 손등에 있는 붉은 점을 누른다. "아픈가요?"

"아픈 데도 있어." 그가 대답한다.

"아픈 데도?" 내가 묻자 그가 고개를 끄덕인다.

나는 검지로 그의 아래팔에 있는 점을 하나 누른다. "그럼 이건? 아픈가요?"

"마음대로 생각하세요." 그가 대답한다.

"아이고, 할아버지." 나는 한숨을 내쉰다. "화장실 가셔야 해요?"

"아니. 넌 가야 해?"

"아니요, 괜찮아요. 안 가도 돼요." 나는 눈을 흘기며 대답한다.

"나 이제 일해야 해."

"좋아요. 내가 도울게요." 내가 말한다.

"여기 말고 또 어디에 점이 있나요?" 나는 물뿌리개를 손에 들고 조용한 걸음걸이로 고무나무에 다가가는 마니나에게 묻는다.

"양쪽 다리와 허리 아래쪽에."

나는 마니나가 독일어를 정말 잘한다고, 그리고 이제는 점에 대해 더 알 필요가 없다고 생각한다. 모든 것은 지나간다. 점들도.

나는 부엌으로 가서 딸기 그릇을 가지고 거실로 돌아와, 제일 큰 딸기를 집어 든다. "이것 보세요. 탁구공만 해요."

후베르트는 꿈쩍도 하지 않는다.

"일이 끝나면 할아버지는 동료들과 탁구를 쳤어요. 기억나세요?"

그가 손목시계를 내려다본다.

"알겠어요." 내가 중얼거리고, 칼로 딸기의 초록 부분을 자른다. 어쩌면 후베르트에게는 딸기 알레르기가 있는지도 모른다. 딸기 때문에 빨간 점이 생기는 건 당연해 보인다. 후베르트는 딸기의 초록 부분을 집어 들고, 초록색과 빨간색을 레고 블록처럼 맞추려고 한다. 나도 그를 따라서 내 딸기에 맞는 초록 부분을 찾아본다.

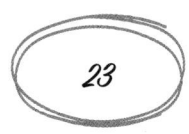

23

 나는 커튼을 치고 불을 끈 후에, 휴대폰도 끄고 알람 라디오의 콘센트를 뺀다. 22시 33분이라고 반짝이던 숫자가 사라진다. 이제 어둡다. 더듬더듬 침대 쪽으로 가서 이불 속으로 들어가는데, 속이 더부룩하다는 것 말고는 아무 느낌도 없다. 속에서 뭔가가 위벽을 누르는 것 같다. 나는 생선을 잘 소화하지 못하는데, 위르겐이 요리한 생선은 특히 더 못한다. 먹지 말았어야 했다. 그 어떤 설득도 받아들이면 안 됐다. 이미 오래전부터 알고 있는 사실인데도 일이 이렇게 됐다.

 나는 눈을 감고 검은 까마귀에게 만사가 아무 의미도 없고, 여름방학을 어떻게 보내야 할지도 모르겠다고 이야기한다. 2분도 채 말하지 않았는데 우리는 다툰다. 상상 속의 까마귀와 싸우기는 쉽다. 까마귀는 논거가 부족하다. 죽기에는 내가 너무 어리다는 구태의연한 논거를 댄다. 나는 까마귀의 말을 비웃는다. 아주 간단하다. 내가 그렇게 할 수 있기 때문이다. 나는 어둠을 노려보며, 죽음과 슬픔을 검은

색과 연관 짓는 게 얼마나 빌어먹을 일인가 생각한다. 그저 우리의 상상력이 부족해서 죽음에 다른 색깔을 부여하지 못할 뿐인데.

"이 모든 일이 어떻게 될지 궁금해하는 것보다 계획을 하나 세우는 게 더 간단해." 내가 말한다.

"그래도. 너무 어려." 까마귀가 고집을 부린다.

"어려운 주제야." 내가 말한다. "상황이 이러니 어떻게 의견을 통일할 수 있겠어?" 까마귀를 앵무새로, 뭔가 알록달록한 걸로 바꿔야겠군.

지난주에는 종이에 '만약-내가-죽는다면'이라고 세로로 서른 번 썼다.

만약
내가
죽는다면

거의 명상하는 것 같았다. 처음에 세로로 서른 번, 가장 아름다운 서체로 1학년처럼 공들여 '만약'이라는 단어를 썼다. 그런 다음 '내가'를 서른 번 쓰고, 이런 식으로 이어졌다. '죽는다면'을 쓸 때는 예전에 병원으로 후베르트를 문병 갔을 때처럼 입이 마르고 가슴에 돌이 놓인 기분이었다.

뭔가 상상한다는 건 뭔가를 경험하는 것과는 완전히 다

르다. 죽는 게 어떤지 내가 어떻게 안담? 숨을 쉬지 않고 심장이 멎으면 어떤지 알 수 없다. 물론 아이가 있거나 부자거나 죽으면 어떨지 상상할 수는 있지만, 정말 어떤지는 아이가 있고 부자가 되고 죽어서야 알 수 있다. 에바의 이상형 남자도 마찬가지다. 에바가 자기 나머지 반쪽과 함께 있으면 어떨지 상상할 수는 있지만 알지는 못한다. 그 이상형을 아직 전혀 모르니까.

죽음의 불편한 점은 아무것도 바로잡을 수 없다는 것이다. 케빈은 나에게 화가 날 텐데, 나는 아무것도 할 수 없다. 그는 스스로 목숨을 끊는 친구가 정말 친구이기는 했는지 의아해하겠지. 그 생각을 오래 하면 할수록 나는 그를 더 잘 이해하게 된다. 친구라면 "넌 나 없이 그냥 계속해. 난 이게 너무 힘들다"라고 말하지 않는다.

할머니가 우리와 죽음에 대해 말했던 것처럼, 내가 케빈과도 말을 해보는 편이 어쩌면 나을지도 모르겠다. 엄마와 나, 우리는 할머니가 어떤 장례식을 원하는지 정확하게 알고 있었다. 할머니가 그냥 다 말했기 때문이다. 할머니는 죽음과 임종에 관해 비밀스럽게 구는 일은 아무에게도 도움이 되지 않는다고 생각했다. 그리고 내가 생각하기엔 어떤 것을 어떻게 파는가도 중요한 것 같다. 어떤 사람들은 격자무늬 A4 용지를 매장 유리창에 붙이고 연필로 떨리는 서체로 '모두 매진'이라고 쓴다. 다른 사람들은 우아하게 휘어진 금색 글씨로 유리창에 '기회 상실'이라고 쓴다.

매일 저녁 나는 하루를 돌아보며 그날의 정점이 무엇이었는지 살핀다. 정점을 선택하면, 다른 사람들은 나와 다른 결정을 내릴지 궁금하다. 그러다 보면 각자 다르게 기억하리라는 사실을 깨닫게 되므로, 이런 고민은 나를 심연으로 추락시킨다. 각자 다르게 기억한다면 각자 다른 현실을 살아간다는 뜻이다. 그리고 각자 다른 현실을 살아간다면 모든 것이 흔들린다. 모든 것이 흔들리기 시작하면 안정감과 확고함은 망상에 불과하다.

나는 검은색이 검푸른색으로, 다시 검은색으로 변하는 어둠을 내다본다. 청록색 번개가 눈앞에서 번쩍이는 것 같다. 문 쪽을 바라보면서 바닥보다 2센티미터 높은 문지방이 있다고 상상하며, 무릎을 가슴으로 당기고 이불을 턱까지 끌어올린 후에 다리를 감싼다. 매일 아침 이 문지방을 넘어간다. 그냥 이론상으로는 좋은 일도 일어날 수 있다. 나는 옆으로 몸을 돌려 베개에 뺨을 대고, 후베르트가 돌덩이처럼 깊게 잠들었다고 상상한다.

후베르트와 지내기는 쉽지만 케빈과는 그렇지 않다. 케빈은 아는 게 너무 많다. 어떤 종이 언제 왜 멸종할지, 그래서 전체에 어떤 영향을 미칠지 알고 있다. "세부적인 것들은 문제가 아니더라도 그게 연결되면 큰 문제야. 린다, 인류는 벼랑 끝에 있어. 정말이야." 그의 말이다.

그가 이런 예언을 나에게 퍼붓든 폐해를 설명하려 하든 상관없이 왠지 모든 게 어렵다. 나는 이산화탄소 예산과 남은 예산이 뭔지 절대 이해하지 못할 것 같다. 케빈이 또 설명하려고 하면 "그만둬"라고 한다.

케빈과 내가 처음 알게 됐을 때, 우리는 웃을 일이 없었다. 케빈 부모님은 막 헤어졌고 우리 부모님은 전쟁 중이었다. 우리는 창백했고, 어른들의 스트레스가 안개처럼 우리 세상에 드리워져 있었다. 그때도 이미 케빈은 너무 진지하고 너무 똑똑해서 실제로는 아이가 아니었다.

"어떤 일곱 살짜리가 외교에 관심이 있겠니?" 자라 아줌마가 기억을 떠올리며 눈을 흘긴다. 나는 케빈의 엄마인 자라 아줌마를 처음부터 좋아했다.

"우리는 그때 학생, 학부모, 교사 만남의 날에 참석했어. 9월 어느 날, 학기를 시작한 첫 주에 하이킹을 하고 집으로 돌아오니 지크베르트가 사라지고 없었지. 피아노와 에스프레소 머신은 가져가고, 다른 건 다 남겨뒀더라. 자기 스키까지 그냥 놔뒀어." 자라 아줌마의 말이다.

케빈이 피아노 앞에 앉아 있는 사진이 있다. 아주 작은 그의 손이 아버지 손 옆에 놓여 있다. 케빈은 엄마와 함께 남았고, 건반은 자판이 됐고, 그는 내 다리에 매달린 짐이 되었다가 나중에는 내 친구가 됐다. 그게 케빈에게 유익한 일이었는지 의문이긴 하지만.

우리 부모님이 이혼하고 몇 주 지나지 않아, 내가 케빈에게 진로를 바꾸자고 제안했던 일이 생각난다.

"너는 폐해를 찾아내고 연관성을 연구하잖아. 그러니 해결책을 찾고 세상을 개선하는 게 어때?"

그린피스 활동가인 우리 케빈. 나는 속으로 이렇게 생각했다.

자라 아줌마도 나와 똑같은 계획을 품었다. 아줌마는 나를 좋아했고, 우리 우정이 자기 아들을 생활력 있는 아이로 바꾸어놓기를 기대했다. 아줌마와 나는 몇 년 전부터 같은 희망을 품고 있다. 고민이 많은 케빈이 잠을 자고 다음 날 아침 아무 걱정 없이 일어나기를 바란다. 헛된 기대다.

이혼은 빌어먹을 일이다. 부모 중에 여러분을 맡기로 한 부모 쪽으로 여러분이 간다는 뜻이다. 사람들은 "참 좋겠다. 넌 이제 방도 두 개고, 네 엄마와도, 또 아빠와도 여행을 갈 수 있잖아. 부모님이 이혼 때문에 양심의 가책을 느껴서 선물도 많이 줄 거야. 무척 잘 챙겨줄 테지"라고 말한다. 여러분은 사람들이 제정신이 아니라고, 아무것도 모른다고 생각한다. 그들이 여러분에게 묻는다. "네 엄마는 어떻게 지내? 애인이 생겼어? 네 아빠는 어때? 애인 생겼어?" 그리고 여러분에게 말한다. "넌 해낼 수 있어. 강하니까." 엄밀히 말해서 부모님이 이혼한 후에는 선택지가 두 개뿐이다. 세상이 여러분 앞에 열리거나, 여러분이 덫에 걸리거나.

지난여름에 우리는 케빈의 아버지를 찾아갔다. 그를 찾아내기는 쉬웠다. 지크베르트 아저씨는 바이에른주 바세르부르크의 어느 원룸에 살았는데, 방에는 음표가 가득했다. 그 주소지는 기차와 버스로 찾아가기 쉬웠다. 창턱에 놓인 에스프레소 머신이 눈에 들어왔다. 우리는 만나서 악수로 인사했다. 케빈은 어쩔 줄 모르는 표정으로 아저씨와 마주서 있고, 나는 그런 케빈 옆에 서 있었다. '케빈이 어른이 되면 저런 모습이겠구나.' 나는 생각했다. "친구 없이 혼자 절대로 친아버지를 만나러 가면 안 돼." 나중에 우리는 이런 농담을 했다. 케빈은 긴장했고, 지크베르트 아저씨는 무관심한 표정이었다. 아저씨는 자라 아줌마 안부를 묻고, 케빈이 학교 수업을 잘 따라가는지 물었다. 학교에 관한 질문만으로도 구역질이 났는데, 피아니스트인 아저씨는 뉴욕과 빈, 뮌헨과 슈투트가르트, 베네치아 등으로 이어지는 자기 다음 일정을 설명했다. 나는 베네치아까지는 귀를 기울였지만 그 뒤로는 그저 아저씨가 엄청난 멍청이라는 생각만 했다. 그의 발전에 방해가 되는 건 아무것도 없다는 사실은 확실했다. 컴퓨터 중독인 열세 살짜리 아들도 방해가 되지 않았다. 집에 오는 길에 나는 최소한의 말만 했다. 엄마와 아버지, 아이들에 대해 생각하고 싶었다. 고민해도 결론이 나지 않았다. 고민할 게 뭐 있으랴? 온갖 일에도 불구하고, 그리고 아무도 그러지 않더라도 나는 케빈을 믿는다. 케빈은 아주 좋은 친구고 멋진 아이다.

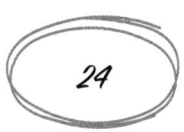

24

 후베르트는 누군가 질문할 때만 말을 한다. 미녀도 누군가 질문하거나 자기가 질문할 게 있을 때만 말을 한다. 말하자면 미니멀 프로그램이다. 마니나의 독일어는 정말 훌륭하고, 질문을 정확하게 표현한다. 그러고 보니 한 번에 언제나 세 가지 질문을 한다. 아마 질문이 생기면 모으면서 적절한 기회가 오기를 기다리는 모양이다. 에바가 정말 그립다! 이따금 이 일을 때려치우고 싶다는 생각도 하는데, 그렇게 하면 우리는 이사를 가야 한다. 내가 후베르트에게 아무 관심도 없는 척하며 지낼 수는 없을 테니까. 그러기에는 너무 늦었다. 어찌 됐든 에바가 없으니 이곳의 모든 것이 감정이라고는 하나도 없이 메말랐다.

 후베르트와 에바와 나. 이 관계를 어떻게 설명해야 할까? 우리가 제일 친한 친구라고 말할 수는 없다. 그러면 과장이 될 테지. 우리는 서로를 느낀다. 서로 파고들거나, 그게 아니라도 어쨌든 서로에게 다가가는 물결 또는 아이들이 손으로 하는 놀이와 비슷하다. 제일 위에 있는 손 위에 다른 손이 놓이고, 제일 아래에 있는 손이 빠져나와 다시 제일 위에 놓이고, 이런 식으로 계속된다. 감정과 분위기와 몸짓이 쌓인다. 어떤 때는 후베르트의 으르렁거림이, 또 어떤 때는 에바의 국가가, 또 어떤 때는 내 유머가 위에 놓인다.

"에바가 돌아와야 해." 나는 카밀라에게 말하며 양쪽 귀 사이를 가볍게 긁듯이 쓰다듬는다. 카밀라는 내 허벅지에 가로로 누워 네 다리를 사방으로 뻗고 있다. '관심 없어'라는 뜻이다.

후베르트의 청력이 안 좋다는 사실은 지금까지 아무에게도 문제가 되지 않았다. 청력이 약해지는 건 틀림없이 장점이 있을 거다. 아마 그에게도 나름대로 이유가 있을 테지. 그가 일부러 안 들리게 조종하지야 않겠지만, 어쩌면 그의 영혼이 그렇게 하는지도 모른다. 인생의 마지막 단계에 더는 모든 것을 듣지 않는 것은 일종의 섬세 세탁 모드라고 할 수 있다. 나도 뭐든 다 들을 필요가 없다면 좋겠다.

린다, 쓰레기 내려다 두렴.

또 헛된 꿈을 꾸니?

안타깝지만 성적이 '가'입니다.

그리고 모든 것 중에 가장 끔찍한 문장은 "어린이 방으로 가".

엄마가 그 말을 하면 나는 그 자리에 뿌리박힌 듯 서서,

눈길로 엄마를 죽인다.

"그럼 청소년 방으로." 엄마가 한숨을 내쉰다. "도대체 무슨 차이가 있다고 그래?"

"무슨 차이가 있냐고?" 내가 되묻는다. "내가 어린이라면 엄마는 나를 돌봐야 하고, 장의사랑 밖으로 나돌지 못하겠지."

"우린 밖으로 나돌지 않아. 그리고 그 사람 이름은 위르겐이야."

"장의사 위르겐." 내가 대답한다.

나는 후베르트와 크게 이야기해도 불편할 게 없는데, 마니나에게는 정말로 문제가 되는 것 같다.

"그에게는 보청기가 필요해요." 마니나의 첫 입장 표명 가운데 하나였다. 그녀는 오자마자 목이 쉬었다.

"할아버지가 마니나 때문에 이제 보청기를 껴야 해요?" 내가 나방에게 묻는다.

"그렇게 말할 수는 없어." 나방이 대답한다.

"말도 안 돼요! 여기 누구나 들어와서 발언권을 얻는다고요?" 내가 항의한다. "할아버지에게 보청기를 원하는지 물어봐야 해요. 그리고 내기해도 좋은데, 할아버지는 분명히 싫다고 할 거예요. 필요하지 않으니까요."

"왠지 모르게 마니나가 이해돼. 마니나는 하루 종일 여기 있잖아." 나방이 대답한다. 나는 바로 그게 문제라고 생각하면서, 후베르트가 보청기를 끼면 얼마나 많은 일을 벌일지 상상해본다.

"내가 도대체 왜 흥분하는 거지. 우리가 틀니를 찾는 거랑 보청기를 찾는 게 무슨 차이가 있을까요?"

"에바 의견이 어떤지 기다려보는 게 좋겠어." 나방이 이렇게 말하고 구찌 백을 집어 든다.

나는 물을 한 컵 마시고 생각한다. '정말 굉장한 아이디어야!'

"린다, 네가 좋은 마음으로 하는 말이라는 거 알아." 나방이 말한다.

내 눈에 눈물이 차오르는 게 느껴진다. 내가 여기서 우는 지경에까지 이르렀구나. 이런 생각을 하며 나는 분노를 삼킨다.

나는 나방이 우는 건 한 번, 에바는 자주, 후베르트는 한 번도 못 봤다. 후베르트는 콧물이 흐르듯이 가끔 눈에서 물이 나오고 유리처럼 보일 때가 있지만 눈물은? 그러니까 제대로 운 적은? 없다. 내가 있을 때 후베르트가 운 적은 한 번도 없고 에바가 있을 때도 마찬가지다. 봤더라면 에바가 나에게 말했을 거다. 나는 그의 여러 가지 기분을 안다. 남들이 자기를 독살하려 한다는 생각이나 기타 불신을 표현하는 이마 찌푸리기와 눈썹 모으기. 당황하거나 불안할 때는 헛기침과 침 삼키기. 부담을 느끼거나 회피하고 싶을 땐 양손을 바지 주머니에 넣고 창밖 내다보기. 하지만 그가 우는 모습을 본 적은 없다.

"이제 애벌레는 안 오나요?" 내가 나방에게 묻는다.

마니나는 에바와 완전히 다르다. 마니나에게는 달려 있는 부속물이 없다.

보석이 없다.

가방도 없다.

액세서리도 없다.

"자기 자신만으로 충분하다는 걸 아니까." 나방이 말한다. 작은 폴란드도 간결하다. 마니나는 자기 침구를 가지고 왔다. 전임자의 베개를 베고서는 하룻밤도 잘 수 없을 테지. 에바와 마니나는 낮과 밤처럼 완전히 다르다.

에바는 진심을 다하는 철저한 간병인이며 틈이 나면 집을 청소한다. 마니나는 환경미화원인데, 틈이 나면 치매 노인을 돌본다.

"간병이라는 표현은 과장됐어요." 내가 나방에게 말한다. "마니나는 우리보다 진공청소기랑 더 친하다고요."

마니나는 전반적으로 지저분한 것을 못 참는 듯하다. 과일과 채소는 식초 물에 씻는다. 욕실 세면대는 하루 세 번 청소하고, 수저는 끓는 물에 담갔다가 광을 낸다. 카나리아 똥에는 아무 문제도 느끼지 못한다는 게 놀랍기만 하다.

"어쩌다가 새를 기르게 됐는지 물어봐주실래요?" 내가 나방에게 부탁한다.

"왜 네가 직접 묻지 않고?"
"내가 자기한테 관심이 있다고 생각하는 게 싫어서요."

에바의 삶에서 가장 중요한 주제는 자신의 나머지 반쪽이다. 나방이 마니나에게 자녀를 갖고 싶은지 묻자, 그녀는 출산이 두렵다고 대답했다. 이에 비해 에바는 아이를 원했을 것이다. 에바에게 아이를 원하는지 물으면 그러기에는 너무 늙었다며 자기 아랫배를 가리킨다. 그러고서 바로 덧붙인다. "하지만 나머지 반쪽을 찾기에 너무 늙은 건 아니야." 이렇게 말하며 얼굴을 붉힌다. 그 말을 천천히 입안에서 굴려봐야 한다. 에바는 자신이 온전한 것의 반쪽이라고 진심으로 믿는다.

나는 언젠가 이렇게 말했다. "에바, 결혼을 해야 온전해진다고 주장하는 거예요? 그러면 이혼을 하면 다시 불완전해지거나 뭐 그런 건가요?"

나는 애벌레가 왜 오지 않느냐는 질문의 대답을 듣지 못했다. 아마 레오니가 치매에 걸린 증조할아버지와 함께 있는 것을 못마땅해하는 사람이 있는 모양이다.

"사람들은 자기가 잘 모르는 것에 불안감을 느껴." 엄마가 말한다. 후베르트와 함께 있든, 자기 할머니 친구들과 함께 있으면서 지루해하든 애벌레에게는 아무 차이가 없다. 어쨌든 나방은 내 질문을 피했는데, 나는 애벌레와 후베르트 둘이 잘 지내리라는 걸 분명히 알고 있다.

  어느 날 오후에 나방이 문간에 서서, 건물 관리인에게 급하게 할 말이 있으니 애벌레를 잠깐만 봐달라고 에바에게 부탁했다. 에바는 그때 상황을 나에게 시시콜콜 다 이야기했다. 그녀는 나방에게 애벌레를 자기 눈동자처럼 지키겠다고 대답했다고 한다. 작은 폴란드의 게시판에 '뭔가를 자기 눈동자처럼 지킨다는 것은 뭔가를 특히 조심스럽게 돌본다는 뜻이다'라는 문장이 오랫동안 쓰여 있었다. 그때부터 에바는 이 관용어를 애용한다.

  그때의 장면이 눈앞에 보이는 듯하다. 날개를 축 늘어뜨린 나방과 눈에 사랑이 듬뿍 담긴 에바. 세 명만 남자마자 에바는 실험을 시작했다. 멕시코시 바구니 카시트에 앉은 애벌레를 이 방 저 방으로 데리고 다녔고, 후베르트는 계속 그 뒤를 따라다녔다. 에바가 레오니를 내려놓자 후베르트가 그 옆에 와서 앉았다. 둘 사이에는 손바닥 하나 들어갈 자리도 없었다고 한다. 애벌레가 후베르트를 자석처럼 끌어당겼다는 것이다. 그러니 애벌레가 왜 이제 더는 오지 않는지 누가 나에게 설명을 좀 해줘야겠다.

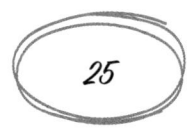

자라 아줌마는 케빈이 우리 집에서 잔다고 생각한다. 우리 엄마는 내가 케빈 집에서 잔다고 생각한다.
"네가 케빈 집에서 자는 게 뭐 새삼스러운 일이니?" 엄마가 묻는다.
"새로운 일이야 언제나 있지." 나는 우산을 들고 그 끝으로 엄마 심장을 겨눈다.

나는 검지를 입술에 대고 몇 초 동안 숨을 참는다. 발소리가 멀어지고, 교회 문이 닫힌다. 열쇠를 두 번 돌리는 소리가 들린다. 기다려. 내 머릿속에서 어떤 목소리가 말한다.
"이제 들킬 위험 없어." 케빈이 쉿소리를 낸다. 나는 뻣뻣해진 무릎을 움직여 고해소에서 기어 내려온다. 처음엔 내가, 그다음엔 케빈이. 그는 싱긋 웃으며 엄지를 치켜세우고 뺨에서 공기를 내보낸다. 나는 의기양양한 누나처럼 케빈의 어깨를 두드린다. 불이 꺼진 양초 냄새가 코를 찌르는 동안, 열기가 머릿속을 스쳐 지나간다. 나는 어둠 속을 더듬으며 허겁지겁 백팩을 찾는다. 내가 왜 이렇게 흥분했지? 아마도 이 밤을 뭔가 특별한 것으로 만들어야 한다고 굳게 마음먹었기 때문일 거야.

특별히 아름답고

특별히 흥미진진하고

특별히 으스스한 밤.

아무래도 상관없다. 중요한 건 특별하다는 거다. 우리가 교회에서 함께 보낸 이 밤을 케빈이 잊어서는 안 된다. 말하자면 유산 같은 거다. 안 좋은 날을 덮기 위해 친구들끼리 나눠 가지는 유산. 호숫가 야외 수영장에서 하는 녹음과 같은 정점의 순간.

야외에서 텐트를 치거나 그냥 하늘을 보며 잘 수도 있었다. 어쩌면 별이 총총한 밤이 되었을지도 모른다. 선택지가 많으면 괴롭다는 속담은 옳다. 그래도 교회는 곧장 떠오른 생각이었다. "교회에 유령이 나타난다는 말을 믿어?" 내가 묻자 케빈이 어깨를 으쓱한다.

나는 양팔을 벌리고 빙빙 원을 그리며 돈다. "갇혔지만 보호받는 느낌이야."

케빈은 정신 나간 사람 보듯 나를 보고는, 에바가 막대기로 보기 흉한 양탄자를 털 듯 손바닥으로 쿠션을 두드린다.

"미쳤어!" 나는 욕을 퍼부으며 주위를 둘러본다.

"예쁘장한 경보 장치 때문에 쫄 필요는 없어." 케빈이 쳇소리를 낸다.

그의 반응에 나는 상처받는다. 케빈은 잘난 척하면서도, 이 밤이 자기에게 얼마나 중요한 역할을 하게 될지 전혀 모른다.

장의자에 쿠션이 놓여 있다. 베개와 플리스 담요면 충분할 거다. 게다가 우리가 잠을 자게 될지 어쩔지는 모르니까. 우린 휴대폰 손전등 기능을 사용하지 않기로 합의했다. 불이 필요한 경우에 대비해 후베르트의 집 지하실에서 손전등을 가지고 왔다. 나는 케빈의 운동화에 전등을 비추며 신발 크기를 묻는다.

"280." 케빈이 대답하고 자기 손전등을 꺼내 내 얼굴에 정면으로 비춘다.

"하지 마, 바보야." 나는 새된 소리를 내며 손으로 눈을 가린다.

나랑 같이 교회에서 밤을 보내겠냐고 물으니 케빈이 대답했다. "너니까."

나는 손을 그의 손에 얹고, 내가 지을 수 있는 가장 예쁜 미소를 지으며 그의 대답을 반복했다. "너니까."

제3의 인물이 증인으로 옆에 있으면서, "너희니까"라고 말해주기를 바랐다.

케빈이 이 순간이 얼마나 중요한지 전혀 모를까 봐 걱정이 된다. 남자애들이 그렇지 뭐. 나는 머릿속으로 이 장면을 수많은 버전으로 여러 번 돌려봤다. 즐거운 버전, 극적인 버전, 슬픈 버전 등등. 많은 선택지란 너무나 어려운 일 중 하나인 것 같다.

케빈은 한 시간 전부터 잔다. 이렇게 긴장이 다 풀린 모습은 처음 본다. 방사선이나 미세플라스틱에 대한 얘기는 한 번도 듣지 못한 사람처럼 보인다. 들리지도 않을 정도로 편안하게 숨을 쉰다. 케빈은 창백하다. 창백하고 말랐다. 이 밤이 뭘 바꿀지 누가 알랴? 어쩌면 모든 것을? 성령이 나에게 내려와 내일 아침이면 내가 '인생은 선물이야'라고 생각하게 될지도 모른다. 그리고 케빈은 드디어 그린피스 활동가가 되겠지. 모든 게 가능하다. 교회라는 이 공간은 기적을 일으키는 곳으로 유명하니까.

"이봐요, 희망의 전달자님." 나는 십자가에 못 박힌 예수에게 말하며 그에게 고개를 끄덕이고, 기름칠한 교회 장의자를 손으로 쓰다듬는다. 혀를 차고서 메아리에 귀를 기울이고, 어깨를 빙빙 돌리며 고개를 젖히고 말한다. "여긴 아주 춥군. 색이 잘 우러난 차를 마시면 좋을 텐데."

나는 오늘 일을 아무에게도, 에바가 들으면 너무나 행복해할 테지만 그녀에게도 말하지 않을 생각이다. 떠나기 며칠 전에 에바는 '성모송'과 '주님의 기도'를 내 손에 쥐여 주고 묵주기도 절차도 줬다. 그러고 이미 자주 말했지만 기도하면 스트레스가 줄어든다고 덧붙였다. 나는 모두 가지고 왔다. 주기도문을 외워볼까. 나는 주기도문이 적힌 종이로 작은 배를 접어 성수반에 띄운다. 배가 침몰하면 자동차에 뛰어들고, 침몰하지 않으면 살아야겠다.

못 믿겠어! 교회 장의자에 누워, 5성급 호텔에 온 것처럼 잘 자다니. 나는 케빈의 흉곽이 오르락내리락하는 모습을 지켜본다. 그의 눈꺼풀에 시선을 집중하고 이제 일어나라고 암시를 건다. 아이고, 세상에. 내가 마술을 부릴 줄 아네.
"어이." 케빈이 당황한 표정으로 나를 바라본다.
"어이." 나도 똑같이 대답하며 히죽 웃는다.
"지금 몇 시야?" 케빈이 묻는다.
"1시."
"정말?"
"컴퓨터 없이 보내는 밤이 너에게 잘 맞는 모양이야."
케빈이 일어나 앉아, 양손을 뒤통수에 대고 목덜미를 늘이며 욕을 한다. "빌어먹게 추운 호텔이군."
"은빛 제단 주위를 조깅할 수도 있어." 내 말에 케빈이 싱긋 웃는다.
"배고파?" 내가 묻자 그가 고개를 끄덕인다.
"그럼 소란을 좀 피워볼까." 나는 초콜릿 바를 꺼내 반으로 나누고, 나뉜 두 개를 나란히 맞댄 다음 더 큰 쪽을 케빈에게 건넨다. 혹시 예수가 우리에게 아무 말도 하지 않거나 마리아가 나타나지 않더라도 내가 자기에게 더 큰 조각을 줬다는 건 케빈이 기억해야 하니까.

"그동안 내내 뭐 했어?" 케빈이 묻는다.

"성서를 읽었지. 다른 책은 없더라."

케빈이 고개를 끄덕이며 싱긋 웃는다. 그의 미소가 좋아서 나도 싱긋거린다.

"날 위해 기도했어?" 케빈이 또 묻는다.

"그랬어야 하나?" 나는 당황해서 되묻는다.

"무슨 일이 일어날지 모르잖아." 케빈이 대답하고, 가냘픈 팔로 나를 안는다.

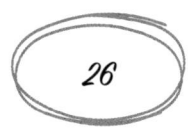

26

 밤에 완전히 돌 것 같은 시간은 3시에서 6시 사이였다. 살면서 가장 긴 시간이었다. 도대체 누가 시간을 멈춰 세웠을까. 어쨌든 나는 아니다.

 케빈은 정확하게 네 마디를 했다. "내 침대에 들어가고 싶다." 그것도 10분에 한 번씩. 가끔 꾸벅꾸벅 졸기도 했다. 나는 고해소에서 성스러운 공기를(어릴 때 나는 교회의 공기를 이렇게 불렀다) 들이마시면서 자라 아줌마는 케빈이 우리 집에 있다고, 우리 엄마는 내가 케빈 집에 있다고 믿는다는 생각을 했다. 그저 만사 오케이라고 생각한다고 해서 정말로 만사 오케이라고 가정할 수는 없다는 사실을 깨달았다. 고해소에서 보낸 마지막 30분은 그 전보다 더 춥게 느껴졌다. 앞으로 엄마가 다리에 쥐가 났다고 불평하면 교회에서 보낸 이 밤이 떠오르겠지. 6시가 막 지나자 드디어 열쇠를 돌리는 소리가 들려왔다.

 후베르트라면 이 밤이 쓸모없었다는 총평을 내릴 거다. 죽음 이후의 삶에 대해서는 고사하고 삶과 죽음에 관한 깊은 대화도, 특별히 아름다운 일도, 특별히 흥미진진한 일도, 특별히 재미있는 일도 일어나지 않았다. 그저 교회에서 보낸 하룻밤일 뿐, 그 이상은 아니었다. 대부분의 사람들은 자기에게 주어지는 것에 만족하니 그걸로도 충분할 거다. 그들은 아침에 일어나 '재생' 버튼을 누른다. 익숙한 일을 반복하고 변화는 피한다. 날마다 해마다 같은 절차, 같은 음식, 같은 음악, 같은 길. 어떻게 지내는지 물어보면 "모든 게 그린라이트예요"라고 대답한다. 모든 게 그린라이트라고? 도대체 몇 가지 색깔이 있는데? 나는 그들에게 고함을 지르고 싶다. 케빈에게 앞으로 어떻게 될지 묻자 이런 대답이 돌아온다. "아무 일도 일어나지 않아. 첫째, 인간은 폐해에 반응하기에는 너무 느리고 둘째, 너무 게으르고 셋째, 너무 멍청하니까." 나는 희망의 불씨를 간직하려고 말한다. "사람들은 업무와 소비에 짓눌려 있어. 게으를 수는 있겠지만 멍청하다고? 글쎄, 모르겠네."

케빈은 성층권 오존층 파괴와 대기권의 에어로졸 오염에 관한 표를 내 코앞에 던지고는 이 모든 것을 인간이 유발했다고 설명하며 더 나은 예측을 할 수 없어서 유감이라고 한다. 그래서 이제 뭘 할 거냐고 묻자 팔짱을 끼고 대답한다. "내 동료들은 준비가 되어 있어. 생존 매뉴얼을 다 외우고, 비상용 가방과 발전기, 태양열 발전, 물탱크 등 모든 것을 소유하고 있지."

"너는?" 내가 묻자 케빈은 체념한 듯 어깨만 으쓱한다.

"너희들, 어디서 오는 거야?" 자라 아줌마가 묻는다. 케빈은 알아들을 수 없는 말을 웅얼거리고 재킷을 바닥에 던진다.

"이봐, 친구. 장난해?" 아줌마가 욕을 퍼붓는다.

케빈이 툴툴거리며 재킷을 집어서 건다.

"거봐, 할 줄 아네." 아줌마가 말한다. "너희 둘 다 잠을 제대로 못 잤구나."

나는 아줌마가 정말 좋다. 아줌마는 할 말을 정확하게 한다. 나는 케빈의 엄마가 이제 5초 후에 하게 될 말을 소리 없이 미리 말한다. 하나, 둘, 셋. 지금이다.

"린다, 미안한데 환기 좀 해주겠니?"

"그럼요." 나는 늘 그렇게 대답한다.

케빈의 방은 지옥이다. 청소년답게 몸을 과격하게 움직일 만한 자리라고는 전혀 없다. 침대와 소파, 책장, 컴퓨터 책상, 게임용 의자, 빈 백 소파. 모든 것이 뒤엉켜 있다. 옷장은 없다.

"바지 두 개와 티셔츠 네 개뿐이니 옷장은 필요 없어." 케빈의 말이다. 그런 식이라면 책장도 필요 없다. 도날드 덕 세 권과 미키 마우스 알람시계뿐이니까. 하지만 나는 참견하지 않는다. 그건 열외로 치더라도 도날드 덕과 미키 마우스를 좋아하기에는 케빈 나이가 이제 너무 많은데. 지금까지 나는 그의 패션 스타일에 끼어들지 않았다. 하지만 라이파이젠 은행 셔츠는 유행이 지났고, 회색과 검정 조깅 바지 중에서 선택하는 것만으로는 부족하다고 말해줄 때가 된 것 같다. 남자아이들은 다르다. 그런 예는 바닷가 모래알만큼이나 많다. 사과하는 케빈의 방식을 예로 들어볼까. 케빈이 'sry'라고 문자를 보내면, 나는 'sorry'라고 다 쓰는 게 정말 어려운 일인가 생각한다. 그가 나에게 사과 문자를 받았는지 묻는다면(실제로 묻지는 않는다) 이렇게 말할 텐데. "쓸데없이 글자 낭비하지 마쇼."

매번 나는 케빈에게 지금 뭐 하는 짓이냐고 답장을 보내고 싶은 충동을 느낀다. 그러면 아마 'sry = sorry'라는 답장이 올 테지. 남자아이들은 뭔가 잘못하고서도 인정하지 않는다. 지려고 하지 않는 것, 시험 때 부정행위를 하고서도 인정하지 않는 것과 마찬가지다. 질 수 없으니까.

케빈의 방은 데이터 센터처럼 보인다. 모니터가 세 개 있다. 우리는 이런저런 물건 위를 넘어 다닌다. 바닥에 빈 공간이 전혀 없다.

"넌 왜 커튼을 열지 않아?" 내가 묻는다.

"왜 열어야 해?"

"그래야 빛이 들어오잖아."

"여자들이란."

"유리창은 나만 열 수 있어?" 내 질문에 케빈이 고개를 끄덕인다.

"네 엄마는 왜 안 돼?"

"그랬다가는 여기 매일 터덜터덜 들어와서 모든 걸 엉망으로 만들어놓을 테니까."

"아하." 나는 뒤죽박죽인 방을 노려보며 대꾸한다.

그리고 창밖에서 날아다니는 잎사귀를 볼 수 있게 빈 백에 자리를 잡고 앉는다. 극장보다 훨씬 좋다. 계속 바람이 불어와서 잎사귀를 날리고, 그럴 때면 XXL 사이즈의 안락감이 내 안에서 솟구친다. 나는 몸을 둥글게 말고 케빈의 이불을 집어 턱까지 끌어 올린다. 해넘이와 크리스마스 조명에는 전혀 감상적이 되지 않지만, 가을은 나를 감동시킨다. 가을에는 호수에서 수영을 해도 되고, 2미터짜리 머플러를 목에 두르고 다녀도 된다. 아이스크림이나 밤을 먹을 수 있고, 반바지를 입거나 겨울 부츠를 신을 수도 있다. 원하는 대로 뭐든 할 수 있다.

내가 빈 백에 푹 파묻힌 채로 오른발을 몸 쪽으로 당겨 양말에 난 구멍을 검지와 중지로 더 넓히는 동안, 케빈은 게임용 의자에서 느긋하게 긴장을 풀고 있다.

"이쪽으로 던져." 내가 화장지 박스를 가리킨다.

"이 밤이 가져다준 거라고는 감기뿐이야." 케빈이 툴툴거린다.

나는 그에게 우리 우정이 얼마나 중요한지 말하고 싶지

만 말할 엄두가 나지 않는다. 그 말을 하는 대신 목소리를 바꾸어 이렇게 말한다. "뉴스를 말씀드립니다. 청소년 두 명이 브레겐츠의 어느 교회에서 밤을 보냈습니다. 이들은 고해소에 숨어 있었습니다. 둘의 건강 상태는 양호합니다. 감기에 걸린 것 말고 다른 피해는 입지 않았습니다. 이 청소년들이 왜 교회에서 밤을 지냈는지는 아직 밝혀지지 않았습니다."

"그래, 바로 그거야. 도대체 왜 그랬지?" 케빈이 묻고는 눈을 동그랗게 뜨고 나를 노려본다.

나는 빈 백에 몸을 더 깊게 묻으며 천장 조명에 매달린 토성과 천왕성을 쳐다본다. 행성 모델이 축척에 맞게 만들어졌는지 궁금하군. "우리의 우정은 계속될 테니까. 죽음을 넘어서까지."

빌어먹을, 내가 무슨 헛소리를 하는 거람? 나는 숨을 멈추고 케빈의 대답을 기다린다. "아직 거기 있어?" 내가 물으며 몸을 일으켜 그의 얼굴을 바라본다.

"아, 그거야 잘못될 일이 없지." 케빈이 대답하고 미소를 짓는다.

"맞아." 나는 안심하며 다시 뒤로 털썩 주저앉는다. 케빈이 인터넷에 깊이 빠지는 동안 나는 점점 더 긴장을 풀고, 영원히 잠들어야겠다고 마음먹는다. 내 몸과 빈 백 사이의 경계가 흐릿해진다. 마치 내가 틀에 부어진 것 같다.

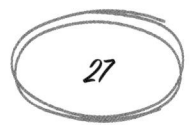

 후베르트는 이제 거의 걸을 수 없다. 누가 잡기라도 하는 것처럼 양쪽 발이 바닥에 붙어 있다. 우리는 결코 오고 싶지 않던 곳에 이르렀다. 그는 이제 정말 후퇴할 생각인 듯하다.

 그는 콧물을 흘리고, 눈물도 흘린다. 뭔가 바닥에 떨어져도 줍지 않는다. 나는 우리가 죽어가고 있다고 생각한다. 완두콩을 가리키며 "초록색"이라고 말하고는, 넓고 파란 하늘을 떠올린다. 후베르트가 볼 수 없는 하늘을. 그에게는 차이가 없다. 초록이든 파랑이든, 완두콩이든 하늘이든 모든 게 똑같다.

 죽어가는 환자와 함께해본 사람은 우리 중에 아무도 없지만, 나는 에바에게 전화하고 싶지 않다. 인간이 1분에 몇 번 호흡하는지 검색하면 성인은 열두 번에서 열다섯 번이라는 글이 뜬다. 나는 휴대폰을 들고 스톱워치를 누른 다음, 후베르트의 흉곽을 지켜본다. 숫자를 세는 동안 나지막하게 똑딱거리는 소리와 함께 초가 앞으로 나아간다.

내가 아니라 나방이 지금 여기 와 있어야 한다는 엄마의 말이 어쩌면 맞을지도 모른다. 스톱워치를 멈추고 시간을 0으로 돌린 다음, 정신을 집중하고 다시 누르고서 처음부터 또 센다. 60초 후의 결과는 호흡 일곱 번이다.

"우린 이미 온갖 일을 겪었잖아요." 나는 이렇게 말하며 후베르트의 손을 잡는다. 그의 손도, 내 손도 따뜻하다. 세상이 평온하다고 믿을 수도 있겠지. "절약 모드인가요?" 내가 묻고는 눈썹을 치켜세운다.

후베르트는 반응을 보이지 않는다.

"할아버지, 내가 의사는 아니지만 이게 무슨 큰일은 아닐 거예요." 내가 말하고서 벽에 걸린 사진 액자들을 쳐다본다. 하이킹을 하는 후베르트와 어떤 여성. 풀밭에 있는 아기. 배의 갑판에 있는 개 한 마리.

엄밀하게 말하자면 호흡은 그다지 큰일이 아니다. 후베르트는 편안하게 누워 있다. 마라톤에 참가해야 하는 것도 아니다. 호흡이 다섯 번 많거나 적다고 달라지는 건 없다.

"은퇴한 수영장 안전요원 잠옷을 입은 거예요?" 내가 묻는다. 그의 잠옷은 오리지널 베마 수영 보조 팔 밴드와 똑같은 색깔이다. "엄청나게 진한 오렌지색이에요." 나는 스톱워치를 돌려 처음부터 시작하고, 다시 한번 60초 동안 호흡을 센다. 결과는 동일하다. 일곱 번이다. "좋은 숫자에요." 내가 말한다.

아마 그는 로잘리의 화장수가 다 떨어지면 사망할지도 모른다. 병에는 이제 1센티미터 조금 넘는 액체만 남아 있다. 그가 로잘리에 대해 묻지 않아도 나는 그가 로잘리를 기다린다는 걸 안다. 매일 저녁 마니나는 로잘리의 화장수 오드콜로뉴를 후베르트의 베개에 뿌린다. "살짝 뿌리면 정말 기적이 일어나거든요." 언젠가 내가 마니나에게 말했다. "에바가 그렇게 하면서부터 할아버지는 아기처럼 잘 주무세요."

후베르트는 평균 여덟 시간 깨어 있다. 열여덟 시간 자는 날도 있긴 하다.

"의인처럼 마음 편히 푹 주무시는 거야." 나방이 말한다.

그는 잠을 잘 때는 잔다. 깨어 있을 때는 깨어 있다. 그가 내린 결정이다. 우리는 알약을 으깨어 간 소시지에 섞는다.

"속여서 죄송해요." 나는 이렇게 말하고 창문을 연다. "예전에는 뭐든지 더 좋았죠." 진심으로 하는 말이다.

후베르트와 둘만 있을 때면 나는 그의 이마에 입을 맞춘다. 그러는 게 불편하지 않고, 기쁜 마음으로 그렇게 한다. 또는 엄지로 그의 이마에 성호를 긋는다.

"할아버지 엄마가 보내는 인사예요" 또는 "신이 할아버지를 지켜주기를"이라고 말한다. '신이 할아버지를 지켜주기를'이라는 말은 그냥 내가 지어낸 거다. "결론적으로 말해서 축복이 나쁠 리는 없잖아요."

'결론적으로 말해서'는 내가 후베르트에게서 배운 관용구로, '총평을 내리면'과 같은 말이다. 결산을 내는 게 그에게는 중요했던 듯하다.

"이제 우리가 할아버지의 결산을 내야 해요." 내가 나방에게 말한다. 결론적으로 말해서, 우리 모두 후베르트를 위해 노력한다.

그가 깨어 있는 시간이면 우리는 그에게 티스푼으로 백번 액체를 공급한다. 거기서 티셔츠에 스며드는 몇 밀리리터는 빼야 한다. 우리가 마실 것을 주지 않으면 그는 마시지 않는다. 우리가 먹을 것을 주지 않으면 그는 먹지 않는다. 우리가 없었다면 그는 이미 오래전에 떠났겠지.

공연 끝.

상황 종료.

목록 쓰기는 내 아이디어였다. 구스베리 주스 티스푼 다섯 번이 작대기 한 번이다. 저녁에 마니나가 작대기를 모두 더한다. 셀 때 분명히 속임수를 쓰는 것 같지만, 그래도 목록은 의미가 있다.

"들어가는 걸 지켜보고 있어요." 마니나가 말한다. 우리는 물론 에바에게 전화를 걸까 고민도 했지만, 에바가 걱정한다고 이득을 볼 사람이 없고 무엇보다도 에바에게 가장 안 좋을 터였다.

에바에게 전화를 걸면 그녀는 우리가 해야 할 일을 알려 줄 거고, 그러면 후베르트는 긴장이 풀려 아마 죽게 되겠 지. 그건 내가 싫다. 그가 죽는 게 싫다. 에바가 옆에 없을 때 그러면 안 된다. 그는 마니나를 전혀 모른다. 우리는 계속 견디면서 에바를 기다리기로 한다. 어쩔 생각이에요? 이제 돌아가시려고요? 그에게 묻고 싶지만, 말이 목구멍에 걸려 나오지 않는다.

나방은 후베르트의 엄마가 아이들이 어릴 때부터 집에서 나갈 때면 엄지에 성수를 찍어 이마에 성호를 그었다고 말했다. 후베르트가 이 집을 곧 떠날 것 같으니 내가 그의 엄마 대신 성호를 긋는다. 그러면 내 기분이 나아지고, 아마 후베르트도 그렇겠지.

그의 낯빛은 표현하기 어려운데, 어쨌든 밝은 재색보다 더 창백하다. "오늘은 무척 깔끔해 보이네요." 나는 그의 뺨을 쓰다듬는다. 눈물을 만들어내는 일이 너무 힘든지 눈이 충혈되고 말라 있다. 그의 심박 조정기가 뭘 하는지는 전혀 알고 싶지 않다. 나는 그의 맥박을 일부러 세지 않는다. 가장 당황스러운 건 그의 파르스름한 입술에 번져 있는 부드러운 미소다. 마치 '친구들, 여기까지야. 너무 애쓰지 마'라고 말하려는 듯하다.

물론 우리는 애쓴다. 그러니까 내가 애쓴다는 뜻이다. 나방은 와서 울고 가고, 마니나는 고무장화를 신고 욕실에서

타일 사이 이음새를 솔질하며 시간을 보낸다. 레몬 세제 냄새가 집 안에 넘쳐난다. 내 생각에 마니나는 세탁과 청소 강박증에 시달리는 것 같다. 분명히 마니나의 몸에는 소독제가 오금까지 차서 DNA를 바꾸고 있을 거다. 나는 부엌에 있는 에바 옆에 서서, 그녀가 없는 동안 우리는 바닥에서 식사를 할 수 있을 정도였다고 말하는 모습을 상상한다. 나방은 마니나가 마리아의 애칭이라고, 마노는 손이며 마니노는 작은 손이라는 뜻이라고 설명한다.

"하이디 클룸은 살림을 잘하는 작은 손의 소유자군요." 내가 말한다.

나는 꼭 필요한 말 외에는 엄마에게 하지 않는다. 엄마는 후베르트의 딸이 폴란드 출신 간병인들과 열다섯 살짜리 아이에게 책임을 미뤄서는 안 된다고 한다. 약해지는 햇살과 떨어지는 기온, 죽은 낙엽들이 후베르트의 기력 쇠퇴에 더해진다. 전체적으로 우울한 결과다.

케빈이 후베르트에 대해 묻는다면 나는 '오늘내일해서'라고 대답할 예정이다. 케빈은 눈이 동그래져서 나를 빤히 보며, 내 삶이 자기 삶보다 흥미진진하다고 느끼게 할 테지. 하지만 정말 흥미진진한 삶이란 존재하지 않는다.

나는 인생을 비행기 여행에 자주 비유한다. 탄생은 이륙이고 죽음은 착륙이며, 그사이에는 우리가 지체 없이 처리해야 할 일의 목록이 있다. 어떤 사람은 판매대 뒤편에서 레몬즙 2리터를 짜거나 나무 꼬치에 딸기와 올리브를 꽂고, 또 어떤 사람은 수술실에서 인공 심장판막을 수술한다. 또 어떤 사람은 장의사다.

그 어떤 삶도 다른 삶보다 특별하지 않다. 우리는 형제자매나 이웃, 직장 동료나 친구 또는 적이며, 같은 도시에서 서로 집을 맞대고 살고, 벽과 벽을 맞대고 잠을 자고, 계단실과 버스와 빵집에서 만나고, 피자와 아이스크림과 영화와 휴가로 스스로에게 보상한다. 우리는 잠을 제대로 못 자거나 전혀 못 잔다. 오로지 후베르트만 계속 자고, 푹 잔다. 우리는 새벽 3시에 아마존으로 유기농 면양말을 주문한다. 종일 떠돌면서 오리에게 먹이를 주고, 지루해하고, 다른 사람을 만나고, 욕을 퍼붓고, 실제로나 온라인으로 사랑에 빠지고 헤어진다. 그리고 재정적으로나 인간적으로 빚을 지고 산다. 우리는 정보가 부족한데도 쉽게 믿는다. 불평하고, 스스로가 더 낫다고 느끼려고 다른 사람을 비방한다. 너무 많은 시간을 닫힌 공간에서 보낸다. 쓸데없이 남을 화나게 한다. 최악은 자신의 꿈을 알아볼 수 없을 정도로 왜곡한다는 점이다. 그리고 우리는 싸운다. 나는 싸우고 난 뒤에는 우리 오라에 짙은 주근깨 같은 검은 구멍들이 남는다고 상상한다. 이 구멍들은 우리 삶의 기쁨을 삼키는 블랙홀이다. 우리는 버티고, 포기하고, 무너진다. 우리는 살고, 웃고, 남을 비방하고, 죽는다.

사흘 뒤에 마법이 지나간다. 후베르트가 부엌 식탁에 앉아, 마치 아무 일도 없었다는 듯이 볼펜으로 신문에 원을 그리고 있다. 채소 수프를 한 숟가락 한 숟가락 맛있게 먹는다. 그의 배에서 꾸르륵거리는 소리가 요란하게 난다. 눈에서 눈물이 흐른다. 모든 게 예전과 똑같다. 나는 그에게 손을 내밀며 말한다. "할아버지, 최대한 힘껏 잡아보세요." 그가 곧장 반응한다. "부활하셨네요." 내가 중얼거린다.

　후베르트가 돌아왔다. 이유는 나도 모른다.

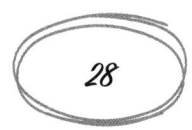

"감사할 줄 모르는 것들! 잡히기만 해봐." 누군가 고함을 지른다.

우리는 식품 보관용 다용도실에 웅크리고 있다. 나는 엄마 다리 사이에 끼어 있고, 엄마는 팔로 나를 감싸고 있다. 엄마의 심장 소리가 내 귀에 들리고, 내 심장 소리가 사방에 퍼진다.

"이 빌어먹을 문, 당장 열어!" 그가 소리친다.

나는 손바닥으로 귀를 막는다.

"빌어먹을 문 열라고!"

뭔가 웅웅거린다. 내가 우는 소리다. 또는 엄마가. 아니면 우리 둘 다.

그랬구나. 잠에서 깨면서 내가 생각한다. 나는 양손바닥을 따뜻한 동굴처럼 만들어 눈 위에 얹고, 아빠를 마지막으로 본 건 4년 전 봄 축제에서였다고 나 스스로에게 말한다. 10미터 떨어진 곳에서 봤다.

"아빠는 나를 못 봤어. 보려고 하지 않았지. 나를 알아보지 못했어. 알아보지 않으려고 한 거야. 뭐가 나은지 골라 봐." 나는 당시에 케빈에게 이렇게 말했었다.

자주 그러듯이, 나는 침대 앞 양탄자에 편안하게 늘어져 있는 카밀라에게 걸려 비틀거린다.
"너, 일부러 그래?" 나는 욕을 퍼붓고, 탈리 바이일 브랜드의 XXL 사이즈 분홍색 스웨터를 입으면서 어제 버스 정류장에서 본 연인 한 쌍을 생각한다. 여자가 없었더라면 남자도 내 눈에 띄지 않았을 테고 거꾸로도 마찬가지였겠지만, 한 쌍이니 눈에 띄지 않을 수 없었다. 둘은 내 또래였다. 이상하게 들릴지 모르지만, 한 명이 다른 한 명을 아름답게 만들었다. 여자가 백팩에서 어제의 자취든 뭐든, 어쨌든 뭘 찾는 중이었고, 그러다가 바닥으로 뭔가 떨어뜨렸다. 남자가 여자를 도우려고 몸을 숙였고, 둘이 같은 위치에 있을 때 뜬금없이 열정적으로 키스했다. 그 둘은 자유롭고 독립적으로 보였다. 남자가 버스에 오르고 여자는 인도에 남았다. 비가 오는데도 햇살이 구름 사이로 비치며 나무들을 반짝이게 했고, 바람에 손바닥만 한 잎사귀들이 허공을 날아다녔다. 영화 같은 무대였다. 여자는 가면서 몸을 돌려 남자에게 수없이 많은 손 키스를 날려 보냈다. 안녕, 안녕이라고 말하는 듯했다. 유치하지 않았다. 아름다웠다. 여자는 나와 똑같은 XXL 사이즈 분홍색 후드 스웨터를 입고 있었다.

나는 터덜터덜 걸어 부엌으로 간다. 아이고, 여기도 사랑에 빠진 한 쌍이 있네.

"같이 앉아도 돼?" 내가 묻는다.

"우리랑?" 엄마가 어리벙벙해서 되묻는다.

내가 고개를 끄덕이자 위르겐이 히죽 웃는다. 엄마는 접시와 냅킨과 나이프를 가져온다. 적당한 무늬가 그려진 냅킨이 없으면 절대 안 된다.

"예쁘다." 내가 잎사귀에 있는 고슴도치를 가리키며 말한다. "에바의 장식 쿠션에 어울리는 무늬야."

"코코아 줘?" 엄마가 묻는다.

맥주가 좋은데. 나는 아직 맥주를 한 번도 안 마셔봤지만 이렇게 생각하며 고개를 끄덕인다. 버터와 살구 잼을 흰 빵에 바른 후에 나이프를 핥자고, 두 사람과 함께 이미 백 번쯤 아침 식사를 한 것처럼 굴자고 마음먹는다. 우리가 그런 척 행동하면 아마 그렇게 될지도 모른다. 위르겐이 어쩌면 나를 대신하려고 엄마의 인생에 나타난 게 아닐까라는 생각이 든다. 아마도 내가 이산화탄소 예산만큼이나 이해하기 어려운, 더 높은 권능자의 계획이 있는지도 모른다. 두 사람이 나에게 보내는 친밀감, 두 사람 사이의 친밀감이 느껴진다. 더 적게 느껴도 정말 괜찮을 텐데.

"아직 뜨거워." 엄마가 내 앞에 코코아를 내려놓으며 말한다. 언제나 이렇게 말한다. 그러지 않았던 적이 없다. 나는 어릴 때 엄마에게, 나한테도 김이 보이는데 왜 코코아가 뜨겁다고 말하는지 물어본 적이 있다. 나는 컵을 양손으로 감싸고 한 모금씩 마신다.

"우린 잘 살고 있어." 내가 엄마에게 말하자, 엄마는 앞에 앉은 아이가 정말로 나인지 신분증을 확인해보고 싶은 눈치다. 내가 다음에 뭐라고 말할지 엄마가 두려워한다는 게 느껴진다. "위르겐 아저씨는 늘 기분이 좋으시네요. 어떻게 그러시죠?"

위르겐이 싱긋 웃는다. 나는 그가 대답도 하기 전에 또 묻는다. "고기를 드시나요?"

"오래전부터 안 먹어." 위르겐이 대답한다. 엄마는 '꼬치꼬치—캐묻지—마'라는 눈빛을 나에게 던지지만, 나는 바로 그걸 하려고 한다. 속으로 다음 질문을 준비하면서, 무심한 목소리와 지루한 표정을 지으려고 애쓴다.

"새 애인에게 열다섯 살짜리 딸이 있다는 게 신경 쓰이지는 않아요?" 나는 질문을 던지고 느긋하게 치즈를 집어 든다. 위르겐이 히죽 웃는다. 엄마는 새 애인으로 불리는 게 싫은지 눈을 크게 치켜뜬다. 나는 이 상황이 재미있어서 위르겐에게 집중한다.

"요즘은 여자를 찾기가 쉽지 않아." 그가 대답한다. "그리고 어린아이라면 상황이 더 안 좋았겠지."

"무슨 뜻이에요?" 나는 이렇게 묻고서 크루아상에 치즈를 올린다.

"흠, 난 바닥에 앉아서 어린아이들과 놀지 않는다는 뜻이지."

"아하." 이 인터뷰가 그에게 유리한 쪽으로 진행되지 않겠다는 예감이 든다.

"그리고 장의사가 되겠다는 직업적 열망은 어떻게 갖게 됐어요?" 나는 다시 묻고, 엄마를 의미심장한 눈길로 바라본다.

위르겐은 몸을 똑바로 펴고, 내 질문이 육체적인 고통을 준다는 듯 상체를 좌우로 비튼다. "직업적 열망이라고 하면 과장이야. 삼촌이 그 업체 소유주인데, 직원이 필요했어. 사람은 늘 죽으니까 안정적인 직업이기도 하고."

정말 멋진 대답이라는 생각이 든다. 왠지 나는 이제 물을 제대로 만난 물고기가 된 것 같은 기분이다. 엄마의 시선을 피하며 계속 질문한다. "그런데 두 사람은 어떻게 만났어요?"

"엄마가 이야기해주지 않았어?" 그가 되묻는다. "공동묘지에서 만났지. 네 엄마가 할머니 무덤가에 있었어."

"아하." 나는 내 다리 주위를 살금살금 돌아다니는 카밀라를 더듬더듬 찾아서 만진다.

"마지막 질문이에요." 나는 그가 계속 미소를 짓고, 엄마가 여전히 숨을 쉬고 있다는 사실이 의아하게 느껴진다. 그가 긴장해서 내 눈을 마주 본다.

"우리 엄마와의 관계에서 뭘 기대하세요?"

위르겐이 엄마에게 좀 더 가까이 다가가더니 팔을 엄마

의 허리에 올리고 가까이 당긴다. "나는 혼자 여행하는 것보다 여자와 함께 가는 게 좋고, 혼자 식사하는 걸 싫어하고, 내 직업이 워낙 진지하니 재미있는 게 좋아. 나에게는 재미있는 여자가 낫지."

"이해가 되네요." 내가 말한다. 엄마 눈에 눈물이 고인 걸 보니 이 순간 정말 안됐다는 생각이 든다. "솔직하게 털어놓기"라고 자주 말하던 할머니 생각이 난다. 내가 드디어 놓아주자 위르겐은 느긋하게 뒤로 몸을 기댄다. 나는 카밀라를 안아 들고 털에 얼굴을 가져다 댄다. "자, 걸림돌 부인. 너도 배고파?"

이따금 나는 과거를 미화하고, 아빠가 돌아오기를 바란다. 발코니에서 고기를 굽는 아빠의 모습이 보이고 맥주를 따는 소리가 들린다. 엄마와 아빠가 다투지 않았던, 얼마 안 되는 장면 중 하나가 기억난다. 아빠가 떠나지 않았다면 위르겐은 없었을 테지. 엄밀하게 말하자면 차이가 없다. 이렇든 저렇든 나는 집에 있기 싫다. 뭐가 달라져야 할지 모르겠다. 아니, 뭐가 달라져야 하는지는 알지만 그게 불가능하다는 사실을 알고 있다고 말하는 편이 더 낫겠다.

나는 '고양이와 아이의 관계 모델'이 마음에 든다. 카밀라와 나는 잘 맞을 거다. 엄마와 내가 다투는 이유는 엄마가 나에게 매달리고, 내가 엄마의 불안을 어떻게 대해야 할지 모르기 때문이다. 엄마가 나에게 집착하는 건 이해할 수 있다. 나는 엄마가 가진 전부니까. 아빠는 떠나고 할머니는 돌아가셨다. 하지만 엄마의 불안과 상상은 어처구니없다. 정말이다. 내가 기억하는 한, 엄마는 늘 나에게 또래 여자 친구들이 있기를 바랐다. 엄마가 나를 모른다는 증거다. 또래 여자 친구들은 전혀 고려의 대상이 되지 않는다. 케빈과 후베르트가 내 친구다. 그런데 엄마는? 엄마는 여든여섯 살짜리 치매 노인에게 질투를 느낀다. 엄마는 매년, 매일 나더러 믿을 수 없는 사람들과 어울리지 말라고 일장연설을 하면서도 내가 워낙 사람들과 어울리지 않는다는 사실은 간과한다. 대화를 나누지 못하는 우리의 무능력이 이에 대한 최고의 증거다.

"내 말을 듣고 있기는 하니?" 엄마가 이렇게 물으며, 독살을 의심하는 후베르트처럼 눈썹을 찌푸려 모은다.

"엄마도 내 말을 안 듣잖아."

내 대답을 엄마가 받아친다. "아, 그럼 우리 이제 이야기 끝났구나."

"응, 맞아." 내가 대꾸한다. 사실 우리는 일부러 귀를 기울이지 않는다고 생각할 만큼 상대방의 말을 제대로 듣지 못한다. 서로 귀를 기울이기 위해 함께 앉아본 적이 없다. 그저 할 말을 해야 하니 말할 뿐이다. 우리는 상대방의 기분을 나쁘게 한다. 누가 아직 기분이 안 나쁜가? 누가 또 기분이 나빠질까? 우리는 서로에게 닿지 못하고, 앞으로도 닿지 않을 테니 뭘 해도 소용이 없다.

엄마가 앞치마를 허리에 단단히 두르고 전기레인지 앞에 서 있다. 나는 엄마의 가녀린 등을 빤히 바라본다. 엄마 팔꿈치가 춤추듯 움직인다. 나에게 등을 돌리고 있는 엄마를 볼 때면 우리가 대화를 나눠야 한다는 생각이 든다. 엄마는 내 삶의 조커가 아니지만 그 역할을 하고 싶어 한다. 엄마가 양파를 자르며 눈물을 흘린다. 양파 때문에 우는 건지 그게 아닌지는 모르겠다. 나는 작별 편지를 쓸까 몇 번이나 생각하다가 그 생각을 버린다. 사실 엄마는 트라우마에 시달린다. 엄마는 언젠가 나를 자립시키겠다는 목표를 항상 눈앞에 두고서 우리 둘이 살아남도록 온 힘을 다해 노력한다. 엄마에게 자아실현이 중요한 주제였던 적은 없었다. 나, 그리고 폭력을 쓰는 아빠만 있었다. 아빠가 떠났지만 나는 여전히 남았다. 나는 뭔가 되어야 할 아이, 엄마의 손이 많이 가야 하는 프로젝트다. 엄마는 남자 운이 없었고 그 문제 외에도 나 말고는 얻은 게 없는데, 내가 엄마에게 행운이었는지는 모르겠다. 위르겐은? 그는 이런 상황에서 본인이 얼마나 하찮은 존재인지 상상도 하지 못한다.

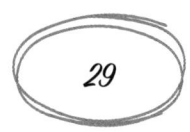

29

후베르트는 자신의 삶이 위험에 처해 있다는 사실을 알고 있다. 그는 걱정을 한다. 틀림없이 걱정할 테지. 나는 그렇다는 게 느껴지고, 다른 사람들도 그를 보면 알 거라고 생각한다. 게다가 그는 짜증이 난 것 같다. 우리가 자기를 밀착 감시하는 데다 자기에게는 발언권이 없어서 짜증이 나는 거다. 그는 계속 주위를 둘러보면서 마치 누가 따라오기라도 한다는 듯 빠르게 몇 걸음 걷는다. 예전처럼 움직일 수 있다면 크노르 인스턴트 스프를 끓이는 미녀를 분명히 내쫓고, 뒤이어 나도 내던질 테지. 자기 집에 사람들이 너무 많이 돌아다닌다고, 자기가 사람들 발을 밟지 않게 조심해야 한다고 나방에게 불평할 거다. 그래, 분명히 그렇게 할 거야! 나는 후베르트의 예전 모습을 그렇게 상상한다.

나는 신문을 부엌 식탁에 내려놓고, 후베르트에게 앉으라고 손짓한다. 그의 시선이 부엌을 이리저리 맴돈다.
"할아버지, 이리 오세요. 《포어아를베르크 뉴스》에 어떤 기사가 있는지 같이 봐요." 그러고 나서 지역 소식란을 펼치고 그의 손에 볼펜을 쥐여준다. 후베르트가 원을 그리기 시작한다. 모든 원이 정확하게 똑같은 크기이고 완벽하게 동그랗다.

"어떻게 이렇게 그리세요?"

내 질문에 그가 대답한다. "아주 간단해. 내 친구 생일이거든."

"좋은 소식이네요. 나도 기뻐요."

원을 그릴수록 그는 점점 더 차분해진다. 나는 때때로 동그라미가 그려진 단어로 이야기를 지어내고, 그가 그린 동그라미 얼굴에 드라큘라의 이빨이나 수염, 안경을 그려 넣는다. 후베르트는 원을 스무 개 그린 후에 볼펜을 내려놓고, 반듯하게 다림질하려는 듯 신문을 판판하게 편다. 몇 분 후에 나는 손을 그의 손에 올린다. "할아버지, 그냥 두세요. 이것보다 더 반듯해지지는 않아요. 자, 이제 딸에게 문자를 보내죠."

나는 휴대폰에 글자를 입력한다. '에바는 언제 와요?'

"전송 누르실래요?" 나는 그의 검지를 들고 '전송' 버튼을 누른다.

10분 후에 답장이 온다. '에바는 출발한 거나 마찬가지야.' 나는 엄지 척을 열다섯 번 입력하고, 창문으로 가서 창턱에 사과 두 개를 올려놓는다. 그냥 재미로.

에바, 에바, 에바. 내 심장에서 북을 두드리는 소리가 들린다.

"할아버지, 이 요란한 위생 상황도 이제 곧 지나가요." 나는 이렇게 말하며 후베르트보다는 나 자신을 더 위로한다. 후베르트는 왼쪽 바지 주머니에 손을 넣어 손수건을 꺼내 깔끔하게 코를 푼 다음 손수건을 다시 집어넣고, 오른쪽 바지 주머니에서 반쪽짜리 호두 다섯 개를 꺼내 나에게 준다.

"고맙습니다. 정말 친절하시네요." 나는 반쪽짜리 호두들을 내 손바닥에 꽃 모양으로 놓고서 검지로 하나씩 차례로 두드리며 숫자를 센다. "하나, 둘, 셋, 넷."

"다섯." 후베르트가 말하고, '도와줘. 이제 다음엔 뭘 해야 하지?'라고 묻는 듯한 절망적인 눈길로 나를 바라본다.

나는 곰곰이 생각하다가, 내 목소리가 그를 안심시킬 거라는 결론을 내린다. "내가 치과 의사를 새로 한 명 찾아야 한다는 말을 했던가요? 예전 의사 선생님이 곧 은퇴한대요. 그 선생님이 나한테 뭐라고 한 줄 아세요? '앉아 있는 건 담배를 피우는 거나 마찬가지야'라고 했어요. 나이가 아주 많은 그 선생님은 나더러 우리 청소년들이 너무 몸을 움직이지 않는다고 하더라고요. 그 문제를 어떻게 해결할 수 있는지 아세요? 내가 너무 운동을 안 한다는 생각이 들면, 다른 생각을 하려고 노력해요. 그런데 말이에요. 그러면 해결이 되더라고요. 그래도 어쨌든 치과 의사가 새로 필요해요. 엄마가 의사 세 명에게 전화했는데, 다들 새 환자는 받지 않는다고 했대요. 그래서 내가 엄마한테 병원에 전화해서 나는 어린이 방에 있는 아이라고 하라고, 그러면 혹시 예약이 될지 모른다고 했죠. 엄마는 내 말이 재미있다고 생각하지 않았어요."

후베르트는 헛기침을 하고 셔츠 소매를 당긴다. 나는 그가 소매 접는 걸 도와준다. 그가 바로 다시 일어선다.

"잠깐만 쉬셨네요." 자리에서 일어나 조리대와 찬장을 따라가며 상태를 확인하듯이 더듬는 그를 보며 내가 말한다. 마니나의 말에 따르면 그는 이틀 전부터 이런 행동을 한다. 나는 그대로 앉아 그를 지켜본다.

"식품청에서 나오셨어요?" 내가 묻는다. 후베르트는 그 말에도 흔들리지 않는다. 손잡이를 만져보고, 수도꼭지를 이리저리 돌리고, 다시 한번 조리대를 점검한다. 손바닥으로 조리대 표면을 쓰다듬는다. 어쩌면 저렇게 해야 하는 게 아닐까? 그의 머릿속에 몇 가지 목소리가 들어 있는지 누가 알까.

나는 화장실에 가면서 작은 폴란드를 들여다본다. 그 간결함에 소름이 돋는다. 돌아와보니 후베르트는 여전히 조리대를 만지느라 분주하다.

"다 괜찮은가요?" 내가 묻자 그는 나를 보며 오른쪽 눈썹을 치켜세우고 윙크를 한다. 나는 또 아무것도 맞는 게 없다고 생각하며 그에게 어떤 덫을 던져야 할까 고민한다. 날짜, 요일, 계절, 그의 이름, 잠깐의 낮잠. 그에게 낮잠을 권하는 게 점점 더 현명한 일이 된다. 후베르트는 빨리 지친다. 예전보다 심하다. 방향감각이 없으면 피곤하다. 그걸 나보다 더 잘 이해할 사람이 있을까? 나는 거실 장에서 캐러멜 초콜릿을 꺼내 한 조각을 부러뜨린다.

"행복 한 조각 드실래요?" 내가 묻고 그에게 초콜릿을 내민다. 그가 행복을 건네받고 자리에 앉는다.

"크리스마스에 뭘 받고 싶은지 결정하셨어요?" 내가 묻는다.

"바닐라 소라빵. 엄마가 만든 것."

"소박한 소망이군요." 내가 대답한다. "나한테도 좀 나눠주실 거죠. 그렇죠?"

나는 유튜브에서 '오스트리아 공영방송 ORF 오후 프로그램 1985 오프닝'을 검색한다. 시그널 뮤직이 울려 퍼진다. "오스트리아 방송 티브이 프로그램입니다." 우아하고 차분한 남자 목소리가 들리고, 숫자 1이 나타나서 돌고, 돌고, 또 돈다. 그런 다음 시계가 보인다. 정적이 흐른다. 초침이 움직이기 시작한다. 우리는 초침을 지켜본다. 30초 후에 시그널 뮤직이 다시 울린다. 초침이 계속 움직이고, 우리는 정확히 1분이 될 때까지 초침을 지켜본다. 그러면 14시다. ORF 오후 프로그램 1985 오프닝은 유튜브에서 우리가 가장 좋아하는 동영상이다. 수십 번 계속 볼 수도 있을 것 같다.

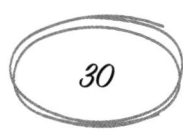

 이따금 나는 누구에게 뭘 선물할까 곰곰이 생각한다. 포장을 풀 수 있는 진짜 선물은 아니다. 그보다는 우리 할머니가 "애야, 너는 상상력이 풍부하구나"라고 했을 법한 망상 같은 거다. 후베르트에게 제일 먼저 선물하고 싶다. 그에게는 로잘리와 함께하는 수요일을 선물해야지. 기다림이 드디어 끝나는 거야. 지역 소식과 스포츠 지면의 의미가 달라질 테지. 그 앞의 지면을 읽을 때는 로잘리가 아직 장을 보는 중일 거야. 후베르트가 신문을 넘기고 시선을 들면 로잘리가 왼손엔 장바구니를, 오른손엔 핸드백을 들고 돌아올 테지. 매주 한 번 서는 장에서 하얀 글라디올러스를 사와서 자른 다음, 바닥에 놓는 큰 꽃병에 꽃을 꽂고. 로잘리는 이웃을 만났는데 그 집의 개가 기생충 치료를 또 받아야 한다더라, 뭐 그런 이야기를 할 거야. 로잘리가 설명해서 그 공간에 생생하게 퍼지고, 그래서 후베르트가 이웃과 개와 기생충 치료 등 모든 것을 잘 상상할 수 있는, 별다를 것 없는 일상적인 이야기. 개에게는 큰일이겠지만 말이야. 후베르트는 즐겁게 이야기를 듣고 창가로 가서 유리창을 열고, 미트로프를 먹은 다음 자기랑 산책을 가겠냐고 로잘리에게 물을 거야. 로잘리는 창가로 가서 그에게 입을 맞출 거고. 뺨이든 이마든 입술이든 상관없어. 그러고 미트로프에 뭘 곁들여 먹고 싶은지 물을 거야. 으깬 감자가 좋은지, 푸실리 파스타가 좋은지. 그는 이것 또는 저걸 고르면서 입에 침이 고일 거야. 후베르트는 로잘리에게, 언니에게 전화를 걸었는지 물어보겠지. 카드놀이나 일요일 소풍, 형부의 생일 등 주제는 무엇이든 상관없을 테고, 로잘리는 집안일이 너무 많아 통화할 시간이 없었다고 대답할 거야.

누구에게 어떤 선물을 할까라는 생각은 작별 편지를 쓰기 힘들어서 하게 됐다. 엄마는 내 편지를 수천 번 읽고, 아마도 후베르트가 손수건을 접는 것처럼 매번 똑같이 수천 번 접을 거다. 편지 내용이 너무 직설적이고 너무 격하고 너무 우울해서, 그러니까 언제나처럼 잘못된 방식이라서 엄마에게 상처가 될 테지. 살아 있을 때 엄마가 나를 이해하지 못했다면, 내가 죽었다고 해서 이해할 수 있을까. 작별 편지는 엄마의 부담을 덜어줘야만 의미가 있는데 내 편지는 그렇게 하지 못할 거다. 오히려 반대로 엄마를 속박하겠지. 편지는 두 세상, 그러니까 엄마와 나의 중개물이 되고 엄마는 그걸 잘못 해석할 거다. 그건 확실하다.

에바에게는 그녀가 자주 말했던 체스토호바 순례 여행을 선물하고 싶다. 체스토호바에서는 신이 직접 에바에게 말을 하거나 아니면 그녀가 사랑하는 마리아가 나타날 거다. 그래, 성모마리아 발현이라니. 얼마나 기발한가. 마리아는 에바에게 "너의 깊은 신앙심을 나머지 반쪽으로 보상해주마"라거나 어쨌든 그런 종류의 말을 하겠지. 에바는 채식주의자라서 미혼인 게 아니라 신앙심이 깊어서 결혼을 하고, 드디어 완전해질 거다.

나방에게는 많고 많은 실수를 빌어주고 싶다. 인간은 실수를 저지르고 결함이 있는 존재라는 걸 그녀가 깨달을 수 있게 되도록이면 시리즈로 실수를 하면 좋겠다. 아니, 아주 심각한 실수, 제대로 된 실수를 하고, 그래도 땅이 갈라져서 자기를 삼키지 않는다는 걸 경험하는 편이 더 낫겠지. 실수란 모두의 삶에, 그러니까 그녀의 삶에도 포함되는 거니까. 그다음 날에도 나방은 여전히 살아 있을 거야. 또 나는 나방이 강한 날개를 갖기를 빈다. 그녀가 스스로 자유롭다고 느끼길 바란다. 부엌에서 불평을 늘어놓거나 "아, 린다. 전부 개코같다"라는 말을 더는 하지 말기를.

나는 엄마 걱정은 하지 않는다. 위르겐이 있으니까. 그런데 위르겐의 경우에 문제는 엄마가 그의 삼촌 장례업체에 내 장례를 맡길 수도 있다는 점이다. 이곳에는 장례업체가 별로 많지 않다. 개인적으로 충격을 받았을 테니 위르겐이 내 옆에 가까이 오지 않길 바란다. 연인의 딸을 관에 눕히는 건 있을 수 없는 일이다. 안 그런가? 카밀라가 나와 함께 관에 들어오면 좋겠다. 내 배 위 또는 뺨 옆에, 아니면 베개처럼 내 머리 밑에 누워도 좋겠지만, 뭐 말도 안 되는 헛소리다. 카밀라는 묻히면 안 된다. 카밀라는 창턱에 놓고, 내 방을 차지하게 될 거다. 장례업체에 관한 생각을 너무 많이 하면 안 된다. 얼마 전에 관과 관련된 장비들을 검색하고는 그 사이트를 삭제했다. 어쩌면 나는 생각이 너무 많은 건지도 모르겠다.

위르겐과 엄마의 관계는 그다지 오래 지속될 것 같지 않다. 이런 점에서 볼 때 엄마에게는 위르겐 이후의 시간을 위해 뭔가 빌어주는 게 의미가 있다. 일단 엄마 가슴이 커지기를 바란다. 나에게 모유 수유를 한 뒤로 별로 남은 게 없다. 엄마 말로는 그래서 원피스를 입지 않는다고 한다. 엄마는 본인 몸이 열두 살짜리 아이 같다고 말한다. 그러니 엄마에게는 커다란 가슴과 많은 원피스, 새로운 남자를 빌어줘야겠다. 위르겐보다 더 새로운 사람이 엄마의 삶에 쌓인 불행에 끝을 맺어주길 바란다. 집과 정원이 있는 남자. 마르틴 또는 크리스티안. 엄마는 이 이름이 아름답다고 생각한다. 마르틴 크리스티안은 엄마에게서 내가 멋진 아이였다는 말을 들을 거다. 수학 약점은 잊힐 거고 모든 다툼은 감춰져서, 마르틴 크리스티안은 엄마의 이야기에서 나를 다시 빚어낼 테지. 거대한 소파가 있는 집에 사는 두 사람을 상상해본다. 벽난로 또는 피아노 위에 내 사진이 든 금빛 액자가 놓여 있다. 엄마는 그의 품에 안겨 있고, 옷장은 지금보다 크고 더 좋으며 목수가 직접 만들었다. 마르틴 크리스티안은 차분하고 마음이 따뜻하며 재미있는 사람이고, 이혼했고 세 아들을 둔 아빠라면 제일 좋겠다. 2주에 한 번씩 주말에 아이들이 집에 들이닥치고, 엄마는 집 안의 생기 덕분에 삶이 계속된다는 사실을 기억하게 되어 행복할 거다. 아빠와 위르겐은 다 지나간 일이고 나도 마찬가지다.

 나 자신을 위해서도 소원을 빌 수 있다면, 버스 옆에서 본 남자아이의 작별 인사를 받고 싶다. 유치하지 않고 아름다운 작별이어야 한다. 여자와 남자를 버스 정류장에서 목격한 그날은 무척 특별한 날이었다. 그 전이나 그 후에 그런 날이 있었던 기억은 없다. 남자아이와 여자아이가 장난감 가게 앞에 있었다. 펭귄처럼 양팔을 몸에 붙인 채 손등을 위로, 손바닥을 아래로 향하고 있었다. 둘은 원을 그리며 돌았고, 여자아이는 주위가 떠나가게 웃었다. 남자아이는 킥킥거렸고, 뺨에서 여러 번 공기를 불어내며 소리쳤다. "봐, 나 터진다. 봐, 나 터져." 얼마 후에 나는 분수에서 담쟁이 잎사귀로 벌을 건져내어, 젖은 몸을 마르게 하려고 햇볕에 놓아주는 여자를 지켜봤다. 여자는 벌이 날아간 후에야 자리를 떴다. 20미터 떨어진 곳에서는 어떤 아버지가 유모차 양산에 빨래집게로 천 기저귀를 고정하려고 몇 분이

나 애를 쓰고 있었다. 충분히 좋다고 생각될 때까지, 그리고 햇빛이 아이의 잠을 전혀 방해하지 않을 때까지 그렇게 했다. 어쩌면 이 모든 것이 늘 존재했는데 그날에야 처음으로 내 눈에 띈 건 아닐까 궁금했다.

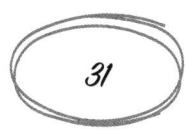

나는 운동화와 백팩을 구석에 내던지고 심호흡을 한다. 작은 폴란드의 문이 열려 있다. 모든 게 흠잡을 데 없다. 소파 제일 왼쪽에는 밝은 노란색 뜨개질 담요가 깔끔하게 말려서 놓여 있다. 줄지어 있는 장식 쿠션들. 1번 쿠션은 버드나무 가지로 엮은 바구니에 담긴 강아지 다섯 마리. 2번 쿠션은 빨간 털실 뭉치를 가지고 있는 하얀 고양이. 3번 쿠션은 청록색 바다에 있는 바다거북. 4번 쿠션은 꽃핀 벚나무 아래 망아지들과 함께 있는 엄마 말. 제일 오른쪽에는 연파란색 뜨개질 담요가 깔끔하게 말려 있다. 모든 것이 제자리에 놓여 있다. 세상은 다시 질서를 찾았다.

에바가 내 이름을 부르며 다가와 양팔을 활짝 벌린다.

"아직 다 달려 있어요." 양손을 내 어깨에 올리고 머리부터 발끝까지 살피는 에바에게 내가 말한다. 그녀가 만족스러운 얼굴로 고개를 끄덕인다. 나도 에바의 어깨를 잡고 똑같이 따라 한다.

"에바, 살이 빠졌어요?"

에바가 손바닥으로 허리와 엉덩이를 쓰다듬고 허리띠를 배에서 당기며 말한다. "노르딕 워킹."

몇 분이 지나자 에바가 이곳을 전혀 떠난 적이 없었던 것처럼 느껴진다. 나는 인정한다는 표정으로 고개를 끄덕인다. "에너지를 주유했나요?"

"제일 좋은 주유소, 체스토호바에서." 에바가 대답한다.

"마레크와는 좋았어요?"

"쌈."

"싸웠다고요?"

에바가 고개를 끄덕인다.

나는 에바가 머플러와 모자의 코를 다 풀어버리는 모습을 상상하면서도 아무것도 캐묻지 않는다. 그리고 느긋하게 후베르트의 어깨에 내 팔을 올린다. 후베르트는 오른쪽 바지 주머니를 뒤져 반쪽짜리 호두 세 개를 부엌 식탁에 놓고, 그 위에 구겨진 손수건을 올려놓는다. 나는 볼펜을 들고 신문지에 원을 그린다. 이제 식기세척기가 꾸르륵꾸르륵 소리만 내면 완벽하다.

에바가 휴대폰으로 뭔가를 찾는 듯하다. 미소를 지은 채 화면을 빤히 보는데, 그녀가 교황을 살짝 불러들이기라도 한 듯한 고요한 예배 분위기가 갑자기 퍼진다. 에바가 강렬한 눈빛으로 나를 보며 '자, 이제 뭔가 나타나니까 잘 봐'라고 말하듯이 눈을 크게 뜬다.

나는 볼펜을 내려놓고 몸을 똑바로 한 뒤에 에바의 눈길을 마주한다. 바로 다음 순간, 섬세한 피아노와 현악기 선율이 〈아베 마리아〉를 연주하며 부엌을 가득 채우고 나를 순식간에 사로잡는다. 에바가 개수대에 몸을 기대고 눈을 감는다. 그녀의 얼굴 윤곽이 부드러워진다. 여기서 지금 무슨 일이 벌어지고 있는 걸까? 나는 이렇게 생각하며 내 숨결을 느끼고, 맑은 소리에 귀를 기울이고, 가까이 있는 후베르트의 온기를 즐기며 눈을 지그시 감는다.

내가 물이고, 〈아베 마리아〉가 스펀지인 것처럼 느껴진다. 마법이라는 생각이 든다. 지난 몇 주 동안의 긴장감이 스르르 사라진다. 어깨에서 힘이 빠지고, 손이 무릎에 차분하게 놓인다. 사과 케이크가 없는데도 그 향기가 풍겨온다. 부드러운 빛이 눈꺼풀을 통해 비쳐 들어온다. 후베르트가 있으니 얼마나 좋은가. 에바가 있으니 얼마나 좋은가. 삶이 우리를 뒤섞어 모아주었으니 얼마나 좋은가. 할머니가 헤어질 때마다 내 귀에 속삭였던 후고 폰 호프만슈탈의 문장이 불현듯 떠오른다. 할머니는 다섯 살 때 내가 직접 말할 수 있을 때까지 그 문장을 나에게 말했고, 그 후로는 역할이 바뀌어 만났다 헤어질 때마다 언제나 내가 할머니의 귀에 그 문장을 속삭였다.

'같은 시간을 살아가는 우리는 서로에게 신비로운 의미를 지닌 존재다.'

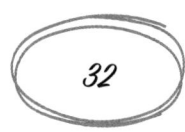

32

 나는 요트 항구의 제일 아래쪽 계단에 앉아 있다. 호수가 잔잔하다. 이곳에 앉아 있으면 기분이 좋다. 이곳에 앉아 있으면 기분이 좋지 않다. 돌아오는 봄에 나는 살아 있다. 돌아오는 봄에 나는 살아 있지 않다. 네가 골라봐. 나는 검은 까마귀에게 말한다. 어떤 귀부인이 바이마라너에게 막대기를 던진다. 내가 그 개 품종이 바이마라너라는 걸 아는 이유는 케빈이 학교에서 개에 관한 발표를 했는데, 그가 이 품종을 죽어도 외우지 못했기 때문이다. '죽어도 ~하지 못하다'는 아빠가 자주 사용하던 관용구다. 여자와 개를 보니 잘사는 계층인 듯하다.
 "잡아, 플로리. 잡아." 치마를 입고 무릎 위로 몇 센티미터 더 올라간 고광택 부츠를 신은 여자가 소리친다. 내가 사는 동네에서는 아무도 이런 부츠를 신지 않는다. 분명히 부유한 지역인 팬더 언덕에 살겠지. 나는 개를 훈련시키고, 개가 "손!"이나 "엎드려!"를 하면 기뻐하는 사람들을 보면 불쌍하다. 그들은 자기 삶을 통제하고 있다고 착각한다. 완전히 환상에 불과하다. "공 잡아!"와 "공 가지고 와!" 말고 그 이상의 것은 계획하지 못한다.

우리 담임선생님은 "린다, 다 잘되어가?"라고 외치는 버릇이 있다.

"아니요, 선생님." 내가 되받아친다. "아니면 혹시 제가 개를 데리고 있는 걸 보신 적이 있나요?" 선생님은 내 대답을 이해하지 못하지만, 그건 중요하지 않다. 그가 미소를 짓는다. 나는 그의 하루를, 그는 나의 하루를 풍성하게 한다. 우리 담임선생님은 질문하는 걸 아주 좋아한다.

"우리, 잘 지내고 있나?" 선생님이 교실을 둘러보며 묻고는 시선을 나에게 고정하고 대답을 기다린다.

"다들 전부 이해했어?" 선생님의 물음에 나는 대놓고 웃음을 터뜨리며 말한다. "선생님, 바다에 안 가본 사람은 말하는 데 끼어들 수 없어요." 그는 내 대답을, 나는 그의 질문을 좋아한다. 우리는 서로 보완한다. 내가 반장 투표에서 겨우 네 표를 얻긴 했지만 뭔가 중요한 일이 있을 때 선생님은 항상 나에게 오고, 그러면 우리 둘은 진지하게 그 문제에 대해 이야기를 나눈다.

바이마라너가 부츠 여왕에게 막대기를 가져다주고 여왕의 손에서 간식을 받아먹는다. 개가 잠수부를 발견하고 짖어대는 통에 갈매기들이 호수 저 멀리로 날아가버린다. 잠수부 네 명이 거대한 검은 곤충처럼 무겁게 움직여 물로 향한다. 잠수복이 그들을 바닥으로 짓누르는 것처럼 보인다. 그게 바이마라너 마음에 들지 않는다. 나는 호숫가 가까운 곳에 있는 나무 그루터기에 걸터앉는다.

내 기억이 미치는 한 이 그루터기는 항상 있었다. 내가 한 살 때 여기 앉아 있는 사진이 있다. 나는 숨을 깊게 쉬면서, 긴장감이 나에게서 모두 떨어져나간다고 상상한다. 라디오방송에서 들은 말이다. 숨을 내쉴 때마다 소소한 한숨이 하나씩 사라진다. 때때로 나 자신과 그 외의 온갖 서커스를 관찰할 수 있는 전망대가 필요하다. 그럴 때면 이곳으로 온다. 언젠가 '낮에는 서커스, 밤에는 연극'이라는 안내판을 사진 찍어 내 컴퓨터 배경 화면으로 설정했다. 케빈이 호숫가에 절대 함께 오지 않아서 안타깝다. 온다면 이곳은 아직 모든 게 멀쩡하다는 사실을 보여줄 수 있을 텐데.

어제는 에바와 숲에 갔다. 사과 케이크와 커피를 들고 소풍을 가서 그녀의 귀환을 축하했다. 나는 에바에게 모두 이야기했다. 후베르트가 죽을 만큼 아파서 누워 있는데 고무장화를 신고 욕조에 있던 하이디 클룸에 대해, 그리고 후베르트에게 보청기가 필요하다는 것도. 에바는 체스토호바 순례 이야기를 하고 검은 마돈나 사진을 보여줬다. 나는 내가 하려던 선물이 한발 늦었구나 생각했다. 에바는 마레크가 순례 여행을 못 가게 하려고 해서 그와 끝냈다고 했다.

"그러면 마레크를 교체해야겠군요." 내 말에 에바는 성호를 여러 번 그었다. 체스토호바에서 보낸 나날을 이야기하는 에바를 보며, 나는 그녀가 얼마나 아름다운지 처음으로 깨달았다. 내면에서 나오는 광채였다.

그날 오후는 모든 지각이 특별하게 느껴졌다. 마른 숲 바닥은 잎사귀들로 덮여 있고, 늦여름 햇살이 비쳤다. 우리가 그에 대해 대화를 나눈 적은 없지만, 나는 후베르트가 가장 좋아하는 계절이 늦여름이라는 것을 불현듯 깨달았다.

"후베르트 좋아하세요?" 내가 에바에게 물었다.

"난 모든 사람을 좋아해."

"확실해요?" 내가 다시 물었고, 우리는 웃음을 터뜨렸다. 초록 방의 빛은 교회의 빛과 비슷하다. 숲 바닥은 양탄자 같아서 소리를 흡수한다. 숲에서 밤을 보내는 것도 괜찮았을 테지만 나는 그럴 엄두가 나지 않았다. 케빈은 자고, 나 혼자 곰들과 싸워야 했을 테니까.

잠수부들이 돌아다니는 자리에 검푸른 거품이 부글거린다. 이따금 물갈퀴 한두 개가 물 밖으로 솟구친다. 바이마라너와 주인은 사라졌다. 검은 곤충이 너무 많다. 잠수부들은 이제 수면으로 올라와 대화를 나눈다. 남자 목소리 셋, 여자 목소리 하나다. 멀리서 들려와서 무슨 말인지 알아들을 수는 없지만 웃음소리가 계속 들린다.

호수에 잔물결이 인다. 잠수부들의 머리가 물 밖으로 나왔다가 사라지고, 떴다가 또 가라앉는다. 모두 물속에 있으면 조용하다. 호수가 그들을 삼킨 것 같다. 어쩌면 죽음도 이와 비슷할지 모른다. 잠수하고, 그걸로 끝.

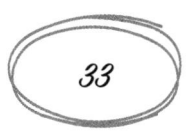

33

 오늘 오전에 에바는 후베르트와 자크마이스터 박사에게 다녀왔다. 두 집 건너에 있는 병원으로, 장애인 출입이 가능한 곳이다. 후베르트는 보청기가 필요하다. "보청기 찾기를 기대하세요." 내가 에바에게 말한다. 보청기는 신문지에 싸기 쉽고, 어항 먹이 투입구에도 들어가는 크기고, 일반쓰레기와 함께 손쉽게 대형 쓰레기통으로 가지고 갈 수 있다. 사실 틀니와 마찬가지다. 보청기는 어디로든 사라질 수 있고, 비용이 많이 들며, 우리 스트레스 수치를 높인다. 안 그래도 걱정거리가 한가득인데.
 "멋지게 진찰했어." 에바가 말한다. 그게 무슨 뜻인지는 모르겠지만. 에바 말에 따르면 후베르트는 그녀가 온 이후로 계속 잠을 잔다. 에바는 뭔가 흥얼거리며 행복하게 미소 짓고 있다. 왠지 모르게 달라 보인다. 이제야 그게 눈에 띈다.
 "아이고, 세상에. 무슨 일이 벌어진 거예요?" 내가 에바의 왼쪽 이마에 난 혹을 가리키며 묻는다.

"필리프 집의 미닫이문."

"필리프가 누군데요?"

"아, 이비인후과."

"자크마이스터 박사 말인가요?"

내 질문에 에바가 미소를 짓는다.

"자크마이스터 병원 미닫이문에 달려들어 부딪쳤다고요? 말도 안 돼!"

"유리야." 에바가 대답하며 여전히 미소를 짓는다.

"아주 잘됐네요."

"응, 아주 잘됐어." 그녀가 대답한다.

나는 가까이 다가가 푸르스름한 멍을 자세히 살핀다. 이런 크기의 혹은 터질 수도 있을까. 느낌상 손가락만 하나 가져다 대면 터질 것 같다. 에바의 이마를 정말 만져보고 싶지만 손을 대지는 않는다. 그 대신 혹에 냉찜질을 하는 게 좋을지 고민한다. 나는 에바의 발가락을 거의 밟을 정도로 가까이 다가간다.

"1부터 10까지 단계가 있어요. 1은 통증이 적고, 10은 통증이 심해요. 그럼 이건 몇 단계예요?"

에바는 어깨를 으쓱하고는 맑게 반짝이는 눈으로 그저 나를 보기만 한다.

"8단계는 되어 보여요. 분명히 8이에요. 할아버지가 에바를 집에 데리고 왔나요?" 우리 둘 다 웃음을 터뜨린다.

에바가 가운 앞치마 주머니에서 묵주를 꺼낸다.

"여기 이건." 내가 에바의 이마를 가리키며 말한다. "기도로 없앨 수 없어요. 마법 같은 화장으로도 가려지지 않고요. 그 유리문이 깨졌나요?"

에바는 고개를 젓고 인상을 찌푸리고는 의자에 주저앉는다. 내가 말한 통증 단계를 이해하진 못하지만 분명히 아픈 것 같다.

"현기증이 나요?" 내가 물으며 한 손을 조심스럽게 에바의 위팔에 올린다. "혹이 왜 반짝거리죠?"

"망종화 연고." 에바가 대답하고 미소를 짓는다.

"혹이 나서 기쁜가요? 왜 이렇게 기분이 좋아 보여요?"

"나를 안았어."

"누가?"

"아, 필리프가." 에바가 대답하고 눈물을 흘린다.

푸르스름한 혹이 생겼는데도 에바는 더플백에 사과 두 개와 두툼한 소설책 뭉치를 챙긴다. 에바는 폴란드에서 연애소설과 의학소설을 한 무더기 가지고 왔다.

"잠자게 둬." 에바가 재킷을 들고 보라색 플러시 귀마개를 쓴다.

"혹이랑 색깔이 어울리네요." 내가 말하자 에바는 양손으로 조심스럽게 귀마개를 누른다. 나는 그런 걸 쓰는 사람은 아무도 없다고 말하고 싶지만 그냥 입을 다문다. 문간에

서서, 계단을 올라가는 에바의 뒷모습을 바라본다. 보너스 요일인 듯, 혹도 없는 듯하다.

"유리문에 달려가서 부딪치면 기분이 좋아지는 효과가 있는 모양이야." 나는 이렇게 중얼거리고 조용히 문을 닫는다.

후베르트는 쿠션을 댄 소파에 앉아 자고 있다. 그의 숨소리가 고르다. 나는 질러탈 부암 그룹의 노래를 끈다. 이제 조용하다. 필리프라는 의사가 후베르트에게 뭘 했는지는 몰라도 어쨌든 후베르트는 무척 힘이 들었던 모양이다. 나는 그의 옆쪽 바닥에 앉아 머리를 의자 팔걸이에 대고 곰팡이 냄새를 들이마신다. 그는 호흡하며 긁는 소리를 내고, 들숨이 날숨보다 길다. 나는 몇 초 동안 눈을 감은 채, 팔걸이에 기댄 내 머리의 무게와 뺨에 닿는 천의 거친 감촉을 느끼며 이곳에 우리 둘 말고는 아무도 없다는 데 만족한다. 그러고 천천히 100까지 센다. 그러면 긴장이 풀리기 때문이다.

우리가 얼마나 자주 숫자를 세었던가? 나는 그 생각을 하며 손을 후베르트의 아래팔에 올린다. 케빈은 아미가 100까지 셀 수 있다고 주장하더라고 했다. 헬멧을 쓰고 떡 버티고 서서 양손을 옆구리에 올리고는 진지한 표정으로 달팽이처럼 느리게 숫자를 세기 시작했단다. 케빈은 아미가 너무나 열정적으로 숫자를 세어서 중단시킬 수 없었다고 했다.

 벽시계가 똑딱거리는 소리. 교회 종소리. 조용한 집. 서로를 보호하듯 가까이 붙어 있는 우리 둘. 다들 우리를 잊어버린 듯한 기분이 든다. 시간에서 벗어난 집에 우리를 남겨둔 것 같다. 오래된 식물 화분, 보기 흉한 양탄자, 편지와 서류철, 오래전의 서류들. 과거에 찍은 흑백사진들. 사진 액자에 든 친척들은 모두 죽었다. 개와 고양이도 모두 죽었다. 빛바랜 수공예품. 서랍에 든 편지. 우리가 온라인에 접속하게 되고, 이제 눈을 마주하거나 악수도 나누지 않은 채 그저 'sry'라는 글자로만 사과를 주고받게 되리라는 걸 아무도 몰랐던 시절의 것들이다.

 나는 할머니에게서 배운 모든 것을 후베르트에게 적용할 수 있다. 두 사람은 같은 세대니까. "식탁에서 먹어라." 내가 티브이 앞에서 먹는 걸 보면 할머니는 언제나 욕을 했고, 그러면 나는 얼른 식탁에 앉아서 그날 있었던 일들을 이야기했다. 할머니는 세세하게 모든 걸 알려고 했다. 내가 학교에서 뭘 배웠는지, 학교에 가다가 누굴 만났는지, 손은 씻었는지 안 씻었는지. 나는 단정하지 못하게 앉으면 안 되었고 늘 똑바로 앉아야 했다. 어린 아가씨는 이런저런 걸 해야 하고, 이런저런 걸 하면 안 된다 등등의 말들. 그뿐 아니라 할머니가 한 말들도 후베르트에게는 통한다. 내가 며칠 후에 검은 달이 뜬다고 하면 그는 그게 신월이라는 걸 알아듣고, 내가 그의 오른팔이니 걱정할 필요가 없다고 하면 기뻐한다. "믿음직하네"라고 말하고, 마음이 편안해 보인다.

나는 후베르트를 올려다보며, 그의 얼굴이 얼마나 바짝 말랐고 눈이 얼마나 움푹 들어갔는지 생각한다. 제일 처음 그의 앞에 섰을 때 나는 그에게 악수를 청하고 상냥하게 인사하면서 그의 눈을 똑바로 봤다. 그게 그의 마음에 들었던 듯하다. 예의 바른 아이로군. 내가 누군지, 왜 왔는지도 모르면서 그는 그렇게 판단했을 거다. 내 짐작에, 그는 내가 왠지 모르게 여기 소속이라고 생각했던 것 같다. 사실 그렇다. 왠지 모르게 나는 이곳에 속한다. 나는 눈을 감고, 이마에 혹이 난 에바가 초록 방에서 춤을 추고 아미가 100까지 세는 모습을 상상한다. 후베르트가 움직이는 게 느껴진다.

"어르신, 안녕하세요?" 나를 보는 그에게 내가 인사한다. 그는 뭔가 말하고 싶은데 입술이 마른 것 같다. 나는 엘더베리 주스를 가지고 와서 그에게 몇 모금 준다. 그가 감사하다는 눈길로 나를 본다. 하지만 바로 다음 순간 그는 불안해 보인다.

"할아버지, 무슨 일 있나요?" 내가 묻는다.

"오븐을 꺼야 해."

"괜찮아요. 지금 케이크를 식히는 중인데, 나중에 한 조각 드릴게요. 행운 한 조각이죠. 오늘 내가 뭘 했는지 말해볼까요?"

그가 미심쩍은 눈빛으로 나를 본다.

"오늘 3미터 다이빙대에 앉아서 다리를 번갈아 흔들고 있었어요. 그런데 있잖아요. 내 뒤에 아무도 없었어요. 밀치는 사람이 없었죠. 난 물을 내려다보며 30분 동안 그러고 있었어요. 물, 천 개의 별. 등 뒤에는 따스한 햇살. 평화로운 세상. 할아버지, 아시잖아요. 할아버지에게는 설명할 필요도 없죠. 가벼운 바람, 늦여름 햇살, 저녁에는 해가 새빨간 공처럼 호수에 잠기고요. 에바가 수영을 못 한다는 거 아셨어요? 에바에게 물어봤더니 배운 적이 없대요. 그래서 내가 '에바는 그 대신 요리를 할 수 있잖아요'라고 했죠. 수영장 안전요원이 나에게 내내 다이빙하라고 손짓하더군요. 내가 위에 앉아서 다리를 흔들어도 그와는 아무 상관도 없지 않나요? 어떻게 생각하세요? 할아버지는 전문가시잖아요."

나는 1년 내내 후베르트에게 수영장 이야기를 들려준다. 그는 내가 방학을 했는지 아니면 학기 중인지, 지금이 몇 월인지 몇 년도인지, 자기가 얼마나 나이가 많은지 내가 얼마나 어린지 모른다. 내가 일하러 가야 하는지 자기가 일하러 가야 하는지, 아니면 우리 둘 다 가야 하는지 모른다. 그래서 나는 그에게 크리스마스 때 수영장 이야기를 하고, 방학 때 학교 이야기를 들려준다. 그의 동생들이 바깥 온상이나 다락방에 무슨 짓을 저질러놓았는지 이야기한다. 로잘리가 무슨 옷을 입었는지 말해준다. 길이와 소매, 목 부분의 모양, 색깔과 무늬까지 자세하게 옷을 묘사한다. 로잘리가 장을 봤다고, 아스파라거스나 체리나 달리아 등 그때그때 떠오르는 걸 이야기한다. 위르겐 때문에 한없이 짜증이 난다고 말하고, 애벌레가 새로 또 뭘 할 수 있는지도 이야기한다. 아이가 이미 오래전부터 오지 않아서 내가 전혀 알 수 없는데도.

　나는 후베르트처럼 한다. 모든 것을 한 곳에 쓸어 담는다. 사람과 계절, 사건을 모두 한 군데에 담고 뒤섞으면 다 괜찮아진다. 모두 살아 있고 아무도 죽지 않았다. 빠진 사람은 한 명도 없다. 나는 그에게 내가 살날이 얼마 남지 않았다고 말한다. 그는 모든 것을 사실로 받아들인다. "치매가 그렇게 나쁜 건 아니에요." 나는 뼈가 앙상한 그의 견갑골을 쓰다듬는다. "어쨌든 항암을 할 필요는 없잖아요."

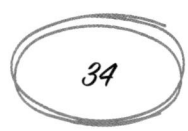

 에바의 부탁을 거절하기는 쉽지 않은데, 이제 푸르스름한 혹까지 생겼으니 더욱 어렵다. 눈꺼풀이 보라색이라서 화장을 하다가 중간에 그만둔 것처럼 보인다.
 "당연히 계란을 사 올게요. 돈 주실래요?" 내가 말한다. 에바는 폴란드식 크레페 날레스니키를 만든다. 계란을 가지고 온 대가로 나는 엄마와 위르겐에게 줄 날레스니키 2인분을 받기로 한다.
 "너는?" 에바가 묻는다.
 "괜찮아요. 안 줘도 돼요."
 에바는 자기가 내 공부를 방해하는지 묻는다. 나는 엄지를 치켜세우고 히죽 웃는다. 슈파어 슈퍼마켓에 가면서 팔이 모르타르에 스칠 정도로 벽에 바짝 붙어서 걷는다. 발소리도 내지 않고, 시선을 아래로 내린다. 투명인간이라도 된 것처럼.
 예전에 엄마와 길을 가다가 아는 사람을 만나면 나는 투명인간이 되고 싶었다. 우리는 길 한복판에 서 있었는데,

엄마는 10분, 20분, 30분 동안 말을 했다. 지옥 같았다. 엄마가, 내가, 뭐든지 다 너무 창피했다. 열두 살 때는 이보다 더 나쁜 일은 없을 거라고 생각하는데 나이가 들면 더 나쁜 일이 생긴다. 정말 많이 컸다는 말을 몇 년 내내 듣는다. 그러다가 의사가 이제 다 성장했다고 말한다. 드디어 혼자가 되어 자기 길을 가는데, 건물 외벽을 따라 걸으면서 사람들과 엮이고 싶지 않아 고개를 쑥 집어넣는다. 그래도 결국은 그들과 엮인다. 달리 어쩔 도리가 없다.

나는 머리를 부엌 문틈에 넣고 에바에게 계란과 잔돈을 내민다. 후베르트가 구석 의자에 앉아 있다. 에바가 계란을 받아 일을 시작한다.

"잠깐 나갔다 왔더니 분위기가 다 꺾였네요. 무슨 일이 있었어요?" 내가 묻는다.

대답이 없다.

"두 분, 다퉜어요?" 내가 다시 묻는다.

에바는 감자를 내려놓고 식기세척기를 정리해서 그릇을 찬장에 마구 집어넣는다. 누군가 그녀의 숲에 불을 지르기라도 한 듯한 표정이다. 후베르트는? 눈을 크게 뜬 채 나를 보고 있다. 나는 신발을 신은 채로(마니나가 있었다면 불가능한 일이다) 부엌으로 두 걸음 들어가 후베르트와 눈을 맞추고 말한다. "할아버지, 그럼 나는 가볼게요. 토요일에 봬요." 하지만 혹시 에바가 나더러 가지 말라고, 반죽이 다

됐다고 부를지 몰라 현관 옷걸이 앞에 서서 기다린다. 조용하다. 그럼 할 수 없지. 엄마와 위르겐이 크레페를 못 먹겠군.

나는 꼴 보기 싫은 호박을 썬다.
"네모가 아니야, 린다! 길쭉하게 썰어!" 엄마가 양파 껍질을 벗기며 말한다.
나는 숨을 참았다가 깊게 들이쉬고 천천히 내쉰 다음, 칼을 내려놓는다. 망쳐버린 학교 시험만으로는 충분하지 않다는 건가. 도대체 엄마는 어떻게 늘 하나를 더 얹을 수 있지? 나는 네모나게 썬 호박을 음식물 쓰레기통에 던진다.
"뭐 해?" 엄마가 욕을 퍼부으며 익사하는 사람처럼 양손을 내젓는다. 나는 대답하지 않고, 나머지 호박을 도마에 놓고 길쭉하게 썬다. 아마도 어떤 비율의 관계에는 머리카락처럼 미세한 균열이 있는지도 모른다. 몇 년 동안 아무도 알아채지 못하는 미세한 균열. 그렇게 지내다가 관계가 깨지는데, 이 모든 것이 예전의 그 미세한 균열에서 시작된 것이다. 관계가 끝나는 계기가 되는 순간이 틀림없이 존재한다. 단절의 시작, 그러니까 종말의 시작이다. 그런 시작이 지금 이런 '네모-길쭉 썰기의 순간'일 수도 있다.
"나, 오늘 후베르트의 딸과 우연히 정면으로 마주쳤어." 엄마가 말한다.
"아하." 나는 길쭉하게 썬 호박을 타파웨어 용기에 넣는다.

"아니, 린다. 그렇게 두껍게 썰면 안 돼!" 엄마가 말한다.

나는 한순간 얼어붙었다가 눈을 흘긴다. 눈을 흘기면 마비에서 벗어나는 데 도움이 되니까. 처음에는 눈만 움직이고, 그다음에는 머리를 빙빙 돌려 마비에서 벗어난다. 그 후에는 몸을 숙이거나 숨거나 달아나는 등 모든 것을 문제없이 할 수 있다. 나는 어릴 때 이 기술을 개발했다. 이 기술을 연마할 만한 무서운 순간들이 넘치게 많았다. 나는 길쭉하게 썬 호박을 노려보다가 속으로 말한다. '난 싸우고 싶지 않아.'

내가 죽으면 엄마는 뭘 기억하게 될까? 아무것도 아닌 일로 의미 없이 싸운 일? 나는 엄마가 도대체 왜 그런지 엄마 본인에게 묻는 걸 그만두었다. 엄마가 왜 그런지 이미 알고 있으니까. 아빠와 함께한 세월이 엄마를 망쳤다. 여동생이 있다면 나는 그 아이에게 이렇게 가르칠 거다. "멍청이와 절대로 결혼하지 마. 그게 가장 중요해."

"그 여자를 이해 못 하겠어." 엄마가 한숨을 내쉬며 수저 서랍을 쾅 닫는다. 나는 그 문장을 소리 죽여 되풀이한다. "모든 걸 간병인과 열다섯 살짜리 아이에게 미루는 건 옳지 않아. 도대체 누가 그런 짓을 하니? 그 여자는 나더러 '당신 딸은 우리 아버지 집에서 잘 지내요. 둘은 무척 사이가 좋아요'라고 하더라. 내가 그런 말을 들어야 하다니." 엄마가 욕을 하고, 눈물이 흐르는 눈을 행주로 톡톡 두드려 닦는다.

"그 얘긴 이미 했잖아." 내가 대답하고 호박을 가늘게 길쭉길쭉 썬다. 이미 오래전부터 모든 게 엉망이다.

"여기서 누가 책임을 져야 할 것 같니? 너는 분명히 아니야. 넌 아직 아이라고. 그리고 폴란드에서 온 낯선 여자들도 아니고."

이 상황에서 나는 엄마가 나를 아이라고 부르는 걸 봐준다. 엄마의 시야가 너무 좁다는 것, 그리고 내가 아이여야 엄마의 세상에 들어맞는다는 걸 느낀다. 엄마가 도마를 흐르는 물 아래에 대고 행주로 코를 닦는다. 마니나가 이걸 본다면 돌아버리겠지. 그러다가 댐이 요란한 소리를 내며 무너지듯 아주 제대로 울음을 터뜨린다. 나는 엄마가 지금 자기 자신 때문에 운다고, 후베르트와 나 때문이 아니라고 생각한다.

"자, 거실로 가자." 내가 말한다. 엄마가 앞장서 가서 소파에 앉는다. 나는 말없이 커튼 뒤에서 리모컨을 꺼내 엄마에게 건넨다. 엄마 눈 아래에 있는 다크서클을 보며, 위르겐이 원하는 재미있는 여자를 생각한다. 불쌍한 남자 같으니라고. 엄마가 다리를 올린다. 나는 엄마 발에서 실내화를 벗기고 속으로 하나, 둘을 세며 엄마의 다음 말을 기다린다.

"양말도."

"'벗겨줄래?'라고 부탁해야지." 나는 엄마 옆에 앉는다.

"내 발이 늙어 보여." 엄마가 한숨을 내쉰다. 우리는 엄마의 발을 함께 자세히 본다.

"예쁜데 뭘." 나는 엄마를 위로하려고 한다.

"견해상의 문제지." 엄마가 중얼거리고 티브이를 켠다. 나도 양말을 벗고, 다리를 엄마 다리 옆에 올린다.

"우리 발, 진짜 무진장 닮았네." 내 말에 엄마가 대답한다.

"미안해."

나는 엄마 손에서 리모컨을 넘겨받아 로또 방송을 켠다. 은 귀걸이에 분홍색 블라우스, 검은색 미니스커트를 입은 미녀가 사회를 본다. "2023년 10월 8일, 로또 6/45, 로또 플러스와 조커에 오신 것을 환영합니다." 시그널 뮤직이 울리고 번호가 하나씩 뽑힌다. "오늘의 숫자 여섯 개가 완성됐습니다." 미녀가 말한다. 나는 곤충이 나오는 동물 다큐멘터리로 채널을 돌리고, 잠수부와 바이마라너와 부츠 여왕을 생각한다. 우리는 저녁 내내 티브이를 보면서 땅콩과 막대 과자를 집어 먹는다. 질식하지 않게 나는 스프라이트를, 엄마는 스파클링 와인 헨켈 트로켄을 마신다.

"호박은 내일 요리하자." 엄마의 말에 나는 영화 제목으로 대답한다.

"우리에게는 아직 내일이 있다."

소파에서 인생을 바라보면 제일 편하다. 행복과 불행이 일어나게 그냥 둔다. 우리는 스스로 결정을 내릴 수 있다고 믿지만 모든 것은 저절로 일어난다. 배가 침몰하고, 비행기가 추락하고, 기차가 탈선한다. 우리는 아무것도 할 수 없다. 인생은 그냥 있는 그대로다. 사람들, 그리고 사람들이 자기 삶으로 뭘 하는지 관찰하면서 나는 이런 생각을 한다. '이만하면 됐다. 이미 충분히 봤다.'

아주 솔직하게 말해보자. 사람의 인생에서 아주 굉장한 일은 일어나지 않는다. 내가 없더라도 모든 것은 자기 갈 길을 갈 테지. 에바는 나머지 반쪽을 발견하고, 나방은 날개를 펼칠 거다. 애벌레는 자라겠지. 케빈은 친구들을 찾을 테고. 하기야 친구들이라는 복수보다는 단수가 현실적이긴 하다. 엄마는 헤어지고 새로운 사랑에 빠질 거다. 위르겐은 재미있는 여자를 찾거나 아무 여자도 찾지 못할 테고. 카밀라는 내 방을 차지할 수 있다. 후베르트는? 그는 죽을 것이다.

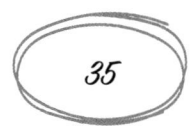

우리는 비행기를 타고 바닷가로 간다. 2월에 일주일 동안 그란 카나리아로 갈 예정이다. 기차로 뮌헨까지 가고, 뮌헨에서 비행기로 다섯 시간 가까이 걸려 그곳까지 간다. 위르겐은 그란 카나리아가 봄에 아주 좋다고 말한다. 아, 그렇지. 이 일에는 단점이 하나 있다. 위르겐도 같이 간다. 하지만 어쩌랴. 바다를 보려면 견딜 수밖에. 나는 아직 바다에 가본 적이 없다.

"같이 가고 싶지 않으면 그냥 집에 남아 있어도 돼. 나이도 먹을 만큼 먹었으니." 내가 잘 으깨지지 않는 브로콜리를 포크로 손질하는데(우리 식탁에 올라오는 채소들은 질기다) 엄마가 말한다. 유쾌한 미소가 내 얼굴 전체로 퍼진다.

"왜 그래?" 엄마가 묻는다.

"다시 한번 말해봐." 내가 엄마의 위팔을 쿡, 찌른다.

"뭘?"

"내가 나이도 먹을 만큼 먹었다는 말." 엄마가 나를 쿡 찌르고, 내가 엄마를 쿡 찌르고, 엄마가 나를 쿡 찌르고, 내가 엄마를 쿡 찌른다. 그러더니 갑자기 엄마가 웃음을 터뜨린다. 그냥 갑자기. 마치 '린다, 싸운 거 잊어버리자. 우리 친구하자'라고 말하려는 듯이. 엄마가 내 쪽으로 몸을 숙여 양손으로 내 얼굴을 감싸고 미소를 짓는다.

"우리, 로또 맞았어?" 내가 묻는다.

"위르겐이 아주 많이 보태. 안 그러면 우리 형편에 감당이 안 될 거야. 위르겐이 그란카나리아를 속속들이 알고 있어서 우리에게 섬 관광을 시켜줄 예정이야."

"우리에게, 아니면 엄마에게?"

"우리에게." 엄마가 단언한다.

"여행을 간다고? 그렇게 제대로?"

엄마가 고개를 끄덕인다.

"못 믿겠어. 그렇게 손쉽게 여행을 시켜주는 남자라니." 나는 엄마를 다시 한번 쿡, 찌른다. 엄마는 우리 삶이 아주 그럴듯하다는 듯이, 매년 2월에 여행을 떠난다는 듯이, 서로 싸울 이유가 전혀 없다는 듯이 나를 본다.

엄마도 바닷가에 가본 적이 없다. 우리는 할머니 친구가 사는 린츠 말고는 아무데도 가지 않았다. 나는 그때 일곱 살이었다. 할머니와 엄마와 나는 나흘 동안 함께 여행했다. 할머니 친구는 우리에게 모든 것을 보여주려고 했고, 나는 그 할머니가 실제로 그렇게 했다고 믿는다. 온갖 산과 장소 이름은 이제 기억나지 않지만 푀스틀링베르크 산악철도는 생각난다. 우리는 그 산악철도를 타고 푀스틀링베르크로 올라가서, 연기를 내뿜는 용 모양의 철도를 타고 난쟁이들과 빨간 모자가 있는 동화 속 동굴을 지났다. 최고는 교회였다. 할머니 친구는(이름은 잊어버렸다, 아직 살아 계신지 어쩐지도 모른다) 보라색 고수머리였는데, 우리에게 교회들을 모두 보여줬다. 우리가 돌아오는 날, 그곳의 오래된 대성당에서 브루크너 오르간 음악회가 열렸다. 할머니 친구가 그 오르간이 유명한 브루크너 오르간이라고 분명히 백 번은 말했기 때문에 나는 그 이름을 잊지 않았다. 대성당 음악회를 보다가 우리는 늦은 시각의 기차를 탔다. 할머니 친구는 푀스틀링베르크의 동화 세계보다 교회에 더 관심을 보이는 나에게 감탄했다.

그날들은 길고 아름다웠다. 아빠가 아주 멀리 있어서 엄마는 긴장을 풀고 느긋이 있었다. 할머니는? 카페에 갈 때마다 할머니는 유명한 커피 브랜드 율리우스 마이늘 커피 한 주전자와 크림 케이크를 주문했다. 게다가 도나우강과 식물원도 있었다. 할머니는 행복했다. 나는 커피 주전자 아래에 놓인 흰색 레이스 주전자 받침을 모았고, 크림 케이크에서 당의를 입힌 제일 위쪽을 먹었다. 제일 위쪽을 먹어도 된다는 허락을 받을 때마다 나는 할머니의 귀에 대고 속삭였다. "같은 시간을 살아가는 우리는 서로에게 신비로운 의미를 지닌 존재다."

손가락에 묻은 설탕을 맛있게 빨아 먹어도 욕하는 사람

이 없었다. 나는 린츠에 영원히 남고 싶었다. 초콜릿 소스를 얹은 바닐라 아이스크림을 매일 먹었고 때로는 오전부터 먹었는데, 두 개를 먹겠다고 했다면 그렇게 할 수 있었을 거다. 나중에 린츠에서 보낸 나날에 대해 글짓기를 했다. 독일어 선생님은 자기도 거기 있었더라면 좋았겠다고 말했다.

우리가 바다로 간다는 걸 알게 된 뒤로 나는 일종의 기대나 설렘, 또는 이 둘이 섞인 감정을 느낀다. 자라 아줌마에게 말했더니 아줌마는 이렇게 대답했다. "린다, 참 잘됐구나. 그렇게 좋은 일이 생기다니."

누군가 다락으로 가서 창밖을 내다보라고 제안하는 것 같다. 위에서 보는 전망은 더 좋다. 완전히 그렇지는 않지만 거의 그렇다. 또는 내 삶이 하나의 산이라면, 등반에 실패했는데 누군가 "계곡으로 돌아가고, 아무 걱정도 하지 마"라고 말하는 것 같다. 대충 그런 기분이다. 설명하기는 어렵다. 휴식과 기쁨이 섞인 느낌인데, 어쨌든 낯설다. 실제로 달라진 건 없다. 내가 이제 위르겐을 좋아하는 건 아니지만, 그란 카나리아 여행 계획 이후로 우리는 서로를 더 잘 이해하게 됐다고 말할 수 있다. 그의 눈빛에서는 뭔가 즐거움이 엿보이고, 그게 그를 사랑스럽게 보이게 한다. 계획이 있으면 삶이 다르게 느껴지는 건지도 모르겠다. 어쨌든 계획이란 미래를 가리키고, 그란 카나리아 덕분에 내 앞에 뭔가가 놓여 있다. 내가 그 일에 열광한다고 말할 수는 없지만 관심은 있다. 이미 말했듯이 나는 바닷가에 간 적이 없으니까.

"카나리아제도로 여행을 간다고?" 케빈이 묻고는 입꼬리를 아래로 내린 채 여러 번 고개를 주억거렸다. 그에게 같이 가자고 권하고 싶었지만, 자라 아줌마의 삶에는 여행을 지원해줄 남자가 없다.

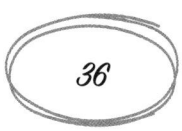

"아이고, 너 왜 이렇게 창백해?" 오늘 아침에 엄마가 이렇게 말하며, 내가 혼수상태에 빠지기라도 한 듯이 내 뺨을 톡톡 두드렸다. 나는 엄마 바로 앞에 서서 코코아를 끓이고 있었는데도. 바로 그 순간 어떤 생각이 떠올랐다. '좋은 아이디어야.'

나는 양손으로 무릎을 짚고 통증에 시달려서 똑바로 서 있을 수 없는 환자처럼 몸을 숙였다. 엄마가 내 등에 손을 댔다. "아이고, 린다."

나는 이런 상황에서 "우리 아기 린다"라고 말했을 할머니를 제일 먼저 떠올렸다가 곧장 이차방정식과 구내식당의 식사를 떠올렸고, 웬일인지 불쑥 눈물이 솟았다.

"이런 상태로는 학교에 못 가." 엄마가 말했다. 우와, 굉장해. 나는 이렇게 생각하며 약간 과장해서 만삭 임신부처럼 한 손을 등에 대고 소파에 앉았다.

"코코아를 가져다줄게." 엄마가 부엌에 있는 동안 나는 창밖을 내다봤다. 슬슬 내리는 보슬비와 잿빛 풍경을 보고,

이미 지난주에 지나간 생리에 모든 걸 미루기로 결정했다. 엄마는 내 말을 믿었다. 엄마를 보며 거짓말을 해야 하는 게 너무 미안하다고 생각했지만, 이런 날씨에 누가 학교에 가고 싶단 말인가. 생리가 아니더라도 수업에 자주 땡땡이를 칠 수 있을 텐데. 케빈은 나보다 두 배나 더 많이 결석하지만 그는 그래도 된다는 점이 다르다.

"우리 딸, 나중에 보자." 엄마가 소리쳤다.

나는 기쁜 목소리를 내지 않으려고 애쓰면서 화답했다. "사무실에서 즐거운 시간 보내."

나는 쿠션 사이를 더듬어 리모컨을 찾아서, 위르겐이 끌고 온 광택 나는 잡지 위에 올려놓는다. 그란 카나리아에 관한 잡지다. 표지에 전통 빵집 사진이 있다. 그 빵집은 섬의 안쪽에 있는데, 위르겐은 빵집 주인이 자기랑 가장 친한 친구라고 주장했다. "빵집이 있는 친구, 나쁘지 않은데요." 나는 이렇게 대꾸하고, 위르겐이 세세히 설명하기 전에 자리를 떴다.

후베르트가 같은 건물에 살아서 다행이다. 결석 처리를 했지만 오후에는 그에게 갈 수 있다. 엄마가 난리를 칠 수도 있지만, 나중에야 알게 될 텐데 뭐 어쩌랴?

2시까지 시간을 계산해본다. 다섯 시간이다! 다섯 시간으로 뭘 하지? 70년으로는 뭘 할까? 이렇게 많은 시간으로 뭘 할지 알려주는 사람은 아무도 없다.

에바는 내가 결석한 걸 알 필요가 없다. 생리 때문에 결석했다고는 절대 말하지 않을 거다. 그랬다가는 알케밀라 차를 마시라고 협박할 텐데, 그 차는 끔찍한 맛이 난다. 한번 마셔본 적이 있긴 하다. 에바는 경비견처럼 내 옆에 앉아, 내가 차를 한 모금씩 마시는 모습을 감시했었다. 자연과의 친밀감이라는 면에서 에바는 정말 철두철미하다.

"뭐 하세요?" 나는 에바가 겨드랑이에 끼고 있는 빈 종이 봉투를 가리키며 묻는다.

"모으기."

"뭘 모으는데요?" 나는 의도적으로 묻는다. 에바가 뭘 하는지 아무도 관심을 보이지 않기 때문이다. 얼마 전에 에바는 지금까지 몇 년 동안 간병을 했는지, 친구가 누구인지, 자기 생활이 간병 걱정거리로 얼마나 가득한지 이야기했다. 용건을 직접 말하지는 않았지만 에바가 하고 싶은 말을 내가 바르게 이해했다면 모두가 자기를 간병인으로, 오로지 간병인으로만 본다는 거였다. 마치 원래 고향도, 역사도, 취미도 없는 것처럼. 평생 간병인 말고 다른 것은 아니었고 앞으로도 될 수 없다는 것처럼.

"화장실 가야 해." 에바가 이렇게 말하고 사라진다.

그녀가 돌아왔을 때 나는 다시 한번 묻는다. "어서 말해봐요. 뭘 모으는 거예요?"

에바가 내 위팔을 잡는다. "도시 위쪽에 들장미 열매가 있어." 에바는 눈을 반짝거리며 양손으로 크게 원을 그린다. 아마 덤불의 크기를 표현하려는 것 같다. "유치원 옆에 덤불 네 개. 반다랑 알렉산드라도 와."

"보너스 요일이랑 거의 똑같네요." 나는 웃음을 터뜨린다.

에바가 휴대폰을 꺼내 들장미 덤불 사진을 보여준다. 위에서 찍은 덤불. 햇살을 받는 덤불. 그늘진 덤불. 그리고 들장미 열매를 각각 근접 촬영한 사진들. "이제 다 익었어." 에바가 싱긋 웃는다.

질문을 하나 더 하면 들장미에 대한 일장연설이 터지는 게 아닐까 고민하는 사이에, 에바가 내 어깨를 잡고 말한다. "비타민 C가 레몬보다 스무 배 많아. 비타민 C 폭탄!" 폭탄이라고 말하면서 에바는 눈을 크게 뜬다. 나도 반사적으로 눈을 크게 뜨고서 진지한 표정을 지으려고 하지만, 내 눈이 웃고 있다는 게 느껴진다.

"설탕 조림 후식을 만들면 최고의 설탕 조림, 잼을 만들면 최고의 잼. 껍질은? 말려서 차를 끓여. 비타민 C 폭탄!" 에바가 반복하고서 한 손을 내 아랫배에 올린다. "들장미 열매, 방광염에 좋아."

"그럼 얼른 가세요." 나는 에바를 문밖으로 밀어낸다.

후베르트가 면도를 하지 않은 채 구석 의자에 앉아 있다. 셔츠 단추가 제일 위쪽까지 채워져 있다. "안녕하세요, 카우보이. 싸웠나요?" 에바는 후베르트가 면도를 하려고 하지 않으면 보통 기분이 안 좋아진다. 오늘은 들장미 열매로 얻은 행복감이 더 컸던 것 같다. 후베르트가 뭔가 거절하면 에바는 늘 개인적으로 모욕을 당한 것처럼 받아들인다. "할아버지는 면도를 좋아하지 않아요." 나는 에바를 위로하려고 애쓴다. "면도를 하는 날도 많지만, 대부분은 하려고 하지 않아요. 에바 때문이 아니에요."

그의 셔츠 단추가 제일 위쪽까지 채워져 있으면 나는 에바가 일부러 그렇게 한다고 의심한다. 후베르트는 단추를 채운 셔츠를 아주 싫어하는데, 단추를 풀기 힘들고 아예 풀지 못할 때도 이따금 있기 때문이다.

"만나서 반가워요." 나는 그에게 악수를 청하며, 기운을 북돋워주듯 고개를 주억거린다.

반응이 없다.

"너를 만나서 나도 반갑다." 나는 혼잣말로 웅얼거린다. 그의 시선이 어딘가를 향해 있다. 어쩌면 보청기는 괜찮은 아이디어인지도 모른다. 나는 몸을 숙여 그와 눈높이를 맞추고, 내 손을 그의 아래팔에 올려서 가느다란 털을 만진다.

그가 나를 보며 이맛살을 찌푸린다.

나는 주위를 둘러보며 말한다. "여기 좋네요."

내 시선이 호숫가에 후베르트가 서 있고, 그 옆에 그의 개인지 아닌지 모를 개가 한 마리 있는 사진으로 향한다. 나는 후베르트를 호숫가로 데려가는 게 내 책임이라는 걸 불현듯 깨닫는다. 그의 유일한 소풍 목적지가 병원이라는 건 말이 안 된다.

"하나." 나는 숫자를 세고, 셔츠 제일 위쪽 단추를 푼다. "둘"이라고 말하고 그 아래 단추를 푼다. 깃을 옆으로 젖히고, 앙상한 그의 쇄골을 손바닥으로 누른다.
"이제 좀 낫나요?" 내가 묻는다.
후베르트가 미소 짓는다.
"아이고, 할아버지." 나는 후베르트의 앞에 있는 유리컵을 들고 그의 눈앞에서 흔든다. "난 냅킨이 할아버지 손이 닿지 않는 곳에 있는 줄 알았네요." 나는 유리컵을 비우고 냅킨을 짜서 쓰레기통에 던진 다음, 수저 서랍을 열고 뒤쪽에 있는 밀카 밀크 초콜릿을 꺼내 한 조각을 부러뜨린다.
"그 쓰레기는 너나 가져." 나방이 준비해둔 초콜릿을 내가 건네면 후베르트는 이렇게 말한다. 그는 초콜릿의 카카오 함량이 얼마나 높은지 알려고 하지 않는다. 밀카의 평범한 누가 초콜릿을 원한다.
"할아버지, 이것 보세요. 행운 한 조각이에요." 나는 그에게 초콜릿을 한 조각 건네고, 나도 한 조각을 입천장에 붙이고는 녹을 때까지 누른다.
그러고 집을 한 바퀴 돌면서 유리창을 위로 꺾어 올리고, 커튼을 똑바로 열고, 작은 폴란드를 슬쩍 들여다보다가 에바의 협탁 위에 놓인 편지 한 통을 발견하고는 봉투를 뒤집어 발신인을 본다.

"있잖아요." 내가 후베르트에게 말한다. "마레크가 편지를 보냈어요. 우리 에바랑 결혼하고 싶어 해요. 자기는 에바 없이 살 수 없대요. 로잘리 할머니에게 어떻게 청혼했는지 아직 기억하세요? 그렇게 젊고 사랑에 푹 빠졌으니 분명히 긴장하셨겠죠. 모든 사람 중에 가장 아름다웠던 로잘리. 내가 무슨 생각을 하는지 말해볼까요?"

후베르트는 초록색 코듀로이 바지에서 밝은색 보풀을 떼어내는 데 정신이 쏠려 있다.

"마레크는 전혀 승산이 없어요. 에바가 체스토호바의 검은 마돈나에게 남자를 한 명 주문했거든요. 그 남자가 배달되어 올 거예요."

후베르트에게 가장 필요 없는 것은 그를 위해 뭐가 좋은지 자기가 안다고 믿는 사람들이다. "우리 집도 똑같아요." 나는 그를 위로한다.

후베르트에게 중요한 것은 누군가 옆에 있는 거다. 그가 뭔가에 걸려 비틀거리거나, 뭔가가 넘어지거나, 그가 뭔가를 찾을 때는 도움이 필요하다. 우리가 예전에 했던 모든 일은 점점 더 중요하지 않게 된다. 예전에 나는 말을 하거나 물을 때 그에게 부담을 주지 않으려면 무슨 말을 어떻게 해야 할지 곰곰이 생각해야 했다. 이제는 그런 게 아무 상관도 없다. 나는 마음대로 말하는데, 할머니가 보면 주둥이에서 나오는 대로 말한다고 할 거다. 나는 열정적으로 이야기를 지어내지만, 후베르트가 내용을 알아듣는 것 같지는 않다. 내 이야기는 변하는 기상 조건들처럼 그의 옆을 스쳐 지나간다.

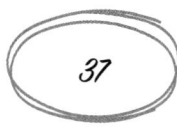

37

 요즘 그는 집 안을 돌아다니면서 가구와 그림과 물건을 마치 처음 보는 것처럼 관찰한다. 뭔가를 손에 들고 만져보고는 제자리에 돌려놓고, 다시 한번 집어든다. 수십 년 동안 살아온 집을 한 바퀴 도는 데 30분이 걸리기도 한다. 그는 화분 위치를 옮기려고도 하는데, 대부분은 너무 무겁다. "이러면 더 나을까요?" 나는 부채 야자를 창가로 몇 센티미터쯤 옮긴다. 이유는 알 수 없지만 그는 뭔가를 두드리고, 손바닥으로 모서리를 쓸어본다. 우리는 집에 갇혀 있으니, 나는 그의 주변 환경에서 최선의 자극을 끄집어내려고 해본다. 이따금 그림 위치를 옮겨서 비스듬하게 걸려 있게 둔다. 이르든 늦든 그가 언젠가는 그걸 알아채고 만지작거리기 시작한다. 그가 그림을 똑바로 걸지는 못하지만, 어쨌든 할 일이 생기는 것이다.
 "별일 없어요?" 내가 지나가면서 묻는다. 또 부엌 식탁을 문 쪽으로 몇 센티미터쯤 옮겨서 흔들리게 하고, 식탁 위의 소금통 옆에 작은 나뭇조각 두 개를 놓아둔다. 식탁이 흔들리는 걸 알아채면 후베르트는 그 조각들을 들고 쪼그려 앉아, 식탁 다리 아래에 끼우려고 애쓴다. 너무나 힘이 들어 얼굴이 새빨개지고 욕설을 퍼붓지만 어쨌든 해낸다. 내가 도와주려고 식탁 아래로 가면 아마 나를 내쫓을 거다. 보통은 내가 그를 일으켜 세운다. 하지만 그가 혼자 다시 일어서는 데 성공하는 날도 있다.

"할아버지. 식탁이 이제 흔들리지 않네요? 할아버지가 하신 거예요? 브라보!"

솔직하게 말하자면 아이디어가 다 떨어져서 후베르트와 뭘 해야 할지 모를 때도 가끔 있다. 우리는 허공을 보거나 벽을 보거나 창밖을 내다본다. 나는 이걸 즐긴다. 지루함은 정말 편안할 수도 있다. 우리는 세상을, 더 정확하게 말하자면 후베르트의 세상을 지켜본다. 눈에 들어오는 것을 소재로 삼아 이야기를 꺼낸다. 예를 들면 뜯어내는 일력도 그 중 하나다. 날짜는 상당히 괜찮은 주제다. 나는 요일과 달과 계절 등 날짜와 관련된 모든 것을 말한다. 그러니까 공휴일, 기념일, 생일, 그리고 지금 이 계절에 사람들이 뭘 하는지, 동물이나 자연이 어떤지 등이다. 또 10년 전, 30년 전, 100년 전 오늘에 어떤 일이 있었는지 이야기하기도 한다. 구글로 모든 것을 검색할 수 있고, 내 일반 상식은 무척 손쉽게 넓어진다.

나는 후베르트에게 질문하기를 좋아한다. 그가 쉽게 대답할 수 있는 질문을 일부러 고른다. 하지만 대답을 듣지 못할 때가 꽤 많다. 가끔 그는 그냥 '응'이라고 대답하기도 하지만, '아니'라는 대답을 더 자주 한다. 아니라는 대답이 더 쉽게 입 밖으로 나오는 것 같다. 하지만 어떤 날에는 이런저런 말을 하거나 나를 미심쩍은 시선으로 보며, 바보 같은 질문 좀 하지 말라고 말하기도 한다.

그와 말다툼을 하고 싶으면 나는 그건 교육적으로 가치 있는 말이 아니라고, 바보 같은 질문이란 없다고 대꾸한다. 그러면 우리는 이런저런 말을 서로 쏟아내고, 후베르트는 무척 생기 있어 보인다. 하지만 이미 오래전부터 그는 논리적인 말은 하지 않고, 으르렁거리며 욕을 한다. 며칠 전에는 바닥에 발을 쿵쿵 구르기까지 했다. 내 생각에는 그런 행동이 그에게 도움이 될 것 같다. 어쨌든 자기 의견을 고수하는 거니까. 그는 예전과 마찬가지로 여전히 존재감을 드러낸다.

그가 나를 웃게 할 때도 많다. 케빈이나 엄마에게 말해주려고 하면 이미 잊어버려서 생각이 나지 않을 때가 많아 그의 말을 받아 적을까 가끔 고민하기도 한다.

"손목시계 멋지네요." 얼마 전에 내가 말하자, 그는 시계를 손목에서 풀어 양손으로 돌리더니 식탁에 내려놓고서 마치 자기 물건이 아니라는 듯이 멀찌감치 밀어뒀다. "그치만 이건 할아버지 시계잖아요." 나는 그에게 설명하려고 했다.

이때 이후로 시계는 그의 손목을 제외하고 도처에 놓여 있다. 에바가 채워주고, 채워주고, 또 채워주지만 그는 풀고, 풀고, 또 푼다. 끝없는 놀이다. "두 분, 달리 할 일이 없어요?" 내가 묻는다. 에바가 나에게 시계를 봤는지 물으면 나는 틀니가 있는 곳에 같이 있을 거라고 대답한다.

에바도 나에게 할 이야기가 늘 있다. 그녀 말로, 지난주에 후베르트가 자기는 옛날 사람이라고 말했다고 한다. 나는 옛날 사람이 틀림없이 더 나을 거라고 생각한다. 그리고 치아 이야기는 또 어떻고! 에바는 웃느라 설명도 제대로 하지 못할 지경이었다. 에바가 후베르트의 아래 틀니를 꺼내려고 하자 그는 정말 그럴 필요 없다고 말했다고 한다. 에바가 계속 꺼내려고 하니 그는 자기를 제발 좀 내버려두고 당신 일이나 하라고, 자기 치아는 깨끗하다고, 게다가 하루 종일 아무것도 먹은 게 없다고 대답했단다. 굉장하군! 이렇게 훌륭한 논거를 대려면 뇌가 분명히 힘들었을 거다. 후베르트는 재미있는 말만 하는 게 아니다. 특별한 현명함이 내포된 말도 많이 한다. 예를 들어 지난주에 그는 신문을 접고 눈길을 들더니 사람들은 걱정할 필요가 없다고, 자연이 저절로 다 알아서 한다고 말했다. 나는 창밖을 내다보며, 그런데 왜 하늘을 쳐다보지 못하는 수영장 안전요원이 있을까 생각했다.

우리는 늘 똑같은 일에 대해 말할 때도 많다. 나는 집 여기저기에 있는 물건들에 관한 질문을 던진다.

"저 전등은 어디서 났어요?"

"저 도자기는 선물받은 거예요?"

"로잘리 할머니가 커튼을 직접 바느질했나요?"

휴양지 바트 헤링에서 로잘리가 보낸 오래된 엽서를 후베르트에게 보여준다. "로잘리 할머니가 요양 허가를 받아서 정말 잘됐죠? 여긴 진짜 아름다워요. 할머니가 건강을 잘 회복하실 거예요." 나는 엽서를 돌려서 크게 소리 내어 읽는다. "사랑하는 당신, 아직 절반만 지나가긴 했지만 내 건강 상태는 날마다 좋아지고 있어. 몇 년은 더 젊어져서 돌아갈게. 당신의 로잘리."

후베르트가 심심해 보이면 나는 이야기를 지어내고, 그는 아무 말 없이 내 이야기를 듣는다. 벽에 걸린 사진도 마찬가지다. 나는 액자에 들어 있는 사람과 동물들에게 이름을 붙이고, 그들에게 시련과 모험을 덧입힌다.

"할아버지, 아직 기억하세요?" 후베르트가 고개를 끄덕이면 나는 설명을 이어간다. 현실에 이야기를 덧붙인다. 내 상상력은 기적과 드라마를 창조한다. 우리는 심술궂거나 무관심한 표정을 짓거나 어항을 빤히 보며 물고기를 세기도 한다.

"물고기 세는 일은 쉽지 않아요." 내가 말한다. 나는 열한 마리가 있다는 걸 알기 때문에 열한 마리를 센다. 어쨌든 다음 물고기가 수면으로 헤엄쳐 나타날 때까지는 그렇다.

그런 오후에는 우리가 하는 일 중에 의미 있는 일은 아무 것도 없지만, 솔직하게 말하자면 나는 그런 게 좋다. 사람들은 언제나 결과를 보려고 한다. 우리는 그렇지 않다. "할아버지는 의미 있는 일을 이미 충분히 했잖아요." 내가 후베르트에게 말한다. "그런데 지금 남은 게 뭐예요?"

"손수건 가지고 계세요?" 내가 묻는다. 후베르트는 오른쪽 바지 주머니를 뒤져 나에게 반쪽짜리 호두 세 개를 건넨다.

"신데렐라에게 호두 세 개를." 나는 이렇게 말하고 휴지를 가져와서 그의 눈가를 조심스럽게 톡톡 두드려 닦는다. 그가 내 손을 피한다.

"괜찮아요. 이제 할아버지 별점을 같이 읽어요. 사자자리죠." 나는 듬성듬성한 그의 머리카락을 훑는다.

"자, 여기. '다툼을 전화로 해결하려고 하지 말고, 직접 만나서 말하세요.' 이건 내가 할아버지를 위해 해결해드릴게요. '직업/돈: 당신은 버는 것보다 더 많이 투자하는군요.' 이건 나도 알아요. 정말이에요. '목성의 조언: 당신의 권리를 주장하세요! 힘을 더 많이 보여주고, 더 자주 고집을 부려야 합니다.' 내 생각에, 이건 이미 할아버지가 아주 잘하시는 것 같아요. 건강은? 이렇게 쓰여 있네요. '운동도 좋지만, 평온한 것도 좋습니다.' 우리, 평온을 고르기로 해요. 할아버지 생각은 어때요?"

후베르트는 평생 스스로 결정을 내렸는데, 이제 생의 마지막에 와서는 본인에게 무엇이 좋은지 남이 하는 말을 들어야 한다. 공을 받고, 퍼즐 조각을 맞추고, 만지고, 냄새 맡고, 또 기타 등등을 해야 한다. 그의 딸이 활성화에 관한 책을 두 권 읽었다고 이 모든 걸 해야 하다니. 웃기지도 않다. 정말이다! 후베르트는 나방이 활성화를 제안할 때마다 눈을 크게 뜨고 그녀를 바라본다. '꺼져'라고 말하는 듯하다.

"아버지가 할 수 있는 건 그대로 유지해야 해." 나방이 설명할 때면 너무 슬퍼 보여서, 나는 후베르트의 활성화가 과연 누구에게 필요한지 의문이 든다. 아무도 내 의견을 묻지는 않지만 사실 무척 간단하다. 후베르트는 편안함을 느껴야 한다. 불안하게 하거나 방해하는 것과 마주하면 안 된다. 그 무엇도 그를 괴롭히거나 놀라게 하거나 기분을 꺾어서는 안 된다. 통증도, 불안도, 염려도 없어야 한다. 우리든, 그림자든, 유령이든 그 누구든 자기를 쫓아온다고 느껴서는 안 된다. 그는 안전함을 느껴야 하고, 부담을 느끼지 않아야 한다. 잠을 충분히 자야 한다. 그것 말고 더는 필요하지 않다. 아참, 심박 조정기도 제대로 작동해야 한다. 에바는 "심장이 피곤하면 심박 조정기가 일해"라고 말한다.

피곤한 심장은 우리가 생각하는 것보다 아마 더 많을 거다. 슈퍼마켓 계산원이나 버스 운전사, 어쩌면 수학이 곧 우주라고 주장하는 선생님의 심장조차도 피곤할지 모른다. 매년 수천 개의 심장이 멈춰 선다. 그냥 멈추는 거다. 팔딱, 팔딱 뛰다가 갑자기 끝. 내가 이걸 아는 이유는, 우리 할머니가 돌아가시기 몇 년 전부터 심장이 비트적거리며 불규칙하게 뛰어서 심장에 대해 많이 검색해봤기 때문이다. 심장은 로잘리가 거실 양탄자에 발이 걸리듯이 비틀거리기도 하고, 포뮬러1 경주용 자동차처럼 질주하기도 하고, 야생마 떼처럼 내달리기도 한다. 자전거를 타거나 책을 읽거나 건축 자재용 슈퍼마켓에서 계산대에 줄을 서 있다가 불현듯 현기증이 일어나고, 의식을 잃거나 호흡이 가빠지고 심장이 멈추기도 한다. 또는 숨이 가빠져서 잠에서 깨기도 한다.

인간은 삶이 계속 이렇게 이어질 거라고 생각하지만 그건 착각이다. 나는 심박 조정기의 배터리가 얼마나 오랫동안 유지되는지 몰라서 검색을 해본다. '심박 조정기 배터리의 지속 기간.' 결과는 5년에서 10년이다. 나는 나방에게 전화를 걸어, 후베르트가 언제부터 심박 조정기를 달고 있었는지 묻는다.

"찾아봐야 해." 나방은 전혀 긴장하지 않은 목소리로 대답한다. "정확하게는 몰라. 아마 오륙 년쯤 됐을 거야."

"무척 안심이 되는 말이군요." 나는 비꼬듯 대꾸하고, 케빈의 미키 마우스 알람시계가 아니라 심박 조정기에 대해 의논해야겠다고 생각한다. 나방이 지금 애벌레가 자기 무릎에 앉아 있다고, 아이가 정말 밝고 다루기 쉬운 성격이라고 말하는 걸 들으며, 나는 나방이 게으른 딸이라는 엄마 말이 옳다고 생각한다.

"여기 냄새가 심하게 나요." 나는 이렇게 말하고 창문을 연다. 에바는 간병과 관련된 모든 일을 나에게서 멀리 떼어 놓으려고 애쓴다. 간병 이야기를 하지도 않고 불평도 안 하지만, 냄새와 두 사람의 표정으로 나는 방금 무슨 일이 벌어졌는지 대부분 상상할 수 있다.

"햇빛은 혈압을 낮춰줘요." 나는 쿠션을 댄 소파를 햇빛이 잘 드는, 열린 창문 바로 옆으로 옮긴다. "그림책에나 있을 법한 아름다운 늦여름 날씨예요." 내가 말한다. 후베르트가 소파에 앉고, 나는 그에게 모자를 건넨다. 그가 모자를 받아 똑바로 쓴 다음, '할 일 남았어?'라고 묻는 듯한 표정으로 나를 빤히 본다.

나는 싱긋 웃는다. "빠진 거 없어요?"

그가 고개를 끄덕인다.

"난 어디서 공부할까요?" 내가 묻고는, 들장미 열매 껍질과 금송화 꽃잎을 펼쳐놓고 말리는 행주를 거실 탁자 한쪽으로 당긴다. 그러고 수학책을 펴고 속으로 21, 22, 23, 24, 25를 센 다음 다시 덮는다. "공부를 너무 많이 했네." 나는 스스로에게 농담을 하고 유리창을 닫으러 간다. 들장미 열매 껍질이 놓인 행주를 가까이 당기고 비타민 C 폭탄을 생각하며 눈을 크게 뜨고, 열매 껍질을 심장 모양으로 늘어놓는다. 그런 다음 말린 금송화 꽃잎을 들어, 들장미 열매 껍질 심장에 채우고 휴대폰으로 사진을 찍어 엄마와 케빈에게 보낸다.

10초 후에 엄마의 답장이 온다. '공부하고 있니?'

2분 후에 케빈의 답장이 뒤를 잇는다. '너, 미쳤어?'

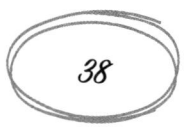

나는 나방이 내 말을 알아들을 때까지 그녀를 괴롭혔다. 후베르트의 상황이 되어보라고 설득했다. 자연을 즐기지도, 하늘을 보지도 못한다고. 보는 거라고는 벽과 방과 매일 똑같은 세 명의 얼굴뿐이라고. 유일한 외출 목적지는 귀를 씻고 틀니를 보강하는 곳뿐이라고.

"이건 사는 게 아니에요." 내가 말했다. "평생 야외에서 시간을 보낸 할아버지에게는 더더욱 그렇다고요." 아마 무척 감정적으로 말했던 것 같다. 나방이 이렇게 말했기 때문이다. "넌 마치 생사가 달렸다는 듯이 말하는구나."

"사실 그래요." 내가 쉿소리를 냈다. 그 후에 조용해졌다.

나는 훨씬 더 많은 논거를 들이댔을 거다. 영원처럼 느껴지는 시간이 흐르고 나서 나방이 드디어 입을 열었다. "린다, 네 말이 맞아." 이게 엊그제의 일이다. 날씨 앱에서 16도에 햇살이 좋은 날이 될 거라고 예보했기 때문에 나는 확실하게 해두고 싶었다. 그래서 그녀에게 손을 내밀며 말했다.

"이번 토요일. 확실히 약속해줘요."

에바가 전화로 휠체어를 예약했다. 그리고 오늘 오후에 운전사가 버스 발판을 펼쳤고, 우리는 마치 토요일마다 이렇게 했다는 듯이 후베르트와 함께 버스에 올라탔다. 후베르트는 거북이처럼 바로 고개를 집어넣었다.

"할아버지, 유행을 잘 따라가시네요." 나는 그의 어깨를 두드리며 말했다. "여기서는 아무도 다른 사람과 대화를 나누지 않아요. 모두 디지털이에요."

버스를 타고 가는 동안 나는 후베르트가 사진이나 동영상에 찍히는 일 없이 방해받지 않고 자신의 나날을 살아가는 마지막 사람들 중 한 명이라는 생각을 했다.

우리는 후베르트가 휠체어에서 벤치로 옮겨 앉게 도와준다. 몸무게가 깃털 정도밖에 되지 않는다. "아주 잘하네." 나방이 자기 아버지를 칭찬한다. 나는 나방이 후베르트에게 어린아이에게 하듯 말하면 견디기 힘들다. 그녀는 이제 상황이 거꾸로 되었다고, 예전에 아버지가 자기를 돌봤으니 지금은 자기가 아버지를 돌봐야 한다고 자주 말한다. "말도 안 되는 소리! 그 여자가 자기 아버지를 돌보다니." 엄마라면 이렇게 말할 테지.

에바는 집에 남아 기도를 하겠다고 했다. 소풍을 하기에는 자기 신경이 너무 약하다는 거였다. "좋은 생각이에요." 내가 말했다. 에바가 이 도전에 참가했다면 처음부터 끝까지 울었을 테니까. 나방은 버스 정류장에서 다급하게 자기 아이폰을 찾느라 분주했고, 재킷을 벗었다가 다시 입고, 다시 벗고는 치맛단을 자꾸 잡아당겼다. 우편함 옆에서 우리가 처음 만났던 때가 절로 떠올랐고, 그때 이미 내가 나방을 제대로 판단했다는 생각이 들었다. 간병인이 없다면 자기 아버지는 완전히 곤경에 빠질 거라는 나방의 말을 나는 얼마나 자주 생각했던가. 그 후 몇 달 동안 우리가, 우리 모두가 정말로 완전히 곤경에 빠지는 일이 잦았기 때문이다.

"참 좋아요." 나는 한숨을 내쉬고 에바가 챙겨준 쿠션을 벤치와 후베르트의 등 사이에 끼운다. "일단 왔네요." 내가 말한다. 나방은 자기 휴대폰을 가리키고 자리를 떴다. 내 머릿속에서 엄마가 책임감에 대해 마구 수다를 떤다. 나는 햇살이 왼쪽 뺨에 닿게 얼굴을 옆으로 돌린다. 멀리서 공사장 소음이 들린다. 검둥오리 두 마리가 싸운다. 어디선가 따르릉 소리가 들려온다. 어떤 여자가 낯선 언어로 욕설을 퍼붓는다. 그러고 조용해진다. 아까와 똑같은 따르릉 소리가 다시 들리고, 여자의 욕설도 다시 이어진다. 후베르트가 미심쩍다는 표정을 짓는다. 우리가 그에게 부담을 준다는 생각이 잠깐 떠오른다. 나는 손을 그의 허벅지에 올리고, 잠시 눈을 감고서 심호흡을 한다. 걱정할 필요 없단다. 할머니의 목소리가 들린다. 나는 싱긋 웃고, 내 머릿속에 얼마나 많은 목소리가 있는지 아무에게도 말하지 않겠다고 마음먹는다. 부드러운 빛이 이제야 눈에 띈다.

후베르트가 뭔가 마음에 들지 않는 듯한 눈길로 호수를 바라본다. 불만이 있나 보다. "불편한 거 있나요?" 내가 묻는다.

우리 뒤편 요트 항구에는 경찰 보트 한 대만 있다. 항구는 커다랗고 텅 빈 주차장이다. 보트 선착장에서 유일하게 눈에 띄는 색깔은 구명 튜브들의 오렌지색뿐이다.
"그거 아세요? 할아버지가 호수에 올 수 있게 내가 정말 제대로 힘을 썼어요. 손수건 좀 줘보세요."
후베르트가 뒤로 몸을 기대고 바지 주머니를 뒤진다.
"좋아요." 나는 눈물이 흐르는 그의 눈을 두드려 닦고 흐르는 콧물도 닦는다. "할아버지도 예상하시겠지만, 할아버지 딸은 그다지 찬성하지 않았어요. 하지만 사실 우리는 할아버지를 훨씬 더 일찍 호숫가로 모시고 왔어야 해요. 40년 동안, 반평생이나 호숫가 야외 수영장에서 일하셨잖아요. 내가 할아버지 딸에게 뭐라고 한 줄 아세요? 찬성할 이유만 있지 반대할 이유는 하나도 없다고 했어요. 그래서 자, 이렇게 실물이 눈앞에 있네요."
나는 케빈에게 문자를 보낸다.
'후베르트와 호숫가에 있어. 너한테도 좋을 거야.'
10초 뒤에 답장이 온다. '난 50유로를 줘야 가.'

후베르트는 여전히 미심쩍다는 표정이다. 어쩌면 빛 때

문에 눈이 부시거나, 입이 마르거나, 목덜미가 아프거나, 살면서 닥치는 500가지 고통 중에 하나가 그를 괴롭히는지도 모른다. 나는 생각을 내던져버리고 그에게 모자를 씌워 준다. 분위기가 더 나빠지면 안 된다. 다행이다. 나방이 사라져서 정말 다행이다. 그녀가 상황을 느긋하게 만드는 데 도움을 준 적은 한 번도 없으니까.

지나가는 사람들의 목소리가 둔중하게 웅성댄다. 이따금 한 단어씩 들리기도 한다. 누군가 "좋은 시간 보내세요"라고 말한다. 또 다른 누군가는 "잘 가"라고 한다. 누군가 "내일 7시, 잊지 마"라고 말한다. 갈매기들 소리에 후베르트는 몸을 움찔한다. 그에게는 소리가 너무 요란하고, 너무 날카롭고, 너무 많은 게 분명하다. 다른 여러 가지 일과 마찬가지로 이것도 내가 바꿀 수 없는 일이다.

"보세요, 물이 얼마나 맑은지." 내가 말한다.

후베르트는 반응을 보이지 않는다.

"할아버지." 나는 큰 목소리로 또렷하게 묻는다. "오늘이 무슨 요일이죠?" 나는 우리 머리 위의 맑은 하늘을 빤히 쳐다보면서 기다린다.

"오늘은 금요일이 아니야." 그가 으르렁거린다.

"말을 하실 수 있네요. 맞아요, 할아버지. 오늘은 토요일, 10월 28일이에요. 그런데 에바가 기온이 영하로 내려가기라도 했다는 듯이 할아버지를 꽁꽁 싸맸네요. 북소리 들리나요?"

후베르트가 눈을 감는다.

우리 옆으로 10미터 떨어진 곳에서 키가 아주 작은 대머리 남자가 휴대폰에 대고 욕을 한다. "당연히 우리 전기 엔지니어가 배선을 했죠. 도대체 무슨 생각을 하는 겁니까!" 키 작은 남자의 아내는 지루한 표정으로 휴대폰을 두드리고, 아들 둘은 싸우는 중이다. 나는 정수 처리 시설에 관한 수다가 얼른 끝나거나, 네 사람이 다른 데로 가거나 하늘로 솟아버리기를 바란다. 후베르트가 눈을 뜨자 나는 다시 대화를 시도한다. "할아버지, 북소리 들리나요? 바람이 호수 시설들로 리듬을 옮기는 게 무척 아름답네요. 그렇게 생각하지 않으세요? 여자들과 남자들이 모여 있는데, 난 저 사람들을 자주 봤어요. 대부분은 젬베를 두드리는 중이에요. 다들 우리 또래예요. 쉰 살쯤 됐어요. 저 사람들은 화요일에는 웃으려고, 토요일에는 북을 치려고 모여요. 할아버지, 생각해보세요! 요즘은 사람들이 웃으려고 모여요!"

나는 후베르트의 시선이 헤엄치며 지나가는 오리 한 쌍을 좇는 걸 지켜본다. 거의 알아채지 못할 만큼 그가 살짝 고개를 끄덕이더니, 다음 순간 얼굴 전체에 웃음이 퍼진다. 그가 '오리들 봤어?'라고 말하는 것처럼 나를 본다.

나는 싱긋 웃고서, 자기를 이곳에 데려다주어 고맙다고 그가 인사하는 모습을 상상한다. 하늘은 파랗고, 햇살은 부드럽고, 그의 표정은 느긋하다. 나는 이런 걸 상상했던 것 같다. 이 일에 비해 너무 큰 것 같은 기쁨을 느낀다. 이게 마치 나의 성공이라는 듯이 내 내면에서 뭔가가 환호한다.

나는 사랑을 담아 내 손을 그의 등에 올려놓는다. 나방은 50미터 떨어진 버드나무 아래에 서 있다. 손으로 허공을 내젓는다. 누구랑 통화하는지 몰라도 평온해 보이지는 않는다.

"엄마랑 위르겐이랑 나랑 그란 카나리아에 간다고 내가 말했던가요? 할아버지는 당연히 바닷가에 가보셨겠죠? 이탈리아 리미니? 에스파냐 칼레야? 버스를 타고 리미니로 여행했던 거, 기억하세요? 드레스를 입은, 모든 사람 중에서 가장 아름다웠던 로잘리 할머니와 정말 맛있는 파스타. 기억나죠?" 후베르트가 미소를 지으며 고개를 끄덕인다. 고개를 끄덕였다고? 분명히 내가 착각한 거겠지.

"수온이 몇 도일 거 같아요? 우리, 물에 들어갈까요? 발만 담글까요?" 그가 또 고개를 끄덕인다. 지극히 당연하다는 듯이. 치매라니, 그건 질 나쁜 농담이라는 듯이.

"정말이에요?" 나는 웃으며 나방이 있는 쪽을 흘낏 바라본다. 정말이지 지금 여기서 무슨 일이 벌어지고 있는지 누군가에게 이야기하고 싶다. 나는 우리를 위해 기도하는 에바를 생각하며, 새로운 삶을 만들어낸다. 후베르트는 건강해지고, 엄마와 나는 부자가 된다. 수학은 인기가 없어서 교육과정에서 사라지고, 우리 삶에서 아름다운 것들이 그보다 우위를 차지한다. 내 호흡이 깊어지고, 근육이 이완된다. 모든 것을 포함한 삶을 살아낼 것 같은 기분이 든다. 하지만 그 기분은 떠올랐다가 가라앉더니 사라진다.

안마당, 계단 오르기, 신문에 원 그리기 등 많은 것이 과거의 일이 되었다. 창턱에 과일을 올리는 일도. 시원한 바람은 에바가 창문을 열 때만 들어온다. 후베르트는 창문을 건드리지 않는다. 창턱이 아직 그의 세계에 포함됐을 때가 좋은 시절이었다니, 누가 생각이나 했을까.

나는 생각을 다시 돌리고 그에게 말한다. "루디 카렐 기억하세요?" 그러고 호수를 바라보며 〈언제 다시 제대로 된 여름이 올까?〉 노래를 부른다. 바로 다음 순간, 그 일이 벌어진다. 전혀 예상치도 못하게, 완전히 정신이 나간 것처럼, 그냥 그렇게. 그가 내 손을 잡고 꽉 쥔 것이다. 언제나 내가 그의 손을 잡았지, 거꾸로였던 적은 한 번도 없었다. 그의 손도, 내 손도 따뜻하다. 내 목구멍에 머리보다 더 큰 덩어리가 걸린다. 피가 귓속에서 부글부글 끓는다. 태양이 수면에 별을 만들어내는 마술을 부린다. 우리가 죽는다고 생각하니 눈물이 고여서 그 별들이 눈앞에서 흐릿해진다. 지금 여기서 무슨 일이 벌어지는 건지 의아하다. 나는 나방이 열 시간 동안 통화를 하고, 오리 한 쌍이 200번 옆을 헤엄쳐 지나가길 바란다. 20미터 떨어진 곳에서 백조 두 마리가 날아갈 준비를 하고, 후베르트는 마치 나에게 그걸 보라고 하는 듯이 그쪽으로 턱을 치켜든다. 그는 여전히 내 손을 잡고 있다. 나는 말을 많이 하고 싶어서 아무 말이나 막

하는데, 입에서 나오는 거라고는 정신없이 혼란스러운 말뿐이다. 그래도 아무 상관 없다. 나는 분위기에 취해, 그리고 마음이 에바의 이스트 반죽처럼 부풀어 올라서 말을 많이 한다.

"할아버지를 위해 내가 뭔가 할 수 있다면 좋겠어요. 마지막으로 한 번 만나고 싶은 사람 없나요? 동료나 옛날 연인. 혹시 누군가에게 뭔가 선물하고 싶지 않아요? 책이나 그림, 꽃다발. 모든 걸 선물하는 사람도 있고, 모든 걸 혼자 소유하는 사람도 있어요. 할아버지는 어느 쪽인지 모르겠네요. 내가 그걸 어떻게 알겠어요?" 나는 수영장 쪽을 가리킨다. "저기서 할아버지가 일곱 살짜리 남자아이를 스포츠 풀장에서 건져냈어요. 기억하세요? 할아버지는 아이가 뭔가 이상하다는 걸 제때 알아챈 거죠. 동료들 말로, 할아버지한테는 그런 감각이 있었대요. 아이 엄마는 감사하다는 손편지를 편지지에 길게 썼고요. 매년 8월 4일, 그 아이를 구한 날에 할아버지는 그 편지를 다시 읽고, 교회에 가서 초에 불을 붙였어요. 할아버지 딸이 해준 이야기예요. 할아버지가 일하실 때 익사한 아이는 한 명도 없어요." 후베르트가 고개를 끄덕인다. 나는 그의 눈길을 바라보며, 그의 인생 전체가 보인다고 생각한다. 모든 행복과 불행, 로잘리와 함께한 긴 세월, 모든 여름.

"우리 가야 해!" 뒤에서 후베르트의 딸이 말한다. 나는 눈을 꾹 감고, 심장이 살짝 찔리는 기분을 느낀다. 후베르트가 눈썹을 치켜세우고 '준비됐어?'라고 말하듯이 나를 본다.

"금방 가요." 내가 대답한다. 어디선가 어린아이가 고함을 지른다. 어디선가 개가 짖는다.

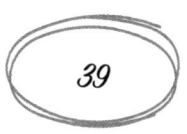

"혹시 문제는 수학이 아니라 너 아니야?" 엄마가 쉿소리를 낸다.

"엄마, 이상한 소리 좀 제발 집어치워! 반 아이들 절반이 과외를 받아야 할 정도야." 내가 주장한다. "어쩌면 학생들이 아니라 선생님들이 문제일 수도 있지 않아?" 그 말에 엄마는 대답이 없다. 나는 엄마에게, 학교에서 무슨 일이 벌어지는지 엄마는 전혀 모른다고 말하고 싶다. 잘못은 단 하나라고, 사악한 교육과정이 문제라고 말하고 싶지만 엄마는 교육과정 같은 것에 대해서는 전혀 의문조차 품지 않을 테니까 아무 말도 하지 않는다. 나는 입을 다문 채 엄마가 사과를 해부하는 모습을 지켜본다. 엄마는 사과 씨를 좋아하지 않는다.

"나는 씨가 좋아." 내가 고집스럽게 말한다. 엄마는 내가 싫어하는 사과 심을 먹는다. 우리가 서로 얼마나 다른지 알 만하다. 나는 과장된 몸짓으로 사과를 집으며 말한다. "어쩌면 문제는 사과가 아니라 엄마인지도 몰라." 바로 그 순간, 엄마의 얼굴이 소리 없이 구겨진다. 엄마가 벌떡 일어나 커피 콩 무늬가 있는 행주를 들고 물을 튼 다음, 피가 나는 검지를 흐르는 물에 댄다.

"빌어먹을." 엄마가 욕설을 뱉으며 손가락에 행주를 감고, 밴드를 찾느라 주방 서랍을 뒤진다.

"여기." 내가 맞는 밴드를 치켜든다. 엄마는 여전히 피가 심하게 흐르는 손가락을 나에게 내민다. 나는 피를 못 보는 케빈을 떠올리며 밴드를 단단하게 붙이고, 붕대를 가져와서 감는다.

"에바만큼 전문적이지." 내가 말한다. "꽉 눌러!"

자세히 보면 엄마는 피곤한 정도가 아니라 실망하고 부담에 눌려 지쳐 보인다. 벤 상처는 그저 빙산의 일각 같다. 나는 물 한 잔을 가져와 엄마에게 건넨다. 엄마가 한 모금 마시고, 자리에 앉아 사과 접시를 밀어낸다.

"아이고, 엄마." 나는 한숨을 내쉰다. "우리 그냥 그런 척 하자." 엄마가 무슨 말이냐는 눈길로 나를 본다. "사람들 대부분은 그런 척하며 지내. 사는 게 괜찮은 척하지만, 다른 사람들과 마찬가지로 다들 잘해내지 못해. 우리도 그런 척 할 수 있어. 우리 삶이 괜찮은 척." 엄마는 손가락을 치켜들고 붕대를 가만히 노려본다. 다친 손가락 말고 다른 데로 관심을 돌리려고 내가 묻는다. "위르겐은 뭐 해?"

"그 사람은 한 가지 말밖에 안 해. 그란 카나리아. 왠지 모르게 스트레스야." 엄마가 대답하고 사과 접시를 개수대로 가져간다. "후베르트는 어때? 괜찮아?"

"어제는 괜찮았어. 엄마 일은 어때?"

"좋을 때도 있고, 나쁠 때도 있고. 린다, 너는 어때?" 이상한 질문이네. 엄마가 나에게 마지막으로 언제 이런 질문을 했는지 기억나지 않는다. 엄마는 보통 내 성적을 묻는데. "뭐든 반복되어서 미칠 것 같아." 내가 대답한다.

"무슨 뜻이니?" 엄마가 묻는다.

나는 아리아나 그란데의 "래스트 크리스마스, 아이 게이브 유 마이 허트(Last Christmas, I gave you my heart)"를 부르며 달력을 가리키고, 접시 가장자리에서 사과 씨를 집어 든다. 계절과 생일, 공휴일. 모든 게 반복된다는 사실이 정말 미칠 것 같다. 열 번째 크리스마스 파티가 지난 후에도 뭐가 여전히 흥미로울까 이해가 되지 않는다. 누군가 나에게 설명해줄 수 있을까? 어쩌면 죽음이란 78번째 크리스마스 파티 또는 80번째 12월 31일을 맞이하기 전에 탈출하는 것인지도 모른다.

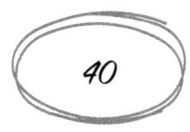

그는 열여섯 살이란 좋은 나이라고, 한평생이 앞에 놓여 있다고, 우리 엄마는 자기가 꿈에 그리던 여성이라고, 우리랑 그란 카나리아로 가는 일이 너무나 기대된다고, 이제 나를, 아니 사실은 우리 셋을 위해 만세를 부르려고 시간을 냈다고 말하고서 나와 엄마에게 건배한다. 과장이 심하군. 나는 이렇게 생각하며, 그가 얼마나 취했는지 알아보려고 자세히 살핀다.

카밀라는 유기농 참치를 먹는다. 매년 우리 생일에 카밀라는 특식을 먹고 수의사의 검진을 받는다. 우리는 함께 생일을 축하한다. 강아지나 고양이를 다시 가족으로 만들자고 엄마에게 몇 달 동안이나 조른 끝에, 내 열 살 생일에 카밀라가 우리 삶으로 타박타박 걸어 들어왔기 때문이다. 엄마는 그때 고양이가 덜 귀찮은 쪽이라고 말했다. 카밀라는 아주 작은 빨강 털 뭉치였다.

"위르겐이 혀 꼬부라진 소리를 내." 남은 라자냐를 틀에서 긁어내는 엄마에게 내가 말한다.

"아니야."

"엄마는 위르겐을 정말로 좋아하는구나."

"아니, 좋아하지 않아. 난 그저 그란 카나리아에 가려는 거야."

우리는 웃음을 터뜨린다. 엄마가 농담을 할 때는 노력을 많이 하거나 와인을 마신 경우다.

"두 사람, 여기 있군." 위르겐이 말한다. "누가 이렇게 웃지?"

"아무도 안 웃어요." 내가 대답한다.

"생일을 맞은 사람이." 엄마가 끼어든다.

"젊은 아가씨 말이구나." 장의사가 혀 꼬부라진 소리를 낸다. 그가 손을 떨며 내 머리부터 발끝까지 가리킨다.

나는 몸을 돌려 창밖을 내다보며 속으로 나 자신에게 말한다. 린다, 너 이제 열여섯 살이야.

길에 돌아다니는 사람이 아무도 없다. 창밖에 내리는 이슬비에 자동차 지붕들이 반짝거린다. 생일 날씨다. 아스팔트가 거무스름하게 빛난다. 위르겐이 나에게 선물한 스웨터처럼 검다. 카밀라가 창턱으로 뛰어 올라와, 나를 향해 반짝이는 머리를 뻗는다.

"자, 기분이 어때?" 나는 카밀라의 양쪽 귀 사이를 긁어 준다. "네 방이 좀 생기 있게 보이라고." 엄마는 이렇게 말하며 양치류 화분을 선물했다. 내가 학교에 입학하기 전에는 바닐라 아이스크림과 생크림, 초콜릿 소스를 얹은 팬케이크와 코코아를 만들어줬다. 내가 여름 생일을 바랐기 때문에 아이스크림을 얹는 게 전통이었다. 돈을 모으는 케빈은 한 번도 선물을 한 적이 없고, 자라 아줌마는 케이크를 구워줬다. 케이크를 구울 때 잘못될 일이 뭐가 있을까 의아한 사람은 자라 아줌마에게 물어보는 게 제일 좋다. 우리는 보통 그 물건에 손도 대지 않고 딱딱해지게 그대로 둔 채로, 부엌에 들어갈 때마다 손가락 마디로 톡톡 두드린다. 그래도 어쨌든 자라 아줌마의 케이크는 생일에 빠질 수 없다.

에바에게서는 라벤더 향주머니를 여덟 개 받았다. 보라와 흰색 체크무늬 천에 큼직한 보라색 리본이 달려 있고, 라벤더로 가득 채워진 향주머니다. 나방은 내 생일을 잊었다. "그 여자가 네 생일을 잊어버리다니!" 엄마가 마구 고함을 질렀다. 나는 아빠가 아직 우리와 같이 살 때처럼 발코니 문을 얼른 닫았다.

엄마가 티브이를 본다. 위르겐은 갔다. 술 취한 남자는 여기서 잘 수 없다고 우리가 설명하자 그는 택시를 잡았다. 우리는 아주 제대로 힘을 모았다.

"지난날의 우리 자신에게 미안해서라도 우리가 꼭 해내야 할 일이야." 엄마가 말했다. 그를 쫓아내기는 쉽지 않았다.

"그래서 위르겐이 여기로 이사 들어오면 안 되는 거야." 내가 엄마에게 소곤거리자 엄마가 고개를 끄덕였다. 자기 신발에 드디어 똑바로 발을 꿸 때까지 그는 내가 열여섯 살이라서 1년에 4주 동안 풀타임으로 일할 수 있고, 동행하는 어른 없이 클럽과 술집과 디스코텍에 자정까지 머물 수 있고, 술도 마실 수 있다고 주절주절 늘어놓았다.

"린다, 이제 네 삶이 시작되는 거야." 그가 혀 꼬부라진 소리로 말했다. 그가 재킷 입는 걸 엄마가 도왔지만, 그는 몇 번이나 소매에 팔을 잘못 넣었다. 나는 그 모습을 못 본 척하며 신발 정리를 했다. 이제 드디어 성공했다고 생각했는데, 그가 몸을 돌려 절박한 눈길로 엄마를 바라봤다. 그러고는 엄마에게 나를 잘 지켜봐야 한다고, 오늘부터 나는 스물한 살이 넘는 사람과 섹스를 할 수 있다고 말했다. 엄마는 얼굴이 새빨개졌고, 나는 에바가 비타민 C 폭탄 이야기를 했을 때처럼 눈을 크게 떴다. 마지막으로 그는 이제 조깅하러 가겠다고, 인생은 선물이며 자기는 선물을 받은 사람이라고, 안정적인 직업과 좋은 친구들과 이상형 여자가 있기 때문이라고 말했다.

위르겐이 드디어 나갔을 때, 우리는 그가 다시 돌아올 위험이 있다는 듯이 현관문에 기대어 버티고 서 있었다. 울음과 웃음 사이 어디쯤에 놓인 분위기였고, 엄마가 울었다면 나도 함께 울었을 거다. 마찬가지로 웃음 발작으로 끝날 수도 있었다. 엄마는 완전히 지쳐 현관 옷걸이 아래 긴 의자에 앉았다.

"아이 생일은 너무 힘들어." 나는 이렇게 말하고 스파클

링 와인 두 잔을 가지고 왔다.

"네가 처음 마시는 술이지?" 엄마가 묻고, 우리는 건배했다. "남자 없는 집을 위해 건배." 내가 말하자 엄마는 그 말을 따라 했고, 술을 한 모금씩 천천히 마시면서 나는 죽기 전에 섹스를 하는 일은 없겠다는 생각을 했다. 그란 카나리아가 떠올랐는데, 불현듯 내가 정말 바다를 보고 싶은지조차 확신이 들지 않았다.

나는 침대 뒷벽에 등을 기대고 앉아 있다. 머리가 윙윙 울린다. 욕실 문을 닫는 소리, 발소리, 전등 스위치 끄는 소리가 들린다. 엄마가 잠을 자러 갔다. "자, 우리 생일 어땠어?" 나는 카밀라에게 묻는다. "유기농 참치. 이보다 나은 건 없지?" 카밀라가 그르릉거린다. "너, 나 사랑하지?" 나는 카밀라를 안아 올린다. 내일 후베르트에게 내가 열여섯 살이 됐다고, 할아버지는 1월 3일에 여든일곱 살이 된다고 말해야지. 그는 내가 자기를 놀리려고 거짓말을 한다고, 아니면 내가 자기를 다른 사람과 혼동한다고, 자기 엄마와 형제자매들은 살아 있다고, 우리는 늘 그렇듯이 둘 다 쉰 살이라고 말할 거다.

벽을 따라 천천히 시선을 옮기면서 나는 내가 없는 방을 상상해본다. 영화를 보면 누군가 죽었을 때 모든 것을 예전 그대로 남겨두는 경우가 많다. 남은 사람들이 죽은 사람을 놓아주기가 힘들기 때문이다. 죽은 사람이 아직 살아 있는 것처럼 모든 것이 변함없이 그대로 있다. 침실 가구, 옷장의 옷, 지저분한 책상. 내가 죽은 후에 엄마가 내 방을 돌아다니는 모습을 상상해본다. 엄마가 팔짱을 낀 채 창가에 서서 하늘을 바라본다. 회전의자에 앉아 몸을 뒤로 기대고 천천히 의자를 돌린다. 엄마의 시선이 벽과 가구를 훑는다. 내 교과서를 쓰다듬고, '양'을 받은 수학 성적표를 마찬가지로 '양'을 받은 라틴어 성적표 위에 올려두고, 필통을 열어 지우개를 꺼내서 손에 쥔다. 지우개를 다시 필통에 넣고 닫은 다음, 카밀라의 발치에 앉아 양손으로 얼굴을 가리고 운다. 검은 까마귀가 난방 기구에 앉아 지루해하고 있다. 난방비를 아끼느라 방이 서늘하다. 어쨌든 나는 저승에 있고, 카밀라는 털이 있으니까. 문이 열린다. 아빠가 들어와서 엄마 옆에 앉는다. 아빠는 단정한 셔츠와 깨끗한 청바지와 운동화 차림이다. 아빠가 미안하다고, 그때는 상황이 참 엉망이었다고 말한다. 이제 심리 치료를 받고 있다고, 새로 시작하면 어떨까 하고 묻는다. 내 머릿속에서 윙윙거리던 소리가 귀로 옮겨간다. 궁금하다. 내가 또래 여자 친구들이나 애인이 있었더라면, 또는 스물한 살이 넘은 남자와 섹스를 했더라면 모든 게 달라졌을까.

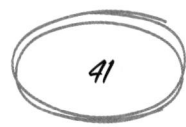

내 생일이 며칠 지난 후에 케빈이 전화를 걸어, 자기랑 같이 호숫가에서 만날 의향이 있는지 묻는다. "전화 잘못 걸었어요." 나는 이렇게 말하고 전화를 끊는다. 케빈이 다시 전화를 걸어, 지금 뭐 하는 짓이냐고 묻는다.

"50유로 안 준다고." 내가 대답한다.

"너, 후베르트와도 호숫가에 갔잖아." 케빈이 고집을 부린다. "사람이 생각을 바꿀 수도 있지. 안 그래?"

"너 혹시 암이야?" 내 질문에 케빈이 입을 다물고 있다. 나는 숨이 막힌다. 케빈은 내 질문에는 대답하지 않고 쓸데없는 이야기만 늘어놓는다. 그저 전화를 끊지 않으려고 수다를 떠는 느낌이다. 통화하는 내내 나는 이 어수선한 수다에서 뭘 이끌어내야 하는 걸까 궁금하다. 그러고 나서 대박 사건이 벌어진다. 케빈이 나에게 어떻게 지내는지 물은 것이다. "왜 다들 갑자기 내가 어떻게 지내는지 궁금한 거야?" 내가 묻는다. "아주 잘 지내."

나는 탁월한 내 유머 감각을 칭찬하고, 그의 말을 한 귀로 듣고 한 귀로 흘리며 지리 시험용 커닝페이퍼 귀퉁이에 아주 작은 기하학 도형들을 그린다. 대박 사건에 더 놀라운 대박 사건이 따라온다. 케빈이 피트니스 센터에 등록하겠다는 거다. "정신 나갔어?" 내가 묻는다.

한 시간 후에 우리는 호숫가 돌계단에 앉아 있다. 강변은 텅 비었고 수면은 잔잔하며, 하늘은 파랗다.
"시간 내줘서 고마워." 케빈이 말하고 나에게 윙크한다. 이상한 말, 이상한 윙크다. 얘가 정말 암이면 어쩌지? 나는 소름이 끼치지만, 바로 그 순간 이게 바로 내가 교회에서 밤새 기대했던 기회라는 걸 깨닫는다.
"우리 얘기 좀 해야 해." 케빈이 말한다.
나는 손을 뻗어 손바닥이 위로 향하게 두고, 손바닥 한가운데로 들어간다고 느끼며 내가 마술을 할 줄 안다고 확신한다.
"얘기? 무슨 얘기?" 나는 무심한 척 묻지만, 머리를 재빠르게 굴리며 그에게 뭘 얼마나 말할지, 그가 나중에 뭘 기억하게 해야 할지 궁리한다.
케빈은 신발을 벗고, 양말도 벗고, 따뜻한 돌에 발을 내려놓으며 한숨을 내쉰다. "아이들이 왜 학교에 억지로 가야 하는지 알아?"
네가 이제 틀림없이 말해줄 테지.
"순응하게 하려고 아이들을 학교에 억지로 집어넣는 거

야. 처음에는 신발에, 그다음으로는 규정과 시스템에 아이들을 욱여넣는 거라고."

나는 거기에 대해 아무 말도 하지 않는다.

"자유로운 사고는 환영받지 못해." 케빈이 자기 말을 요약한다. 나는 이 상황이 으스스하게 느껴져서 주변을 둘러본다.

케빈이 나를 툭 밀친다. "자, 린다, 신발을 벗어. 신발을 벗으면 생각을 더 잘할 수 있어."

이름에 R이 들어가지 않는 달, 5월부터 8월까지만 맨발로 걷는 거란다. 할머니의 목소리가 귓가에 들리지만 나는 신발을 벗는다. "아니, 피트니스 센터에서 도대체 뭘 하려고?" 내가 묻자 케빈은 어깨를 으쓱 올린다.

"너, 혹시 누구 좋아해?" 나는 이렇게 묻고서 발가락을 부채처럼 펼친다.

"10년 후에 어디 있을 거야?" 케빈이 묻는다.

얘가 이제 정말 완전히 돌았구나. 케빈이 내 질문을 무시하듯이, 나도 그의 질문을 무시한다. "오늘은 대답이 없는 질문의 날인 것 같네." 내가 말한다. "여기서도 거의 집에서처럼 대화가 안 돼." 나는 케빈에게 조금 더 다가가고, 내 오른발에서 개미를 떨어내면서 아무 말도 하지 않는다. '이런 식으로는 안 돼.' 내 머릿속에서 어떤 목소리가 경고한다. 내 시선은 내 오른발에서 케빈의 왼발로, 그리고 그 왼쪽에 있는 항구의 출구로 건너뛴다.

"우리가 친구라서 정말 좋아." 케빈이 말하고는 자기 손을 내 손에 얹는다. 그러면서 내 눈을 들여다보는데, 내 눈에는 '아이고, 너 왜 이래?'라고 쓰여 있다. 나는 손을 뒤로 뺄까 고민하다가, 지금 이 순간이 케빈의 기억에서 중요한 장면으로 남는다면 손을 그대로 두는 편이 낫겠다고 생각한다.

"이제 지쳤어." 케빈이 말한다.

나는 고개를 옆으로 갸우뚱하며, 그게 무슨 뜻인지 묻는다.

"난 너무 많이 알아." 그가 대답한다.

"네 데이터 센터를 해체해." 내가 조언하며, 과장하는 표정으로 눈썹을 치켜세운다.

"그게 도움이 된다고?" 케빈은 내 대답에 실망한 눈치다.

"웃기는 영화를 봐."

"나는 웃기는 영화를 아주 싫어해."

나는 그게 무슨 소리냐는 얼굴로 그를 본다.

"모든 게 동물원이 됐어. 갈매기도 평온하게 날 수 없지." 케빈이 하늘을 가리킨다. "동물과 인간이 동물원이 됐다고. 음식을 사진 찍고, 출산도 영상으로 찍어. 후베르트가 사망할 때 누군가 영상을 찍지 않게 조심해."

나는 무슨 말을 해야 할지 알 수 없다. 그저 팔을 케빈의 어깨에 두르고, 머리카락 한 가닥을 그의 귀 뒤로 쓸어 넘긴다.

"하지 마." 그가 쳇소리를 낸다. 우리는 아까처럼 무의미하고 사소한 일들에 대해 이야기하고, 나는 내 기회가 사라지는 이 상황을 지켜본다. 케빈이 드디어 내 손을 놓더니 백팩을 뒤져 빨간 끈으로 묶은 작은 박스를 꺼낸다.

"내 거라고? 열어봐도 돼?" 나는 얇은 종이를 찢고 구겨서 노란 공이 되게 뭉친다. 표지에 나와 닮은 여자아이가 그려진 책이 나타난다. 제목은『내 위의 구름: 어두운 날들을 대비하는 희망찬 이야기』다. 나는 고개를 젖힌다. "어두운 구름이 없는데."

"혹시 나타나는 경우에 대비해서 말이야." 케빈의 대답에 내가 말한다.

"늘 그렇듯이 낙관적이군. 그런데 왜 나한테 줘?" 케빈은 이 질문도 무시한다. 그리고 조용해진다. 영화관에서 엔딩 크레디트가 올라가는 듯한 느낌이 든다. 모든 것을 다 말한 느낌. 케빈이 나에게서, 내가 케빈에게서 멀어지는 느낌. 내가 어디론가 가고, 케빈이 다른 어딘가로 가는 느낌. 나는 슬프면서도 마음이 가벼워진다. 방금 일어났던 일은 내가 상상하는 것 이상이었기 때문이다.

에바가 후베르트의 머리를 매만진다.

"이 바보 같은 서랍장." 나는 툴툴거리며 후베르트의 손을 잡는다. 피가 그의 이마와 눈썹으로, 관자놀이를 따라 뺨으로 흘러내린다. 에바는 폴란드어로 욕을 퍼부으며 다급하게 움직이고, 접착테이프를 바르게 놓고, 붕대를 뜯고, 압박붕대를 감는다.

"괜찮아요. 일어날 수 있는 일이에요. 심각하지 않아요." 나는 이렇게 말하고 후베르트의 의자에 머리를 기댄다. '괜찮아요. 일어날 수 있는 일이에요. 심각하지 않아요'는 엄마를 제외하고 누구에게나 통한다. 엄마에게 통하지 않는 이유는 모든 게 두 배로 안 좋기 때문일 거다.

"의자에 똑바로 앉고, 문턱을 보고, 거리를 가늠하는 게 후베르트에게는 쉽지 않아." 엄마나 케빈이 후베르트가 왜 자꾸 넘어지는지 물으면 나는 이렇게 설명한다. 후베르트는 보통 에바가 집에 없으면 넘어진다. 아마 나랑 있으면 더 자유롭게 느끼기 때문이겠지.

그 일로 나는 자책하지 않는다. 유아차에 벨트를 하고 앉아 있는 어린아이들, 보조 바퀴가 달린 자전거를 받은 아이들, 또는 부모들이 막대기로 조종하는 세발자전거와 비슷한 경우다. 상상해보라, 처음으로 탈 것이 생겼는데 직접 조종할 수 없다니. 진짜 어이없는 일이다. 후베르트의 나이 때는 제한을 받지 않고 움직이는 게 특히 더 중요하다. 다른 사람들이 믿어주지 않는데 어떻게 세상을 떠난단 말인가?

에바는 감은 붕대를 사방에서 살펴본 후에 후베르트의 맥박을 확인하고 한숨을 내쉰다. 이제 곧 나더러 나방에게 전화하라고 부탁하겠지. 하나, 둘, 셋, 지금이야.
"딸에게 말해줄래?" 에바가 나에게 부탁하고서 후베르트의 셔츠 소매를 접는다. 나는 고개를 끄덕이고 백팩에서 휴대폰을 꺼낸다. 2분 후에 나방은 상황을 다 알게 된다. 우리 잘못이라고 말하지는 않지만, 그렇게 생각할 테지. 확실하다. 나는 아무렇지 않은 척한다. 후베르트가 둥지에서 추락한 새와 같은 표정으로 나를 본다.
"아프세요?" 내가 묻는다.
"아니. 너는?" 그가 되묻는다.
"아뇨, 할아버지. 난 아프지 않아요."
에바가 신경을 안정시키는 비상용 글로불리 몇 알을 그의 입에 넣어주고 자기도 몇 알 먹은 다음, 너도 줄까 하는 표정으로 나를 본다.

"아니, 괜찮아요." 나는 대답하고, 후베르트가 카디건 입는 걸 돕는다.

넘어지는 문제는 쟁점이다. 후베르트에게는 단순한 문제다. 그가 비틀거린다. 그러면 중력 작용이 따라온다. 그러고 쿵!!!

"난 잘못하기 싫어." 에바가 말한다.

"대퇴골 경부 골절은 후베르트의 종말을 의미할 수도 있어." 엄마의 말이다.

"엄마. 싸우자는 건 아니지만, 종말이야 언젠가는 있기 마련이지." 나는 이렇게 말하고 엄마의 반응을 살핀다.

"후베르트가 평안히 잠들 수는 없어?" 엄마가 항의한다.

나는 엄마에게 저승사자는 언제든 어떤 방식으로든 자기 마음대로 오며, 사람이 모든 걸 조종할 수는 없다고 무뚝뚝하게 대꾸한다.

엄마는 나더러 그걸 어떻게 아냐고 묻는다.

"엄마 바로 옆에 소식통이 있잖아. 장의사에게 물어봐."

후베르트는 대부분 정강이뼈와 팔꿈치와 등에 찰과상을 입는다. 그는 아무렇지도 않아 보인다. 늘 그렇듯이 이 상황을 제일 힘들어하는 사람은 에바다. 그녀는 후베르트를 밤에 온전한 몸으로 잠자리에 들게 해야 한다는 책임감을 느낀다.

"아주 힘든 임무네요." 내가 말한다.

후베르트가 발을 포개자마자 에바가 벌떡 일어난다.

"겹치지 말아요, 겹치지 마." 에바가 욕을 퍼부으며 그의 발을 옆으로 나란히 놓고, 실내화 벨크로를 단단하게 조인 다음 엄한 눈길로 그를 쏘아본다.

"할아버지가 일부러 그러는 게 아니에요." 나는 후베르트를 변호한다. 그러곤 집을 어슬렁거리다가 부엌에 있는 에바를 보고 묻는다.

"오늘 비가 너무 많이 내리죠?"

에바는 미소를 지으며 오븐을 연다. 뜨거운 김이 우리 쪽으로 밀려 나온다. 나는 에바 옆에 서서 따뜻한 사과 케이크 향기를 들이마신다.

"향기를 스프레이 캔에 담을 수 있다면 에바는 부자가 될 거예요. 한 조각 먹어도 되나요?" 내가 7센티미터 높이의 기적을 가리키며 묻지만, 에바는 고개를 젓는다.

"안 된다고요?" 내가 놀라서 다시 묻는다.

"내일 이비인후과에 가져갈 거야." 에바가 손으로 입을 가리고 소곤거린다.

"하지만 케이크 한 판을 다 가져가지는 않을 거잖아요. 빌어먹을." 나도 소곤거리며 대답한다. 그런데 우리가 지금 왜 소곤거리며 말하지?

에바가 성호를 세 번 긋더니 주제를 다른 데로 돌린다. "후베르트가 화장실에 가야 해?"

"아니요. 안 가도 돼요. 그런데 왜 사과 케이크 한 판을 모두 자크마이스터 박사에게 가지고 가요? 플렉스하려고?"

에바가 오븐을 닫고 되묻는다. "뭘 한다고?"

"아, 아무것도 아니에요." 나는 에바의 손목을 잡고 맥박을 체크한다. "빈맥이네. 에바, 사랑에 빠졌어요?"

에바는 고개를 젓고, 혹이 생겼던 날처럼 맑게 반짝이는 미소를 짓는다.

"남자를 사과 케이크로 낚아채다니." 나는 나지막하게 중얼거리고, 박사가 에바를 우리에게서 빼앗아 가면 그를 좋아하지 않겠다고 마음먹는다.

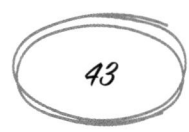

백 살 된 내 치과 의사가 은퇴했다. 그는 우리 할머니의 치과 의사였고, 어쩌면 증조할머니도 치료했는지 모르지만 어쨌든 우리 엄마는 분명히 치료했다. 더 나은 아이디어를 내는 사람이 없어선지 나도 그에게 치료받았다. 나는 엄마가 지인에게서 추천받은 새 치과 의사에게 가야 한다. 여자 의사라면 더 좋겠는데, 엄마는 의사를 찾기 힘들어하며 "뭐, 또 원하는 거 있어?"라고 말했다.

치과 의사는 내가 아마 절대 선택하지 않을 직업인 것 같다. 나는 새 치과 의사의 이름을 외우지 못한다. 발음할 수 없는 이름이다.

"새 치과 의사에게 가기 싫어요." 나는 한숨을 내쉰다.

에바가 웃음을 터뜨린다.

"어쩌면 치의학을 공부한 적이 없는 사기꾼인지도 몰라요. 손재주가 좋은 평범한 사람. 얼마 전에 뉴스에 보도됐어요. 그런 일은 계속 일어난다고요."

"허튼소리." 에바가 말한다.

"수요일에 10분 일찍 돌아오실 수 있어요?" 내가 묻는다.

"보너스 요일인데." 에바의 말에, 나는 내 이를 가리키며 말한다.

"치과 때문에."

시간이란 천천히 흐르기를 바랄 때면 빨리 간다. 빨리 가기를 바랄 때면 천천히 흐른다. 일부러 그러는 것 같다. 오늘 아침에 알람이 울렸을 때 나는 바로 깨달았다. 수요일. 보너스 요일. 치과 의사. 으악! 베개를 껴안고 얼굴을 묻었다. 여기에 수학 시험이 더해진대도 이상할 게 없겠는데?

잠과 깨어남의 중간 상태. 자기가 깬다는 걸 흐릿하게 알아채면, 전날의 걱정과 다가오는 더 많은 불행의 예고가 뒤섞인다. 뒤치락거리며 다시 잠들고 싶지만 정신이 점점 더 깨어나고, 다가오는 하루에 대항하는 건 의미가 없다는 사실을 인정할 수밖에 없다. 바로 오늘 아침이 그랬다. 깨면서부터 내 머릿속에서 어떤 목소리가 절대 그곳에 가면 안 된다고 종알거렸다.

나는 집을 돌아다니며 걸려 넘어질 위험이 있는 곳을 세고, 화분에 물을 준다. 작은 폴란드를 잠깐 들여다보며 에바의 최근 어휘 다섯 개를 살핀다.

면도날
젤리 설탕

자상한

허튼소리

미래

그리고 욕실로 가서, 옛날 치과 의사에게 갔을 때처럼 "아아아아아"라고 말해본다. 불안한 느낌은 분명히 근거 없는 것일 테지. 내 이의 상태는 최고고, 이름을 발음할 수 없는 그 의사는 아주 좋은 성적으로 학업을 마쳤고, 자기 분야에서 탁월한 사람일 거야. 나는 치과 병원을 상상해본다. 현대식이고 위생적이며 흠잡을 데 없고, 바이브가 좋다. 식물과 점토 회벽, 상냥한 접수처 직원, 옆 가르마를 탄 친절한 의사. 엄마와 치과에 간 내 모습이 보인다. 나는 엄마 무릎에 누워, 뒷머리를 엄마에게 세게 비비는 중이다. 엄마가 양손으로 내 손을 잡고 있고, 우리 위에 백 살 된 의사가 보인다. 나는 흔들리던 치아를 생각한다. 그중 하나는 아이스크림 카페 탁자에 뱉었고, 하나는 정말로 삼켰다. 내 입학식 날. 호수에서 처음으로 수영한 날. 내 아래 어두운 물속에 있는 초록 괴물. 내가 성인용 침대를 받던 날이 생각난다. 아빠가 하기 싫어해서 엄마가 조립했다. 아빠는 내가 큰 침대를 얻는 데 반대했다. 아빠는 언제나 뭐든 반대했다. 자전거 시험을 치르던 일, 내 오른쪽 다리가 왼쪽 다리보다 짧아서 깔창이 필요해 정형외과에 갔던 일이 생각난다. 그러고 보니 엄마 오른쪽 다리도 왼쪽 다리보다 짧다. 그러다가 내가 불현듯 후베르트의 사진이 붙은 벽 앞에 서 있고, 눈앞에서 어떤 아기의 사진이 흐릿해진다. 바로 그 순간 나는 그 어떤 엄마도 자기 아이를 잃으려고 하지 않는다는 걸 깨닫는다. 우리가 엄청나게 싸우긴 하지만, 엄마도 내가 살기를 바랄 거다. 나는 눈을 감고, 우리의 피난처였던 식품 보관용 다용도실과 아빠가 치던 고함을 생각한다. 아빠의 말들이 이어지는 것과 같은 박자로 기억이 하나씩 살아난다. 모두 엄마가 나를 지켜주던 장면이다. 내 심장이 아주 빠르게 뛴다. 나는 양쪽 손바닥으로 귀를 꽉 누르며 불안을 삼킨다. 엄마 냄새가 느껴진다. 엄마 목소리가 들린다. 엄마가 양팔로 나를 감싸고 있다. 내 눈물이 나를 과거로, 아주 먼 과거로 데리고 간다. 엄마가 나를 얼마나 자주 위로해줬던가! 엄마에게 이런 짓을 해서는 안 된다! 엄마 혼자 남겨둘 수 없다. 케빈도, 후베르트도 내버려둘 수 없다. 왜 하필 지금 이 기억들이 생각날까. 10분 후에는 치과가 있는 벨룹트 거리에 도착해야 하는데. 그래서 에바에게 좀 더 일찍 오라고 부탁했잖아.

   나는 후베르트를 몇 분쯤 혼자 두기로 마음먹는다. 백팩을 집어든 다음, 잠든 후베르트를 흘낏 보고 녹음한 걸 아무 서랍에나 넣어둔다. 집에서 나와 현관문을 닫고, 예전에 애벌레가 왔을 때처럼 손바닥 아래로 난간을 느끼며 한 계단 한 계단 내려간다. 모든 게 여전히 흐릿하게 보인다.

   바로 다음 순간 분노가, 아니 그보다 더 큰 증오가 느껴진다. 케빈이 뒤쫓고 있는 온갖 은폐된 것, 거짓된 것에 대한 증오다. 집 앞으로 이렇게 빨리 달려 나간 적이 없다고 생각하는 순간, 양말만 신은 채 치과에 갈 순 없다는 걸 깨닫는다. 어디선가 비명이 들린다. 나는 목소리와 비명을 생각하면서, 내가 차 앞으로 뛰어든다는 사실을 알아챈다. 여러 얼굴이 내 옆을 스쳐 지나간다. 모든 일이 빠르면서도 동시에 느리게 일어난다. 치과 의사. 내 운동화. 아빠. 그리고 앞이 새까매진다. 바다의 기름 양탄자처럼 새까맣다. 나는 케빈을 부르지만, 아무도 내 목소리를 듣지 못한다.

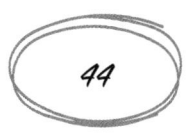

"아가씨, 뻔뻔할 만큼 운이 좋았어." 키가 2미터나 되는 남자가 침대 발치에 서서 말한다. 가슴 주머니에 '수석 의사 크리스티안 묄너 박사'라고 쓰여 있다. 엄마에게 어울리는 남자인 것 같은데. 나는 이렇게 생각하며, 위르겐과 내가 작별 인사를 하는 모습을 상상한다. 그런데 운이 좋은 게 뻔뻔하다니? 나는 묄너의 목에 대롱대롱 매달린 청진기와 그의 롤렉스와 허리띠 버클을 보며, 어떻게 이런 일이 벌어졌을까 생각한다. 묄러는 내가 자기 허리띠 버클을 빤히 보는 걸 알아챈다.

"로마제국에서는 허리띠 버클이 권력과 지배의 상징이었어요. 내가 제일 좋아하는 과목이 역사예요." 내가 말한다.

묄너가 미심쩍다는 눈길로 나를 본다. "교통안전 교육도 받았지?"

내가 차에 뛰어들었다는 게 참 이상하다. 현실이 내 계획을 추월했다. 아니면 현실이 내 계획을 망쳤다. 린다, 하나

골라봐. 내 머릿속에서 어떤 목소리가 중얼거린다. 정확하게 말하자면 회진을 포기하고 싶고, 최소한 의사가 진찰을 좀 빨리 끝내면 좋겠다. 하지만 그런 말을 할 수는 없다. 의사에게 "좀 짧게 말해요"라고 할 사람은 없으니까. 그러면 의사가 나더러 본인 건강 상태에 관심이 없는지 물을 테고, 내가 "그래요, 전혀 없어요"라고 대답하면 두 시간 후에는 심리상담사가 두툼한 질문지를 들고 내 침대로 오겠지.

"사고 경위를 기억할 수 있어?" 뫼너가 묻는다. 나는 고개를 젓는다. 나 자신이 다섯 살짜리 아이처럼 느껴진다. 내 기억이 온전하지 않다는 거야 그도 아마 알 거다. 머리를 아스팔트에 부딪치는 건 틀림없이 기억에 영향을 끼칠 테니까. 아닌가? 외상외과 의사니까 알겠지. 세상이 더 좋아진다는 건 헛소리다. 거리에 행인이라고는 독일어를 서툴게 하는 여자 한 명뿐이었다. 그 사람은 흥분해서 팔을 마구 내저었고, 그녀의 휴대폰이 내 머리 옆을 지나 인도로 날아갔다. 휴대폰이 미끄러져 날아가는 걸 보면서 고개를 움직이지 않으려고 했었기 때문에 그건 기억이 난다.

너무 세게 부딪쳐서 나는 움직이지 말고 넘어진 그대로 가만히 있는 게 나을 거라고 생각했다. 그렇게 누워 있는 동안 두 가지 질문이 머릿속을 떠돌아다녔다. 날아가는 휴대폰이 보험에 들어 있을까, 그리고 내 머릿속에서 지금 출혈이 일어나고 있을까.

구조대원이 보였다. 검은색 머리카락에 반짝이는 짙은

색 눈동자, 부드러운 목소리. 동작이 재빠르고 전문적으로 보였다. 의사와 간호사들도 있었고, 다들 나에게 뭔가를 물어봤다. 누가 언제 무슨 말을 했는지는 기억나지 않지만, 끔찍하게 추웠고 주름 잡힌 손이 나에게 담요를 덮어줬던 건 생각난다.

내 다리는 날달걀처럼 부목에 고정됐다. 옆에서 모두 바쁘게 움직이는 동안 나는 나 스스로 자동차와 사고를 내 삶에 끌어들였는지, 그리고 혹시 이 사고로 내 삶이 정지될지 아니면 모든 것이 더 악화될지 곰곰이 생각해봤다. 구급차에서는 엄마와 함께 티브이 앞에 앉아 있는 것처럼 모니터를 빤히 노려봤다. 양탄자 안의 불룩한 자리와 그 아래 있는 리모컨, 그란 카나리아를 생각했다. 아빠 없이 보낸 첫 번째 생일과 첫 번째 크리스마스를 생각했다. 의사가 나에게 여기저기 움직여보라고 했을 때, 그네를 타거나 모래 놀이터에 있거나 할머니 무릎에 있거나 엄마의 손을 잡고 있는 내 모습이 보였다. 나는 '우와, 이제 시간이 거꾸로 흐르네. 뭐든 다 좋아지고 우린 처음부터 다시 시작할 거야'라고 생각했다.

섬뜩한 개방성 골절도, 찢어진 연조직도 없고 피가 철철 흐르지도 않았다. 내 다리는 평범해 보였다. 첫 엑스레이를 찍고 나서 모두 내가 언제 마지막으로 음식을 먹었는지 물었다. 그리고 연민을 듬뿍 담은 어떤 목소리가 "우리, 수술해야 해"라고 말했다. 나는 '내가 아니라 당신들이 수술해야지!'라고 생각했다.

수술과 마취에 관한 영화들이 떠올라서 나는 속으로 말했다. '약 이리 내놔. 나를 둥둥 떠다니게 해줘.' 누군가 나더러 숫자를 세라고 하자, 단추 잠근 셔츠를 입은 후베르트가 보이고 내 머릿속에서 어떤 목소리가 말했다. '쉽게 하죠. 내가 하나, 둘이라고 하면 당신들이 셋, 넷이라고 해요.' 그런 다음 수술이 언제 시작되는지 물었더니 여기는 회복실이라고, 수술이 잘됐다고 하는 대답이 돌아왔다.

숱이 적고 기름진 머리카락이 그의 머리에 딱 붙어 있고, 그의 목소리가 공간을 가득 채운다. 묄너 박사는 내가 어른이라는 듯이 말을 건다. 그가 엄마처럼 '너 도대체 무슨 생각을 한 거야? 좌우를 살피지 않고 도로를 건너면 안 되지'라고 말하면 더 좋을 텐데. 엄마는 "린다야, 미쳤니!"라며 고함을 질렀고, 장의사는 엄마 어깨에 손을 얹고 있었다. 엄마가 내 목을 끌어안고 눈물 콧물을 쏟으며 통곡하는 바람에 나는 '아이고, 내가 죽었더라면 무슨 일이 벌어졌을까?' 생각했다. 나는 팔을 뒤통수에 깍지 끼고, 봉합된 종아리를 빤히 내려다본다.

묄너 박사가 거대한 손으로 침대 프레임을 연단처럼 잡고서 탐색하듯 나를 찬찬히 바라보다가 묻는다. "통증은?"

통증은 수술 후에 한밤중이 되어서야 느꼈다. 두툼한 뿔테 안경을 쓴 간병인이 "피하지방에"라고 말하며 진통제 주사를 놓았는데, 나는 그가 안경을 썼는데도 제대로 못 본다는 느낌을 받았다. 나는 피하지방이 없다며 그를 제지하려 했지만 실패했다. "피하지방은 누구에게나 있어." 그가 주장했다. 오늘 아침 7시에 레지던트가 와서 내 다리 위로 몸을 숙이고 깁스 부목을 벌리자 통증이 사라졌다.

묄너가 침대 프레임을 여전히 짚고서 말한다. "타박상과 찰과상은 끔찍해 보이긴 하지만 금방 나을 거야. 정강이뼈는 금속으로 고정했고, 종아리뼈는 저절로 치유될 테고. 뼈의 거의 가운데가 예쁘게 부러졌어. 아가씨, 이미 말했듯이 뻔뻔할 만큼 운이 좋았어. 흐음, 나으려면 시간이 좀 걸리겠지만."

나는 나가고 싶다. 이 침대에서, 이 병실에서, 묄너에게서 도망치고 싶다. 나는 그저 한 가지 이유에서 차분하게 그냥 머문다. 옆 침대에 있는 로타 때문이다. 그 아이가 겁을 먹으면 안 되니까. 로타는 분홍색 고무젖꼭지를 문 채 격자로 막힌 아기 침대 위쪽 모서리에 앉아, 금발 고수머리를 손가락으로 돌리고 있다. 두 살짜리가 구석 의자에서 떨어져 뇌진탕을 겪고, 밤새 숨이 넘어갈 듯이 토하는 것만으로도 충분히 끔찍한 일이다. 로타 엄마는 로타를 24시간 지켜보고 있어야 한다고 말했다. 내 생각에는 나 혼자 로타를 보는 것 같지만, 그런 말을 하며 간섭하지는 않는다. 로타 엄마가 내 깁스를 가리키며 물었다. "무슨 일이 벌어진 거야?"

"자동차로 뛰어들었어요." 내가 대답했다.

그녀는 못 믿겠다는 표정으로 나를 봤는데, 얼굴에 '그 나이에 그럴 수가!'라고 쓰여 있었다.

"공을 뒤쫓아 갔거든요." 나는 한술 더 떠서 덧붙였다.

"거짓말이지. 안 그래?"

"진담이에요. 난 늦된 아이거든요."

그녀는 두 살짜리 딸을 흘낏 봤는데, 앞으로 이 아이와 어떤 일을 겪게 될지 예상해보려는 듯했다. 나는 그 모녀를 보며, 어릴 때 엄마가 나와 다투다가 내게 고함을 질렀던 일을 떠올렸다. 엄마는 아이를 임신하고 있을 때는 앞으로 무슨 일이 벌어질지 전혀 모르고, 아이에 대해 진실을 말해주는 사람은 아무도 없다고 소리쳤다. 그때 나는 부모가 생기면 앞으로 무슨 일이 벌어질지 전혀 모르고, 부모에 대해 진실을 말해주는 사람은 아무도 없다고, 정말로 아무도 없다고 맞받아쳤었다.

뻔뻔할 만큼 운이 좋다는 그의 수다에 나는 이렇게 대답한다. "글쎄요, 그게 운이 좋은 걸까요." 하지만 뮐너는 내 말을 듣지 못하고, 바퀴 달린 카트에 기대 있는 더 젊은 동료에게로 몸을 돌린다. 그 카트에서 간호사가 아마 내 것인 듯한 서류를 꺼낸다. 두 남자는 엑스레이 사진을 햇빛에 비춰보고 고개를 끄덕인다. "보세요." 뮐너가 검지로 사진을 두드리며 말한다. "당신이라면 이걸 고정했을 테지요."

젊은 동료는 사진을 들고 햇빛에 비춰보더니 말한다. "이게 훨씬 낫군요."

묄너가 엑스레이 사진을 다시 한번 톡톡 두드리며 대답을 바라는 눈길로 젊은 의사를 바라본다.

"비골이 똑바로 잘 서 있습니다." 젊은 의사가 대답한다.

가슴 주머니에 병동 책임자라고 쓰여 있는 간호사는 피트니스 양을 늘리려는 듯이 두 의사 사이를 춤추듯 이리저리 오간다.

사람들이 나를 병실에 밀어 넣고, 열여덟 살까지는 소아병동에 입원하는 거라고 말했다. "우리 엄마 생각과 아주 똑같네요." 나는 이렇게 대답했지만, 사실 엄마는 내가 살아서 그저 기쁘기만 하다. 나 빼고는 모두 기뻐한다. 결과는 이렇다. 에바가 흐느껴 운다. 엄마도 흐느껴 운다. 케빈은 센 남자인 척하고, 새 치과 의사의 접수처 직원은 의사의 안부 인사를 전한 다음 새 진료 일정을 정하고, 나는 그 일정을 검정 유성펜으로 깁스에 적는다.

뱃속에서 생선을 먹은 듯한 느낌이 든다. 앞날이 훤히 보인다. 이 사고는 내 삶을 사고 이전과 이후로 나눌 거고, 다들 더 큰일이 벌어지지 않아서 다행이라고 이구동성으로 말하겠지. 내가 미래를 어떻게 꾸려나갈지에 대해서는 아무도 관심이 없고, 지금까지 아무도 관심이 없었다.

세 사람이 바퀴 달린 카트와 함께 사라진 후에, 간병 실습생이 내 침대 옆에 서 있다. 자기 이름이 제바스티안이라고 소개한다.

"나도 알아." 내가 그의 명찰을 가리키며 말한다. 그는 미소를 짓고, 명찰을 더듬어 똑바로 세운다.

"여기 정말 일이 많네." 내가 말한다.

"재도 될까?" 그가 묻고, 혈압계를 내민다. 나는 조심스럽게 약간 뒤로 물러난다.

"그대로 있어도 돼." 그가 미소를 지으며 말한다.

짧은 소매 티셔츠를 입고 있어서 다행이다.

"멋진 호랑이네." 그가 내 아래팔을 가리키며 말한다.

나는 그가 진담을 하는 건지, 아니면 그저 이야깃거리를 찾는 건지 그의 표정에서 알아내려고 애쓴다.

"아직 어린데, 문신을 해도 돼?" 그가 묻는다.

"로타, 네 문신을 보여줘." 내가 말한다.

그가 뒤늦게 내 농담을 알아듣고 싱긋 웃는다. "자, 얼른 말해봐. 네 나이에 문신을 해도 돼?"

"아버지가 들개인 사람만 가능하지." 내가 대답하고 입술을 앙다문다. 그가 양손으로 혈압계 커프를 내 위팔에 감는다. 그러고는 펌프질을 하고 또 한다. 나는 아무 반응도 보이지 않는다. 그는 자기가 누구라고 생각할까? 그가 작은 다이얼을 돌려 압력을 내보낸다. 나는 혈압계 눈금이 0으로 떨어지는 모습을 지켜본다.

"105에 70." 그가 말하고, 협탁 위에 놓인 초록색 포스트잇에 그 수치를 적는다. 그러느라 숟가락을 바닥으로 떨어뜨린다. "어, 미안." 그가 숟가락을 집어 들더니 "닦아올까?"라고 물으며 욕실을 가리킨다.

"그냥 둬. 바닐라 크림 요거트에서 나온 숟가락이야." 그런데 내가 왜 바닐라 크림 요거트라는 말을 하지? 무슨 요거트든 전혀 상관없잖아. 내가 지금 무슨 말을 하는 거람?

"이제 맥박만 재면 돼." 제바스티안이 말한다.

버스 정류장에서 본 한 쌍이 떠오른다. 그때 어땠더라? 그녀가 뭔가를 바닥에 떨어뜨렸지? 아니면 뭔가를 찾고 있었나? 어쨌든 둘은 같은 위치에 있을 때 뜬금없이 열정적으로 키스했다. 비가 왔고, 햇살이 구름 사이로 비치자 나무들이 반짝였고, 바람에 손바닥만 한 잎사귀들이 허공을 날아다녔다.

나는 얼굴이 빨개지지 않으려고 온갖 것을 생각한다.

내가 일할 때 익사한 아이는 없어.

모험하지 않는 사람은 아무것도 얻지 못한다.

같은 시간을 살아가는 우리는 서로에게 신비로운 의미를 지닌 존재다.

타고난 성품을 바꿀 수 있는 사람은 없다.

괜찮아요. 일어날 수 있는 일이에요. 심각하지 않아요.

나는 창밖을 뚫어지게 내다본다. 그런데 갑자기 맥락도 없이 불쑥 위르겐이 떠오른다. 스물한 살이 넘는 사람과의 섹스를 생각하니 얼굴이 빨개진다.
 "아흔여섯 번." 제바스티안이 말한다.
 "빈맥이네." 내가 대꾸하고는, 침대에 서서 몸을 앞뒤로 흔드는 로타에게 손짓을 한다.

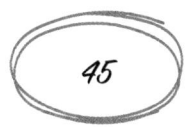

문병 시간은 2시부터 시작된다. 에바가 2시 5분 전에 병실 문 앞에 서 있다. 에바는 울면서 머플러와 귀마개를 풀고 외투를 벗은 다음 블라우스를 반듯하게 매만진다. "울지 말아요." 내가 말한다. "봐요, 아직 뭐든 다 달려 있다고요."

"하지만." 에바가 양손으로 옆구리를 짚은 채 흐느낀다.

"왜 폴란드가 아니라 여기 있어요?" 내가 묻는다.

"마니나가 임신했어."

"아이고, 그럼 누가 후베르트 할아버지 옆에 있죠?"

"알렉산드라." 에바가 대답하고, 조금 전에 제바스티안이 혈압을 재던 의자에 앉는다. 더플백을 열고 연고 용기를 꺼내 내 코 밑에 들이대고는, 절박한 눈빛으로 나를 보며 속삭인다. "금불초 뿌리야."

나는 웃음을 터뜨리지 않으려고 꾹 참는다. 에바의 비밀 임무. 에바가 내 다리를 구해주는구나. 아이고, 이 소중한 사람.

에바가 자기 할머니와 증조할머니, 고조할머니로부터 전

승된 지식을 들려준다. 골절과 염기성 음식의 상관관계, 금불초 뿌리의 약효 등이다. 에바의 강연은 자그마치 15분이나 지속된다. 말하는 내내 번갈아가며 내 손등과 아래팔을 쓰다듬는다. 고양이나 강아지가 아마 이런 느낌이겠지. 나는 에바를 정말 좋아하는 것 같다. 에바가 마침내 숨을 돌려서 나는 그 기회를 이용해 후베르트 상태가 어떤지 묻는다.

"좋아." 에바가 대답한다.

"뭐 하면서 지내요?"

"늘 똑같지. 자기가 하고 싶은 걸 하고, 오늘은 금요일이 아니라고 해."

우리는 함께 웃는다.

"그리고 이제 차를 마셔."

"정말요?"

"응. 페퍼민트, 캐모마일, 온갖 과일 차." 에바가 대답한다.

"난 할아버지가 언젠가는 차를 마실 거라고 확신했어요."

에바가 손을 내 뺨에 올려놓고 말한다. "창백해."

나도 손을 에바의 뺨에 올리고 말한다. "에바도 창백해요." 내가 밤에 잠을 잘 수 없다고 하자, 에바는 아무 말도 없이 병실을 나가더니 밴드 한 롤과 붕대용 가위를 들고 돌아온다. 롤에서 밴드를 둥근 모양으로 한 조각 잘라낸다. 그러고는 이 침대에 누운 사람들은 누구나 자신의 에너지를 가지고 오는데, 얼마 전에 이곳에 누웠던 사람은 불행을 끌어당기는 사람이었다고 말한다. 그 사람은 이제 여기 없지만 완전히 사라진 건 아니라고 한다. 에바의 양손이 화살처럼 허공을 가른다. 그리고 내 머리와 배, 깁스한 다리 위에서 손을 흔들다 마지막에는 검지로 내 발바닥에 누운 8자를 그린다. 그다음 창문을 열려고 한다.

"아무도 뛰어내리지 못하게 하려고요." 창문이 열리지 않는 걸 본 내가 말한다.

에바는 성호를 긋고 창문을 위로 꺾어 연 다음, 유리창 틈새로 좋은 영혼들을 방으로 불러들이는 중이라고 설명한다.

"그렇게 하세요." 나는 그 말에 동의한다.

에바가 예고도 없이 이불을 들추더니 내 배꼽에 둥근 밴드를 붙인다.

"으악, 세상에. 뭐 하세요?"

"악과 시기를 막는 거야." 그리고 내 이마에 백 번쯤 입을 맞추고 병실을 나선다.

"할아버지에게 안부 전해주세요." 나는 에바의 등에 대고 외친다.

2분도 안 되어 에바가 돌아온다. "잊어버렸어." 그녀가 휴대폰 케이스에서 체스토호바의 검은 마돈나 사진을 꺼내고 나더러 일어나라고 하더니, 마돈나에게 입을 맞추고 사진을 내 베개 밑에 밀어넣는다.

"버스로 가야 해." 에바가 손목시계를 흘낏 보며 말한다.

"할아버지에게 내가 머리를 부딪쳐서 바보가 됐다고 전해줘요." 내가 그녀의 뒤에 대고 소리친다.

오늘 오전에 나는 로타의 엄마 이리나에게 다 털어놓을까 잠시 고민했다. 이리나는 호감이 가는 사람이고, 우리가 다 사라지고 난 후에 후베르트의 집에 들어가면 좋을 것 같다고 내가 상상한 사람과 비슷하다. 젊고, 스포츠로 단련되어 있고, 머리카락이 짧은 데다 개가 있고 남편은 없다. 로타만 빼면 모든 게 상상과 맞다.

이리나는 자기와 로타에 대해 나에게 모두 이야기했다. 요즘은 이혼한 가정의 아이들밖에 없나? 나는 이런 생각을 하며 로타를 위해 웃기는 표정을 지어 보였다. 나를 모르는 사람에게 다 털어놓는 게 더 편했을 것 같다. "혹시 집을 구하고 있지 않나요?" 이리나가 로타를 품에 안고 나랑 작별인사를 할 때 나는 그녀에게 물었다.

한 시간 후에 문을 부드럽게 노크하는 소리가 들리더니 노랑 머리카락과 창백한 얼굴이 보인다. 케빈이 문틈으로 고개를 들이밀고 있다.

"어이, 친구." 내가 말한다. "병원에 오면 구역질이 나지 않아?"

케빈이 아랫입술을 깨물며 고개를 끄덕인다.

"나를 휠체어에 태우고 카페테리아로 밀고 가. 거기가 더 나을 것 같으면 말이야."

"그래도 돼?"

"당연하지."

카페테리아에 가니 케빈은 보기에도 벌써 더 편안해진 것 같다.

"고비는 다 넘겼어?" 케빈이 묻는다.

"무슨 고비? 사는 게 다 고비인데."

케빈이 내 다리를 가리키며 다시 묻는다. "어때?"

"그걸 묻는 사람은 네가 처음이야."

"정말?"

나는 다른 사람들의 반응, 묄너와 그의 회진 팀, 미화원 이야기를 그에게 들려준다.

"아파?" 케빈이 묻는다.

"병원에서 중독성 약물을 줘." 나는 이렇게 대답하고 그의 반응을 지켜본다.

"중독성 약물을 준다고?" 케빈이 놀라서 묻는다.

"농담이야. 그냥 평범한 진통제를 받아. 엄청난 건 없어." 내가 대답한다. 평소와 달리 우리는 나에 대해 이야기를 나눈다. 자라 아줌마가 케빈에게 땅 이용이나 담수 소비에 관한 대화를 금지했는지도 모른다.

"아미는 어때?" 내가 묻는다.

"아미는 바비 슈퍼걸 인형을 선물로 받았어."

"바비 슈퍼걸 인형을? 그거 말고 네 피보호자는 어떻게 지내?"

"잘 못 지내."

"왜?"

"완벽하게 만든 진흙 공을 친구들이 망가뜨렸거든."

"그래서 지금 어때?"

"그 아이들을 더는 보고 싶지 않대."

"그렇겠지. 아동기는 트라우마야." 나는 아빠를, 그리고 내 약지를 하마터면 물어뜯을 뻔한 난쟁이 토끼를 생각한다. 그러고는 양손을 깍지 끼고 팔을 머리 위로 올린다. 케빈이 걱정스러운 표정으로 나를 바라본다.

"음식은 어때?"

"자라 아줌마 케이크보다 더 끔찍해."

"너, 우리 엄마 케이크 싫어해?" 케빈이 묻는다.

"아, 음. 좋아해. 농담이야."

"너 오늘 참 이상하다." 케빈이 미소의 기미도 보이지 않은 채 말한다.

저녁에 나방에게서 전화가 온다. 목소리에 울음이 가득하다. 후베르트가 알렉산드라를 가뒀다고 한다.

"할아버지가 알렉산드라를 좋아하는 모양이네요." 내가 대답하며 휴대폰을 스피커폰으로 켜고, 웃느라 다리를 꽉 잡는다. 내 폐 깊은 곳 어딘가에서 한숨이 새어 나온다. "죄송해요. 너무 끔찍한 충격이라서요."

"내 잘못이야." 나방이 이렇게 말하고는 입을 다문다.

"다른 건요?" 내가 묻는다.

"난 제대로 하는 게 없어. 내가 큰 소리로 말하면, 아버지는 나더러 소리를 지르지 말라고 해. 그리고 하루 종일 오늘은 금요일이 아니라는 말을 하지. 혹시 그게 무슨 뜻인지 알아?"

"금요일이 아니라는 뜻이요." 나는 고개를 젖히고 천장을 노려본다. 나방이 그 말에 왜 스트레스를 받는지 의아하다. 어쨌든 엿새 동안은 맞는 말인데.

"이제 이 금요일을 어떻게 해야 하지?"

"금요일을? 아무것도 안 하면 되죠." 내가 대답한다. "할아버지 말이 그냥 맞다고 하면 돼요. 할아버지에게 그것 말고는 아무것도 필요하지 않아요."

"넌 왜 뭐든 다 알고 있니?"

"모르겠네요." 나는 이렇게 대꾸하고 전화를 끊는다.

혹시 내가 머릿속으로 이런 장면을 만들어냈기 때문에 이 모든 일이 일어난 걸까? 나는 그냥 달려 나갔는데, 나중에 생각해보니 전혀 이해가 되지 않았다. 이런 모습을 상상해보라. 나는 휴대폰 케이스에 건강보험 카드를 넣었지만, 발에는 신발도 신지 않고 치과 의사에게 가려고 했다. 정말 가고 싶은 건 아니었겠지. 치과에 가고 싶은 사람이 어디 있으랴. 케빈은 사고가 난 날을 점성술로 살폈다. 조금 전

카페테리아에서 케빈은 화성-천왕성 위상에서는 오해와 싸움, 사고가 많이 일어난다고 주장했다.

그런 날은 집에 있어야겠네. 나는 속으로 생각했다. 케빈이 내 경우는 위상이 달랐다고 설명했다. 화성과 해왕성 때문에 혼란스러웠다고, 이 위상은 현실을 해체해 자신의 뜻을 관철하기 어렵다고 했다.

"맞아." 내가 말했다. "자기 뜻을 관철한 건 아우디 자동차였지."

병실에 들어오는 사람이 누구든 다들 내가 뭘 기억하고 있는지 묻는다. 며칠 전까지만 해도 나는 화제를 돌리려고 했다. 그래서 "사람은 일에 뛰어들 수도 있고, 불행에 뛰어들거나 아우디로 뛰어들 수도 있지요"라고 대답했다. 의학 전문가들 대부분은 내 유머를 이해하지 못하고, 예전에 우리 할머니는 내 판타지가 기이하다고 말했던 터라 나는 지난밤에 뭐가 기억난다고 대답할지 이야기를 꾸며냈다. 눈을 감고 그 사고를 생각하고 몸으로 느끼며, 장면과 감정을 떠올리려고 했다. 그게 아니라면 병원에서 보내는 한없이 긴 시간에 뭘 할 수 있으랴? 반은 깨어 있고 반은 잠든 이런 상황에 잠을 더 자야 하나? 로타가 퇴원해 혼자 있는 이 어두운 방에 아침이 다가왔고, 아침 일찍 누군가 문을 노크했을 때는 이야기가 다 만들어진 상태였다. 무척 간단하고 재미있었다. 그때 이후로 나는 누구에게나 똑같은 이야기를 들려준다. "큰 소리가 기억나요. 아마 내 두개골이 부딪치거나 정강이뼈가 부러지는 소리였을 거예요. 색깔도 떠올라요. 눈을 감으며 검정과 파랑 나선이 바깥에서 안쪽으로, 안쪽에서 바깥쪽으로 한없이 빙빙 돌아가는 게 보여요. 통증이 화살처럼 발꿈치로 들어와 뇌까지 번졌던 게 기억나요." 다들 긴장하며 여기까지 들으면 내가 말을 잇는다. "인간은 부서지기 쉬워요. 종아리만 부러지는 게 아니에요. 난 신경이 부러지는 신경쇠약은 겪은 적이 없지만, 엄마는 아빠 때문에 겪었죠."

그러면 열 명 중에 여덟 명은 눈물을 글썽인다. 여기서 일하는 사람들은 다들 착하다.

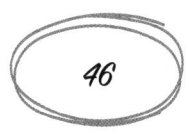

"그릇이 깨지면 행운이 온다잖아." 쉬메이예가 이렇게 말하고 유리 조각들을 청소 카트의 용기에 집어넣는다. 연파랑 작업 가운 아래로 검정 터틀넥 스웨터가 보인다. 히잡 아래에서 금발이 흐릿하게 반짝인다. 발에는 뒤꿈치 쪽에 끈이 달린 흰색 크록스를 걸치고 있는데, 막대 인형에 곰 발바닥이 달린 것처럼 보인다. 내 생각에 쉬메이예는 열일곱, 많아야 열여덟 살인 것 같은데 나이를 물어볼 용기는 나지 않는다.

나는 색깔이 우러나지 않은 차를 다 마시고서 컵을 협탁 가운데 두고, 오전에 점점 더 심심해져서 컵을 조금씩 가장자리로 밀어 결국은 컵이 협탁 절벽에서 추락하게 했다. "아이고, 자살했네." 내가 중얼거리고 간호사 호출 버튼을 눌렀다. 처음에 제바스티안이 와서 물었다. "어떻게 한 거야?"

"아주 쉬웠어." 내가 희색이 만면한 얼굴로 대답하자 그는 뺨이 붉어지더니 돌아갔다. 그 후에 쉬메이예가 왔다.

쉬메이예는 막대 걸레에서 물을 짜내어 바닥을 스케이트장처럼 반짝이게 만든다. 내 협탁 옆에 노란색 미끄럼 주의 표지판을 세운 다음, 무릎을 꿇고 자기가 작업한 걸 점검한다. 그러고 청소 카트에서 보온병을 꺼낸다.

"마실래?"

나는 고개를 끄덕인다.

"튀르키예 아다나에 사는 삼촌이 보낸 동양의 사과 차야." 쉬메이예가 종이컵 두 개에 차를 따라 청소 카트 위에 올려놓는다. "보여줄 게 있어." 그녀가 스웨터를 걷어 올려 배를 드러내고, 청록색 보석이 달린 벨리 체인을 보여주며 "약혼자가 준 거야"라고 한다. 그러고는 곧장 스웨터를 내려 배를 다시 가린 다음, 반짝이는 바닥을 디딜 필요가 없이 왼손으로 묄너의 연단을 꽉 잡고 오른손으로 나에게 컵을 건넨다. 발에 걸친 크록스 한 쪽이 허공에서 춤을 추고, 사과 차가 찰랑거리며 컵에서 넘친다.

"미안." 쉬메이예가 말한다. "어쩐지 서커스에서 나를 안 받아주더라."

"약혼했어?"

그녀가 고개를 끄덕인다.

정말? 나는 물어보고 싶지만, 그 질문이 불필요하다는 생각이 곧장 든다. 약혼을 했다면 아마 진심일 테지.

"약혼자는 직업이 뭐야?"

"청소 회사에서 일하는데, 사장이 석 달 동안 월급을 주지 않았어. 돈을 받을 때까지만 거기 있다가 해충방제사가 되려고 해. 이상적인 직업은 아니지만 돈을 많이 벌 수 있거든. 내 장래 희망은 피부미용사인데, 수업이 너무 어려워."

"나도 학교 수업이 힘들어."

"너, 남자친구 있어?" 쉬메이예가 묻고 차를 홀짝인다. 나는 내 깁스와, 그녀의 완벽한 치아와 검은 눈동자를 보다가 대답한다. "당연히 있지."

"자, 얼른 말해봐!"

"케빈. 이름은 케빈이고, 그린피스 활동가야."

"완전 귀엽다."

나는 케빈을 좀 더 나이 많고, 크고, 부유하게 지어낸다. 쉬메이예는 흥미롭게 들으며 고개를 끄덕이고 미소를 짓다가 사과 차를 더 따른다.

"나는 이제 더 안 마셔. 고마워." 내가 말한다.

"맛없어?"

"아니, 아니. 아주 좋아. 그냥 화장실에 너무 자주 가지 않으려고 그래." 나는 깁스한 다리를 가리킨다.

쉬메이예가 청소 카트로 몸을 숙이고 타파웨어 용기를 꺼낸다. "바클라바 디저트야. 우리 할머니가 만들었어." 그러면서 그릇을 건넨다.

"너, 지금 일해야 하지 않아?" 내가 묻는다.

"일하는 중이야." 쉬메이예는 내가 과자를 집기도 전에 용기를 도로 가져간다.

"우리 할머니는 파킨슨병을 앓아." 그녀가 미끄럼 주의 표지판을 접는다.

"우리 할아버지는 치매야." 내 말에 쉬메이예가 묻는다.

"치매가 뭐야?"

"내가 제일 좋아하는 색깔. 아니, 미안해. 농담이야. 치매가 뭐냐고? 지금 넌 그걸 들을 시간이 없을 텐데."

쉬메이예가 휴대폰을 꺼낸다. "12시네." 그러고는 청소 카트를 복도로 밀어놓고 돌아와서 말한다. "이제 쉬는 시간 이야. 자, 설명해봐!"

"너니까 말해줄게." 내가 말한다.

쉬메이예가 엄지를 치켜세우고 탁자에 앉아 다리를 번갈 아 흔든다. 정말 귀엽다. 네 살짜리처럼 보인다.

"내 말을 끊지 마. 알았지?" 나는 미리 경고하고 설명을 시작한다. "이렇게 생각하면 될 거야. 어떤 사람이 자기 개 이름을 잊어버려. 개를 보면서, 어디선가 본 적이 있다고 생각하지만 그 개가 자기랑 연관이 있다는 건 몰라. 자기가 그 개에 대한 책임이 있으며 사료를 줘야 한다는 걸 모르 고, 그 개가 지금 왜 자기 앞에 있는지 전혀 알지 못해. 어쩌 면 다른 사람의 개일지도 모른다고 생각하고, 자기가 혹시 그 개를 데리고 있다고 해도 개를 맞게 다루는지 틀리게 다 루는지 몰라. 개가 자기를 쳐다보고 울부짖어. 틀림없이 위험이 커질 테고, 엄마를 부르는 게 나을 거라고 생각해. 본인도 이미 여든 살이 넘었지만 자기 나이를 잊었어. 엄마를 찾지만 찾을 수 없고, 자세히 둘러보니 자기 집이 아닌 곳에 있어. 본 적이 없는 가구들이 있으니까. 벽에 사진 액자가 보이는데, 거기 '리미니 1993년'이라고 쓰여 있지. 그 사람은 리미니에 스무 번이나 갔으면서도 자기가 거기 간 적이 있는지 없는지 몰라. 티브이는 소리를 켜지 않고 봐. 모든 게 너무 복잡하고 시끄러우니까. 협탁에 놓아둔, 개와 함께 찍은 사진을 더는 보고 싶지 않아서 눈을 감아. 그리고 모든 게 왜 이렇게 혼란스러워졌는지 의아해하지."

"아이고, 끔찍하네." 쉬메이예가 말한다. "너는 할아버지를 안쓰럽게 여길 때가 무척 많겠구나." 그녀가 바클라바가 든 타파웨어 용기를 다시 한번 들어 내 무릎에 올려놓는다. "먹고 싶은 만큼 먹어. 통은 나중에 가지러 올게."

"정말 친절하네." 내가 대답한다.

"안타깝지만 쉬는 시간이 다 지나갔어." 그녀가 말하고, 작별 인사로 손 키스를 날리더니 청소 카트를 병실 문 쪽으로 다시 가지고 온다.

수술한 뒤로 마치 다른 주제는 없다는 듯이 모든 것이 상처 치유와 동작 활성화, 근력과 근막, 보행 자세를 중심으로 돌아간다. 이게 얼마나 답답한지 제대로 표현할 수도 없다. 사고가 나거나 누군가 중병에 걸리거나 사망하면 아마 이렇겠지. 세상이 좁아진다.

사실 후베르트도 이와 비슷한 상황이다. 모든 것이 기억과 영양, 간병과 약품, 활성화를 중심으로 돌아간다. 세상이 좁아지면 정말 끔찍하겠네요. 다시 만나면 그에게 말해야겠다. 내가 차에 뛰어들겠다고 말한 거, 기억하세요? 난 정말 차에 뛰어들었어요. 할아버지, 상상해보세요. 하지 골절, 골반 타박상, 찰과상. 이 모든 게 화성과 해왕성의 위상 때문이었대요. 난 이제 할아버지가 병원에서 무슨 일을 겪었는지 알아요. 한참 전의 일이에요. 할아버지, 내가 병원에 입원했던 거 기억하세요?

처음부터 이곳에 평온은 없었다. 회복실에서 돌아오자

마자 나는 침대에 가로로 앉았는데, 옆에서 간호사가 입술을 오므려 호흡하는 법과 목발 사용법을 설명하고 화장실에도 같이 갔다. 마취됐을 때만 조용했지만 안타깝게도 그건 기억할 수 없다. 첫날부터 사람들은 나더러 회복해야 한다고, 두 다리로 다시 서야 한다고 말한다. "지금 일어서 있잖아요." 나는 체중을 완전히 실은 오른쪽 다리와 20퍼센트만 실은 왼쪽 다리, 그리고 양쪽 목발을 가리킨다. 평소 방식은 아니긴 하지만, 여기서 나는 사람들이 시키는 대로 한다. 골반이 아파도 다리를 높이 올려놓는다. 근력과 동작 활성화를 위한 운동을 한다.

"난 아우디와의 만남에서 회복하는 중이야!" 내가 엄마에게 고함을 지른다. "또 뭘 해야 하지?" 내 짜증을 돋우지 말고 다들 본인 인생에만 신경 쓴다면 더 간단할 텐데. 누군가 대기 중 에어로졸 오염이나 그란 카나리아, 또는 이차방정식에 대해 말한다면 난 정말 기쁠 거다. 하지만 아무도 그러지 않는다! 다들 내 앞날 이야기만 한다. 미래가 존재하길 원하는 사람이라면 그 얘기를 하는 게 좋긴 할 테지.

색깔로 볼 때 에바의 혹을 연상시키는 멍든 골반이 하지 골절보다 더 움직임을 방해하지만, 나는 아무에게도 그 말을 하지 않는다. 밤에 몇 시간씩 깨어 있으면서 내가 가벼운 부상만 입었다는 사실이 혹시 나에게 무슨 말을 하려는 건 아닌지 고민한다는 말도 남들에게 하지 않는다. 이 모든 상황에서 정말로 기억난다고 여겨지는 한 순간이 있다.

그때 나는 '해냈어, 나는 죽었다'라고 생각했다. 어쩌면 나는 임사 체험을 지어내 쉬메이예에게 말할지도 모른다. 그녀는 "자, 얼른 말해봐!"라고 하겠지. 쉬메이예는 내 다리 부상을 확대 해석하지 않고, 그저 친절하기만 하다. 병실에 들어와 작업 가운에서 초콜릿을 꺼내주고, 청소를 하면서 자기 가족 이야기를 들려준다. 쉬메이예는 여기 사람들 중 가장 마음에 든다.

"너, 여기 한 달은 입원했던 것 같구나." 엄마가 커다란 스포츠 가방 두 개에 내 짐을 싸면서 말한다.

"그중 대부분은 엄마가 직접 끌고 왔잖아." 내가 대꾸한다.

"짐을 다 챙기면 위르겐이 우리를 데리러 올 거야. 그리고 깜짝 놀랄 만한 선물이 자동차에서 기다리고 있어."

나는 장의사가 데리러 오는 게 좋은 일은 아니라고 말하고 싶은 걸 꾹 눌러 참는다. 문이 열리기도 전에 회진 카트 바퀴가 굴러오는 소리가 들린다. 묄너의 마지막 회진이군. 그가 세 걸음 만에 내 침대로 다가온다.

"아가씨, 오늘 집에 가는 날이야. 14일 후에 실밥을 제거할 예정이고." 문장이 하나 끝날 때마다 그는 목소리를 낮춘다. "앞으로 4주까지는 무게를 30킬로그램까지만 싣고, 그 후에는 점점 늘려나가. 8주 뒤에 엑스레이 검사를 다시 받고, 그다음엔 댄스플로어에 갈 수 있지."

세상에, 무슨 댄스플로어?

"압박 스타킹 잊지 마." 내가 압박 스타킹을 신었는지 확인하려고 그가 내 바짓단을 올려본다. "열흘에서 2주까지는 다리를 심장보다 높이 올려둬." 그가 말하며 부목을 톡톡 두드린다. "심장보다 높은 위치, 잊으면 안 돼." 그러려면 내가 골반을 굽혀야 하는데, 통증 단계가 여전히 10이라는 사실을 그는 모른다. "레지던트 의사가 퇴원 서류를 드릴 겁니다." 묄너가 엄마에게 말하며, 창백한 동료를 가리킨다. "놓아준다는 서류군요. 내가 교도소에라도 있었다는 듯이." 내가 말한다.

늘 그렇듯이 묄너는 내 말을 무시하고 엄마와 악수하며 다 잘되기를 빈다고 말한다. 왜 내가 아니라 엄마에게 다 잘되기를 빈다고 말할까 궁금해하는데, 문에서 노크 소리가 들린다. 병동 책임자가 잘 조련된 원숭이처럼 손을 흔들자 회진이 계속되고, 물리치료실의 필리프가 벽에 붙어 병실로 살그머니 들어온다. "내가 오는 것도 오늘이 마지막이야. 기쁘니?"

"구석 의자에서 떨어지면 킨더 조이 초콜릿을 받고, 자동차에 뛰어들면 물리치료를 받네요." 내가 툴툴거린다. 나는 어쩔 줄 모르고 양손을 꼼지락거리는 필리프를 지켜보며, 제바스티안과 쉬메이예를 생각한다. 퇴원하기 전에 두 사람 중 누구를 만날지 결정해야 한다면 나는 심장이 빨리 뛰는 쪽을 선택할 거다.

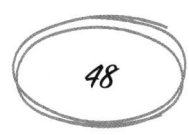

48

"약국에는 몇 명이나 들어갈 수 있을까?" 수많은 사람이 약국에 들어가고 또 다른 사람들은 문턱을 넘어 서둘러 바깥으로 나오는 모습을 지켜보면서 나는 카밀라에게 이렇게 묻고 털을 쓰다듬는다. 예고된 선물은 카밀라였다. 카밀라가 위르겐과 함께 차에서 기다리고 있었다. 이제 카밀라와 내가 엄마와 위르겐이 약국에서 나오기를 기다린다. 위르겐이 왜 약국에 함께 들어갔는지 의아하다. 엄마 혼자서는 이제 그것도 못 하나? 퇴원하면서 우리는 서류를 한 뭉치나 받았다. 주치의에게 전달할 편지 한 통, 혈전 방지 압박 스타킹 처방전, 물리치료 처방전, 엑스레이 검사 예약, 진통제와 혈전 방지 주사 처방전이었다.

"이건 포기할래요." 나는 레지던트 의사에게 이렇게 말하고 혈전 방지 주사 처방전을 그에게 도로 밀었다.

"유감스럽게도 맞아야 해. 누가 주사를 놓아줄지 생각해 뒀니?" 그가 묻고 처방전을 다시 나에게 밀었다.

"놓아줄 사람이 한 명밖에 없어요." 내가 대답했다. "후베르트예요."

나는 약국 입구 오른쪽, 진열장 앞쪽의 휠체어에 앉아 있는 남자를 10분째 관찰하는 중이다. 그는 오른손에 종이컵을, 왼손에는 길거리 신문 《마리》를 들고 있다. 후베르트라면 그의 나이를 짐작할 수 있겠지. 남자의 가슴에는 신분증이 붙어 있는데, 아마도 그가 이 신문을 팔아도 된다고 허락하는 내용일 거다. 그는 몸집이 더 커 보이려는 듯이 어깨를 계속 뒤로 젖히고 상체를 똑바로 편다. 피부가 짙은 색이고 눈동자는 검다. 가난한 사람들이 입는 옷을 입었고 우리 반 팀이 쓴 거랑 똑같은 야구 모자를 쓰고 있다. 신발은 신지 않았다. 발이 없기 때문이다. 엉덩이 아래 40센티미터에서 두 다리가 끝난다. 나는 그의 다리를 보면서, 다리가 없으면 어떨까 생각한다. 그가 깔고 앉은 바짓단은 뒤로 젖혀져 있다. 머리카락은 묄너처럼 기름졌지만 인상은 친근하다. 한 사람은 종아리뼈를 고정하고, 또 한 사람은 《마리》를 판매한다. 나는 풀장과 정원을 갖춘 단독주택에 사는 묄너와 그의 가족을 상상해본다. 휠체어에 앉아 있는 사람은 어디서 누구와 사는지 궁금하다.

많은 사람이 《마리》를 사고 그의 손에 돈을 쥐여준다. 잔돈을 받는 사람도 있고 받지 않는 사람도 있다. 또 어떤 사람들은 신문을 사지 않고 종이컵에 동전만 던져 넣는다. 사람들이 커다란 지갑을 아주 오랫동안 뒤진다. 그에게 돈을 주지 않는 사람들은 휴대폰이나 손목시계, 신발을 내려다보거나 그냥 지나간다. 그는 종이컵을 들여다보고 동전을 세어 가슴 주머니에 넣는다.

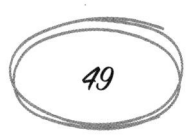

49

나는 다리를 심장보다 높이 두고 거실에 앉아, 계산기를 두드리며 공부하는 척한다. 아마존 프라임에서 〈바바파파〉가 나오고 있다. 엄마는 옛날 어린이 시리즈를 좋아하는데, 지금은 학교 때문에 불안해한다. 나더러 밀린 수업을 따라가야 한다고 10분마다 말한다. 내 앞에는 김이 오르는 코코아 한 잔이, 후식 접시 위 눈사람 무늬 냅킨 위에는 하트 모양의 진저브레드 네 개가 놓여 있다.

지금까지 엄마는 내가 다시 집에 와서 기쁘다고 말하지 않았다. 할머니가 계셨다면 그건 당연하다고 말했겠지. 엄마를 보고 있노라면 그런 느낌이 들지 않는다. 나는 내 손을 들여다보며, 원예에 재능이 있는 손을 생각한다. 엄마는 부엌 식탁 앞에 앉아 병원 서류를 정리하는 중이다. 엄마 앞에 편지와 처방전, 약품과 혈전 방지 주사가 펼쳐져 있다. 엄마는 이 상황이 믿기지 않는다는 듯이 부목이 달린 내 다리를 몇 번이나 본다. 엄마가 지금 하는 생각을 말로 한다면 아마 사고가 내 탓이라고 할 텐데, 그렇게 생각해도 이제 와서 달라질 건 없다.

위르겐은 짐을 위로 올려다주고 나서 곧장 일하러 갔다. 포옹도, 작별 입맞춤도 없었다. 시동도 끄지 않고 그대로 둔 채 올라왔다.

"도망치는 중인가요?" 내가 물었다. 카밀라는 토라진 것처럼 자리를 떴다. 내가 병원에 있는 동안 틀림없이 버림받았다는 느낌이 들었겠지. 냉장고에는 건강한 음식들이 가득하다. 마음에 전혀 들지 않는 일은 엄마가 사흘 동안 휴가를 냈다는 사실이다. 엄마가 컵을 들고 창가에 서서 커피를 홀짝이며 말한다. "비 오는 것 좀 봐."

"흥미진진하네." 내가 대꾸한다. 그러고 우리는 입을 다문다. 바바마마가 비행기로 변하고, 바바파파는 이착륙을 하는 활주로로 변한다.

"너 정말 후베르트에게 갈 거니?" 엄마가 묻는다.

엄마는 이 질문에 내가 어떤 대답을 하기를 기대하는 걸까. "아니, 후베르트가 내려오길 기다려." 내가 대답하며 다리를 쿠션에서 내려 바닥을 디딘다.

"넌 체중의 20퍼센트만 다리에 실어야 하잖아. 그건 어떻게 하는 거지?" 엄마가 묻는다.

"그레테 선생님에게 전화해볼까? 그 선생님이 계산해줄 수 있을 거야. 아니, 실용적인 문제는 해결 못 하나?"

"20퍼센트의 부담이라, 나도 지난 몇 년 동안 그 정도의 부담만 짊어졌더라면 좋았을 텐데." 엄마가 중얼거린다.

"요즘 위르겐과 사이가 안 좋아?" 내가 묻는다.

엄마는 대답 없이 한숨만 내쉬고 커피를 한 모금 더 마신다.

"나 이제 가볼게. 위에 올라가려면 시간이 좀 걸릴 거야." 나는 엄마가 이루지 못한 엄마의 꿈과 둘만 있도록 남겨둔다. 그런데 엄마에게 꿈이 있었는지 어떤지는 모르겠다.

그냥 걷는 게 당연하지 않은 일이 되고부터 나는 사람들이 걷는 모습을 관찰한다. 걸음걸이가 얼마나 다양한지 기이할 정도다. 코가 먼저 나가고 나머지 몸이 그 뒤를 따르는 사람이 많다. 또 어떤 사람들은 바닥에서 발을 거의 떼지 못하고 후베르트처럼 발을 질질 끌며 걷는다. 또 어떤 사람들은 날아가듯 걷는다. 나는 다른 사람들이 걷는 모습을 보며 목발과 다리를 번갈아 움직이면서 목발에 말을 건다. 개를 데리고 다니는 느낌이다. 내 다리에게도 말을 건다. "목발, 아픈 다리, 건강한 다리, 목발, 아픈 다리, 건강한 다리"라고 혼잣말을 웅얼거리며, 목발과 수술한 다리와 건강한 다리를 차례로 내디딘다. '목발, 아픈 다리, 건강한 다리'는 나의 새로운 주문이다. "아가씨, 뻔뻔할 만큼 운이 좋았어." 나는 스스로에게 말하지만, 안타깝게도 노는 손이 없어서 어깨를 두드려주지는 못한다. "멋지게 굴러가자." 나는 나 자신을 격려한다. 4층까지 가는 길은 좋은 훈련이다. 롤링 동작은 발목과 무릎에 적용된다. 묄너의 말에 따르면, 내가 다리에 체중을 완전히 다시 실을 수 있게 되려면 6주가 걸린다. 그사이에 나는 압박 스타킹과 다리를 높이 두는 게 왜 중요한지 깨달았다. 다리에 너무 오래 부담을 주면 통증이 느껴지기 때문이다.

나는 계단을 한 칸씩 올라가며, 에바가 반가운 마음에 나를 얼싸안더라도 어떻게 하면 최대한 안정을 유지해 넘어지지 않을까 곰곰이 생각한다. 그리고 어떤 모습으로 있는 후베르트를 만나게 될지 상상한다. 자는 후베르트, 앉아 있는 후베르트, 죽은 후베르트. 내가 그를 죽었다고 상상하는 것은 예방책, 다시 말해 일종의 충격 예방법이다. 그러니까 내 말은, 죽음은 피할 수 없다는 뜻이다. 치명적인 원인은 바닷가 모래알만큼이나 많다. 말에서 추락할 수도 있고, 암에 걸리거나 아나필락시스 쇼크로 죽을 수도 있다. 산에서 사고를 당하는 사람도 많고, 또 어떤 사람들은 바다에서 익사한다. 어떤 사람은 우연히 죽고, 또 어떤 사람은 죽어라 술을 마셔서 죽는다. 자다가 죽는 사람도 있고, 병 때문에 죽는 사람도 있다. 각자 자신의 길을 간다. 어떤 사람은 요양원에서, 또 어떤 사람은 집에서 간병을 받는다.

3층에 사는 슈피겔 씨 집에는 루마니아에서 온 24시간 간병인이 3주째 머물고 있다. 아우디 사고가 나기 전에 나는 에바에게 말했다. "그 간병인은 정말 잘생겼어요. 프로

축구 선수처럼 보여요. 에바랑 잘 어울릴 것 같아요." 목발을 짚고 한 계단, 한 계단씩 올라가면서 나는 후베르트가 나를 알아보지 못할까 봐 슬슬 불안해진다. 하지만 사실 그가 우리 각자에게서 무엇을 얼마나 알아보는지 늘 의문이긴 하다.

위에 도착해서야 나는 잊어버리고 열쇠를 가져오지 않았다는 걸 깨닫는다. 엄지를 초인종에 올린 채 망설인다. 이렇게 하면 나를 기다리는 장면과 대면하는 것을 계속 미룰 수 있다는 듯이. 결국 초인종을 누른다. 문을 연 에바가 고함을 지른다. 입을 양쪽 귀까지 늘이며 활짝 미소를 짓는다. 양손으로 내 얼굴을 쥐고서 쪽쪽 소리를 내며 이마에 입을 맞춘다. 목발 때문에 나는 아주 힘겹게 그녀에게서 벗어나 집에 들어서며 말한다. "여기까지 올라오는 게 소소한 세계일주 같았지만 어쨌든 이제 도착했어요."

"딸을 놓쳤어. 방금 갔거든." 에바가 말하고는 양손을 옆구리에 얹고 내 다리를 자세히 살펴본다. 나는 오른쪽 목발에 체중을 몽땅 싣고 왼쪽 목발로 부엌문을 민다.

거기 그가 앉아 있다. 창백하다. 창백하고 말랐다. 아이고, 세상에. 나는 이렇게 말하고 싶지만 하지 않는다. 구석에 목발을 세워두고 그에게 가까이 다가가서 앉는다. 에바가 조리대에 기대어 미소를 짓는다. 눈물에 가까운 미소다. 드디어 우리 셋이 모였네. 내가 생각한다.

나는 신문을 집어서 펼치고, 후베르트의 손에 볼펜을 쥐여준다. 그는 볼펜을 내리고 신문을 옆으로 밀친다. 에바가 주스 두 잔을 나에게 건네고 고개를 끄덕인다. 나는 잔 하나를 후베르트의 앞쪽 식탁에 놓는다. 에바가 고개를 젓는다. 아마 후베르트가 스스로 마시지 않는다는 뜻인 것 같다. 나는 잔을 그의 입에 대준다. 잔 가장자리가 입술에 닿자 그는 고개를 돌린다.

"안 마셔." 에바가 눈썹을 치켜세운다.

나는 무슨 소린지 몰라서 그녀를 바라본다.

"건조해져." 에바가 주방 서랍에서 검은색 가죽 케이스를 꺼내 식탁에 올려놓는다. 후베르트가 케이스에 손을 뻗어 지퍼를 열고 로또 용지가 들어 있는 투명한 파일을 꺼내고는, 파일을 도로 집어넣고 지퍼를 닫은 다음 케이스를 자기 배에 올려놓는다.

"할아버지가 로또를 해요?" 내가 놀라서 묻자 에바가 대답한다.

"평생 했어."

"에바가 그걸 어떻게 알아요?"

"딸이 말했어."

"딸이 그걸 이제야 말했다고요?" 나는 어리둥절해서 묻는다.

그리고 후베르트의 손을 쥐고 엄지로 그의 손마디를 쓰다듬으며, 우리가 도박과 로또 추첨에 대해 얼마나 많은 대화를 나눌 수 있었을까 생각한다. 그의 피부에 있는 주름을 만지면서 피하지방을 떠올린다. "에바, 나에게 혈전 방지 주사를 놓아줄 수 있어요?"

내 질문에 에바가 기뻐한다.

"할아버지 딸이 여기 왔었나요?" 내가 묻자 후베르트는 고개를 젓는다.

"안 왔다고요?" 나는 재차 묻는다.

후베르트가 고개를 끄덕인다.

"아, 잘 보셨네요. 난 딸이 온 줄 알았는데, 착각했나 봐요." 나는 그의 셔츠 깃을 바로 세우고 제일 위쪽 단추를 잠갔다가, 그에게 윙크하고 다시 푼다. "내가 누군지 아세요?" 이렇게 묻고 검지로 내 흉골을 여러 번 두드린다. 하지만 질문을 곧장 철회하고 싶다. 후베르트는 나를 보긴 하지만 멍하니 생각에 잠긴 듯하다. 내 위장이 쪼그라든다. 나는 그를 빤히 보며 망각과 기억에 대해 곰곰이 생각한다. 내가 기억하는 것들 중에는 잊고 싶은 게 많다. 그가 고개를 갸우뚱 기울이며, 어린아이가 산타클로스를 보듯이 커다란 눈으로 나를 바라본다. 그 순간 나는 그에게 내가 아무 의미도 없는 사람에 불과하다는 사실을 깨닫는다.

나는 여기 부엌에 서서 후베르트와 나방을 자주 관찰했다. 후베르트가 에바와 나보다 나방과 더 친근한지 알아보고 싶었다. 몇 주 전에 나는 그가 딸과 대화를 나누는 방식이 달라졌다는 느낌을 받았다. 낯선 사람과 이야기하듯이 예전보다 더 정중해졌다. 나방에게 그걸 알아챘는지 물었더니, 자기는 아버지가 언젠가 자기를 더는 알아보지 못할 상황에 대비하고 있었다는 주장이 대답으로 돌아왔다. 헛소리다. 두고 보면 안다. 그 상황이 어떨지 벌써 상상이 된다. 나방은 자기가 누군지 그에게 설명해야 할 거다. 자기가 딸이라고 말하면 후베르트는 그런 말은 누구나 할 수 있다고 대꾸하거나, 딸이라는 증거를 대라고 말하겠지. 이런 상황에 도대체 어떻게 대비한단 말인가?

 나는 후베르트의 손을 꼭 잡고 그의 눈빛을 보다가 이제 '아, 어디선가 너를 본 적이 있어'라는 기색이 더는 없음을 느낀다. 나는 식탁에 아래팔을 올리고 얼굴을 묻는다.

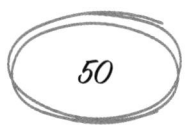

50

 엄마가 다시 일을 한다. 드디어! 엄마는 다시 일하는데 어제 위르겐이 총각파티에 갔으므로 그는 점수가 깎였다. 엄마는 자라 아줌마가 쉬는 날이니 나를 물리치료에 데려다줄 수 있을 거라고 생각했다.
 가는 길에 나는 이제 간병인이 바뀌는 일은 없을 거라고 말한다. "마니나가 임신을 했거든요. 너무 씻겨서 아기가 아마 엄청나게 깨끗할 거예요."
 자라 아줌마는 에바가 쉬지 않고 계속 일하는 건 위법이라고 말한다. 나는 에바가 어떻게 자기 뜻을 관철했는지 몰라서 어깨만 으쓱한다.
 "후베르트에게는 자기가 위법으로 간병을 받든 합법으로 간병을 받든 아무 차이도 없어요." 내가 대답한다. "게다가 그걸 누가 확인하겠어요?"
 자라 아줌마는 화제를 바꾸어, 케빈이 언제 마지막으로 웃었는지 기억나지 않는다고 말한다.
 "나도 기억나지 않아요."

"그 애가 왜 웃지 않는지 너는 아니?"

"그럼요. 물어봤거든요."

"케빈이 뭐라고 대답했어?"

"웃을 일이 없어서 안 웃는대요."

우리는 입을 다문다. 분위기가 깨질 것 같아서 나는 좀 더 밝은 화젯거리를 찾는다.

"케빈에게 개를 선물해주세요." 오른쪽 인도에 개를 데리고 있는 남자아이가 눈에 들어와서 내가 제안한다.

"하지만 내가 싫어." 자라 아줌마가 한숨을 내쉬고 자동차 라디오 볼륨을 줄인다.

"그럼 나도 생각나는 게 없어요." 나는 우리 앞의 테슬라에 감탄하고, 다른 사람들은 어떻게 저런 차를 탈 수 있는지 의아해하며 대답한다.

"어제 케빈이 뭐라고 했는지 아니?" 자라 아줌마가 묻는다.

"아뇨, 모르죠."

"우리는 목숨이 걸린 위험한 일에 박수를 치고 있다고 하더라. 걔가 어쩌다가 그런 생각을 하게 됐나 모르겠어."

유아차를 미는 여성이 횡단보도를 건너고 우리 앞의 테슬라가 멀어지는 동안 아줌마가 차를 멈추고 기다리며 나를 빤히 본다.

"린다, 너 식사는 충분히 하니?"

나는 질문을 듣지 못한 것처럼 앞만 바라본다.

"너는 개가 있으면 좋겠어?"

"네, 꼭 갖고 싶어요. 바이마라너로 한 마리."

"바이마라너?"

"농담이에요." 나는 히죽 웃는다.

"너도 케빈이 변했다고 생각하지 않니?"

"맞아요. 변했어요."

"어떻게 변했지?" 아줌마가 캐묻는다.

"더 조용해지고, 욕도 줄었어요. 예전에는 이제 곧 바다가 텅 비고 우리 모두 죽을 거라고 계속 말했어요. 그리고 환경학자의 말을 인용하는 걸 멈췄어요. 하지만 그건 아마 내 다리를 배려해서일 거예요."

자라 아줌마가 고개를 끄덕인다. "케빈이 그러는 모습은 처음 봐."

"다들 모르고 살지 않겠어요?" 아줌마가 울지 말아야 할 텐데. 내가 생각하는 순간, 굵은 눈물 한 방울이 핸들에 뚝 떨어진다.

"개 한 마리 기르시는 거 어때요?" 내 말에 아줌마가 울면서 웃고, 나도 함께 웃는다. 우리 시선이 부딪치자 아줌마는 물리치료사가 하듯이 내 허벅지를 꼬집는다.

"아이고, 앞을 보세요." 나는 조수석에 깊게 몸을 묻으며, 눈이 축축해지는 걸 느낀다. 오늘 우리는 답을 찾지 못할 테고, 찾을 필요도 없다고 생각한다. 절벽 끝에 서 있다고 생각하더라도 어떤 식으로든 이런 나날이 계속 이어질 테니까.

"완벽하게 절망적이에요!" 내가 상황을 정리한다.

"네 말이 맞아." 자라 아줌마가 고개를 끄덕인다.

나는 짖기 시작한다.

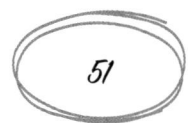

51

 내가 짖은 게 마치 호출이었다는 듯이, 이틀 후에 만사가 개를 중심으로 돌아간다. 이름은 리버. 리버는 갈색 셰퍼드 믹스 치료견이다.
 "개가 얼마나 귀여운지 상상도 못 할 거야." 나방이 열광하며 아이폰을 찾느라 구찌 핸드백을 뒤진다. 그러고 리버의 사진을 몇 장 보여준다. '엎드려'라는 말에 반응하는 리버. '손 줘'에 응답하는 리버. 눈덩이를 먹는 리버. 그리고 근접 촬영한 사진 한 장. 에바가 찍은 들장미 사진이 연상된다.
 에바가 "허튼소리"라고 중얼거리고 부엌으로 간다.
 "그래서 어떻게 되는데요?" 내가 묻는다.
 "리버가 우리를 방문해." 나방이 환호하며 손뼉을 친다. "너는 올 필요 없어. 그랬다가는 사람이 너무 많아질 테니까."
 올 필요 없다니, 그게 무슨 소리. 뭐라고 해도 나는 올 계획이다. 그런 일은 절대 놓치지 않아!
 "할아버지가 개들에 대해 잘 아니까 다행이에요." 내가 후베르트에게 말하며 사진들이 걸려 있는 벽을 가리킨다.

에바는 이 모든 상황이 마음에 들지 않는 것 같다. 전혀 기뻐하지 않는다.

나방이 간 뒤에 내가 후베르트에게 묻는다. "딸이 어디에서 일하는지 아세요?"

후베르트가 미심쩍은 눈길로 나를 바라본다.

"변호사 사무소에서 일해요. 할아버지 딸은 소장의 오른팔이죠. 그래서 언제나 멋지게 차려입고 아주 비싼 대형 핸드백을 들고 다니는 거예요. 이제 잘 들어보세요! 소장에게 딸이 있는데, 그 딸이 치료견을 훈련한대요. 그래서 소장의 딸이 개를 데리고 여기에 들른다고 해요. 자, 어떻게 생각하세요?"

예전이라면 나는 개 흉내를 냈을 거다. 무릎을 꿇고, 머리를 쳐들고, 엉덩이를 흔들어 후베르트를 웃겼겠지. 아니면 종이에 개를 그렸을 테지만, 내가 그린 개 그림은 유치원 때부터 양처럼 보였으니 후베르트가 알아보지 못했을 거다. 요즘 개는 내 입에서 나오는 하나의 단어에 불과하다. 후베르트에게 내 설명은 텅 빈 종이나 낯선 외국어와 마찬가지다. 그는 이마를 짚고 주위를 둘러보다가, 허리를 똑바로 펴고 앉아 손바닥으로 식탁 모서리를 쓰다듬기 시작한다. 그러다가 30초 후에 동작을 멈추고, 자기가 뭔가 놓친 게 있는지 묻는 것처럼 나를 빤히 본다. 에바가 옳고, 개를 데려오는 일은 바보 같은 아이디어인지도 모른다.

에바의 기분이 이렇게 나빴던 적이 있던가. 내 기억으로는 없다. 에바는 말을 한 마디도 하지 않고 문을 쾅쾅 닫으며 다닌다. 라디오 볼륨도 시끄럽게 높여뒀다. 평소에 전혀 하지 않는 행동이다. 나는 이제 에바를 아주 잘 알기 때문에 그녀가 왜 이렇게 화가 많이 났는지 짐작할 수 있다. 후베르트에게 뭔가 부족한 게 있다는 듯이 낯선 여자가 개를 데리고 여기 나타나는 것만으로도 모자라서, 더 나쁜 일도 생겼다. 나방은 치료사가 개에게 간식으로 줄 비스킷을 에바의 부엌에서 구울 거라고 예고했다. 나는 이게 에바가 기분이 나쁜 진짜 이유라고 확신한다.

치료사는 기껏해야 서른 살로 보인다. 청바지에 스웨터 차림이고, 3주쯤 머물 것처럼 커다란 스포츠 가방을 들고 왔다. 치료사가 오는 날짜를 잊었다는 내 말을 나방은 그대로 믿었다.
치료사는 개 옆에 쪼그리고 앉아 리버를 소개한다. 그런 다음 나에게 악수를 청한다. "안녕, 난 니나야."
나는 목발에 의지하고 그녀의 손을 잡는다. 니나와 나방이 서로 포옹한다. 리버가 마치 집을 아는 것처럼 앞장서서 부엌 쪽으로 간다. 배에 검은색 가죽 케이스를 얹어두고 식탁에 앉아 있는 후베르트에게 니나가 인사한다. 치료사가 스포츠 가방에서 담요를 꺼내 리버 아래에 깔아준다. 몇 달 전만 해도 후베르트는 이렇게 사람들이 모이면 이게 무슨 일인지, 혹시 공짜로 뭔가 나눠주는지 물었을 거다. 나는 스포츠 가방을 곁눈질로 흘낏거리며 펠트로 만든 당근과 여러 과일을 보다가, 적절한 기회를 노려 니나에게 후베르트가 활성화를 싫어한다고 알려준다. 니나가 미소를 짓고, 후베르트의 손에 빗을 쥐여준다. 후베르트가 개에게 빗질을 한다고? 말도 안 되는 소리! 5분 동안 아무 일도 일어나지 않는다. 그러다가 리버가 몸을 일으키고 후베르트에게 머리를 뻗는다. 후베르트가 빗을 내려놓고 리버를 똑바로 바라보더니, 힘찬 목소리로 말한다. "아이고, 이게 누구야!" 내 귀를 믿지 못하겠다. 우리는 눈빛을 교환하고 계속 지켜본다. 그 누구도 입을 열지 않는다. 아무도 지금 벌어지고 있는 일을 망칠 생각이 없다. 나는 구석에 목발을 세워두고, 식탁에 있는 후베르트 옆에 소리 없이 앉는다.

"자미, 우리 아기." 후베르트가 리버의 목을 긁어준다. "내 오랜 친구."

니나가 모두를 둘러본다.

"아이고, 이게 누구야." 후베르트가 힘찬 목소리로 다시 말한다.

나는 고개를 젓고서, 우리가 왜 이 생각을 미리 못 했을까 생각한다. 개, 이렇게 간단한데! 몇 분 후에 나방이 쪼그리고 앉아 개에게 빗질을 한다. 리버는 순하게 가만히 있다.

"자미, 착하다." 후베르트가 말한다.

에바가 거실에서 뭔가 하고 있는 소리가 들려온다. 이 장면을 놓치다니, 정말 안타깝군. "자미가 누구예요?" 내가 나방에게 나지막하게 묻는다.

"우리 개 닥스훈트였어." 나방이 소곤거린다.

셰퍼드 믹스든 닥스훈트든 후베르트에게는 구분 없이 똑같이 보이는 듯하다.

"잘하셨어요." 나도 소곤거리며 대답한다. "정말 잘하신 거예요."

나방이 자랑스럽게 미소 짓는다. 왠지 모르게 우리가 한마음이 된 듯한 느낌이다. 후베르트의 운명을 우리가 바꿀 수는 없고, 지금 눈앞에서 일어나는 일만이 우리에게 남아 있다는 사실을 깨달은 것 같다. 개와의 만남. 그 이상도 이하도 아닌 이 만남.

"금방 올게." 나방이 이렇게 말하고 부엌에서 나간다.

후베르트는 리버의 털을 계속 쓰다듬는다. 둘은 최고의 친구인 것 같다. 털이 여기저기 날린다. 치료사는 둘을 주의 깊게 관찰한다. 그녀는 약간 투명인간처럼 보인다. 나는 치료사가 멋지다고 생각한다. 리버가 지쳤는지 담요로 가서 눕는다.

니나는 개 비스킷을 만들 재료를 봉지에 넣어 모두 가지고 왔다. 믹싱 볼과 믹서도 스포츠 가방에서 꺼낸다. 화장을 고치고 돌아온 나방이 어떤 비스킷을 만들 건지 묻는다.

"간 소시지 비스킷." 니나가 대답하고, 우유와 기름, 커드 치즈와 계란과 발라 먹는 소시지, 밀가루를 섞는다.

"유산지가 어디 있는지 에바에게 물어볼까?" 나방이 묻는다.

"안 그러시는 게 나을 거예요." 내가 대답하고 서랍을 뒤진다. 다들 기분이 좋고 긴장이 풀려서, 나는 약간 번잡하게 몸을 움직여 담요에 누워 있는 리버 옆에 앉는다. 그리고 니나와 나방이 개 비스킷 모양을 만드는 모습을 지켜보면서, 나는 하지 골절 때문에 손을 더럽힐 수 없다고 우긴다. 자주 그렇듯이 내 유머를 이해하는 사람은 없다.

잠시 후에 후베르트가 식탁 모서리를 잡고 일어나 리버에게 다가가자, 리버가 곧장 몸을 일으키고는 기대에 찬 눈길로 그를 쳐다본다. 후베르트가 오른쪽 바지 주머니를 뒤져 리버에게 호두 반쪽을 주려고 한다. 니나가 천천히 다가와서 호두를 소량의 비스킷 반죽과 바꿔주자, 리버가 후베르트의 손에 들린 반죽을 맛있게 핥아먹는다. 그러자 놀라운 일이 벌어진다. 후베르트가 웃는다. 내가 한 번도 본 적 없는, 너무나 편안하고 진심 어린 웃음이다. 너무 엄청난 일이라서 나방은 견디기 힘들다. 눈물이 나방의 뺨으로 굴러떨어지고, 울음이 흐느낌으로 변하자 그녀는 부엌에서 나간다. 니나가 나에게 고개를 끄덕이는데, 아마 지금 이 상태가 좋다는 뜻이겠지. 그녀가 다시 한번 후베르트의 손에 반죽을 쥐여준다. 리버가 핥아먹자 후베르트가 웃음을 터뜨린다. 이 장면이 200번 반복되더라도 나는 지켜볼 수 있을 거다. 우리 후베르트 할아버지. 이 장면을 내 기억에 새겨야겠다. 바로 이게 그에 대한 내 기억이 되어야 한다.

"그래, 자미. 우리 아기." 후베르트가 또 말한다.

나는 나방이 지난 몇 시간을 아이폰과 완전히 떨어져서 보냈다는 사실을 이제야 깨닫는다. 비스킷이 식자 니나가 그릇에 담아 후베르트의 손에 쥐여준다. 우리는 리버가 후베르트의 손에서 비스킷을 하나씩 받아먹는 모습을 지켜본다. 후베르트가 비스킷 두 개를 먹지만 아무도 말리지 않고, 니니가 괜찮다는 듯이 미소를 짓자 후베르트는 물론 다들 따라서 미소 짓는다.

불현듯 나 자신이 안전한 세계에 사는 어린 소녀처럼 느껴진다. 나는 문제들이 모두 개 비스킷으로 해결된다는 듯이 싱긋 웃는다. 잃어버렸다고 생각했던 모든 것이 잠시 그저 숨어 있던 것처럼 느껴진다. 후베르트는 그냥 개를 데리고 있는 노인이고, 치매는 태평양에 있는 머나먼 섬의 이름 같다.

두 사람이 출발할 때가 되자 니나는 담요를 접고 모든 물품을 스포츠 가방에 다시 챙긴 다음, 식탁과 조리대를 흘깃 보며 남은 게 없는지 살핀다.

"아주 깨끗해요." 나는 에바가 들을 수 있을 만큼 큰 소리로 말한다.

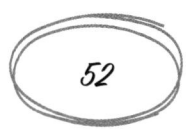

52

 보청기 관련 사건은 바람직한 방향으로 자연스럽게 굴러 갔다. 후베르트가 타인의 입술을 읽을 수 있고, 본인의 청력으로 잘 지낸다는 데에는 아무도 관심이 없었다. 지난주에 그는 자크마이스터 박사에게 마지막 진료를 받았지만 에바는 다시 한번 그곳에 갈 예정이다. 이런 점에서 마니나는 에바에게 축복이었다. 보청기를 생각해낼 사람은 아무도 없었을 테니까. 이제 에바는 그녀의 나머지 반쪽과 가까워졌다. 박사는 에바에게 두 번 전화했다.

 "보청기가 아니라 개인적인 일로." 이렇게 말하는 에바는 완전히 달라 보였다. 게다가 이제는 원피스를 입는다.

 "매력적이에요." 내가 말한다. "에바에게 원피스가 있다는 건 전혀 모르던 사실이네요."

 에바는 천천히 움직이고, 눈빛이 맑고, 하루 종일 노래를 흥얼거린다. 그리고 후베르트에게 지나치다 싶을 만큼 인내심을 보인다. 이런 관점에서 보면 보청기는 후베르트에게도 약간 이득이 됐다. 그가 사랑의 대상이 아니긴 하지만, 이제 그는 에바에게서 더 많은 사랑을 받는다. 어쨌든 미달이문과 혹과 보청기 이야기가 그다지 낭만적이지는 않아도 어쩌면 에바의 간병인 생활을 끝낼 수도 있는데, 에바는 그런 보상을 받을 자격이 있는 사람이다. 에바는 아주 용감했고, 눈물도 많았고, 혼돈을 견뎌냈다. 차를 아주 많이 끓이면서도 언제나 후베르트에게 초점을 맞추었다. 위생 유지에 너무 바빠서 후베르트에게는 시간을 내주지 못한 하이디 클룸과는 다르다. 결론적으로 보청기가 에바에게 남자를 한 명 데려다줬다고 말할 수 있다.

며칠 전부터 에바는 식사에 초대받기를 기다린다. 그렇게 되게 해달라고 분명히 기도하고 있을 테지. 필리프가 에바를 정말로 식사에 초대한다면 마레크는 완전히 과거의 일이 된다. 자크마이스터 박사는 믿을 수 없을 정도로 에바와 잘 어울린다. 그는 오래전에 홀아비가 됐고, 퇴직까지 이제 겨우 6개월 남았다. 이보다 더 좋은 일도 있다. 그의 엄마는 폴란드 출신인데, 에바의 고향과 100킬로미터 떨어진 작은 동네에서 왔다. 에바가 이 상황을 잘 누리기를 빈다. 24시간 간병인에서 박사의 부인이 되는 완벽한 탈바꿈. 에바는 자부심으로 터질 듯하겠지. 나는 두 사람이 그저 천천히 진도를 나가길 바란다. 우리에겐 아직 에바가 필요하니까.

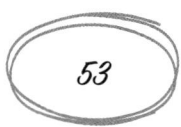

엄마는 장의사와 잘 되어가는 눈치가 아니다. 엄마가 그 사실을 말할 필요도 없다. 나는 엄마의 절망을 느낀다. 그런 일에 경험이 있으니까. 기분이 안 좋을 때 엄마는 정신을 집중하지 못한다. 늘 그랬다. 모든 것을 비틀고 잊어버린다. 그래도 집에서는 그다지 큰 문제가 아니다. 플라스틱 쓰레기를 2주 늦게 집 앞에 내놓는다고? 그게 뭐 대수인가. 하지만 직장에서 그러면 어떻게 받아들여질지 모르겠다. 엄마가 자기 상태에 대해 계속 변명을 하면 그건 짜증스럽다. 성적을 마감하기 직전의 수학 선생님 그레테처럼, 엄마 눈 아래에도 다크서클이 있다. 나는 엄마에게 캐묻지 않는다. 엄마 연애가 어떤지 그 세부사항을 알 필요는 없다. 정말이다. 퇴원해서 집에 온 날 이후로 나는 위르겐을 못 봤다. 그는 내가 집에 없을 때 온다. 나를 피하는 것 같다. 아마 나에게 신문을 받을 마음이 없겠지. 그럼에도 나는 그가 집에 왔다 간 걸 언제나 눈치챈다. 그가 다녀가면 우리 집에서 다른 냄새가 나기 때문이다.

"위르겐이 다녀갔어?" 내가 물으며 창문을 활짝 열면 엄마가 되묻는다.
"어떻게 알았니?"
"아, 그냥 물어본 거야."

사고 이후로 왠지 모르게 다들 이상하게 행동한다. 엄마뿐 아니라 후베르트도 힘들게 하고, 케빈은 정말로 힘들게 해서 긴장이 풀리지 않는 나날이 이어진다. 후베르트는 이제 더 이상 자기 생각을 말하지 않는다. 그저 아주 가끔 한두 마디를 할 뿐이다. 그는 점점 더 자기 세상으로 후퇴한다. 나는 그 세상에 접근할 수 있는 입구를 찾지 못한다.
"나도 데리고 가세요." 나는 내 몸을 팔로 감아 작게 만든다. "호두에 감춰서요." 후베르트는 반응을 보이지 않는다. 물기 어린 눈으로 그저 나를 바라보기만 한다. 예전에 우리는 그가 찾는 걸 구해줄 수 있었고, 그렇게 하지 못할 때는 그의 관심을 다른 데로 돌리며 속이거나 할로페리돌 몇 방울을 건넸다. 이제 우리는 어둠 속에서 더듬거린다. 그에게 약을 먹이려는 모든 시도는 독살 시나리오로 바뀌어서, 우리는 문제가 그저 그의 형제자매 또는 프리츠 거리에 관한 거라면 좋겠다고 바랄 정도다. 솔직히 말해서 나는 그가 그립다. 수영장 안전요원으로 안마당에 있던 예전의 그가. 그의 대답과 악동 같은 미소와 윙크가 그립다.
"할아버지, 지금 여기 계신 거예요?" 나는 이렇게 물으며 그의 어깨를 두드린다.

이건 느린 죽음이다. 뇌세포와 피부세포가 죽고, 근육이 허물어진다. 머리카락과 속눈썹이 빠진다. 모든 것이 적어지고 또 적어지지만 눈썹만 숱이 많아진다.

"여기에 담배를 올려놓을 수 있을 거예요." 내가 그의 눈썹을 매만지며 말한다. 후베르트는 담배도 모르고 그걸 어떻게 피우는지도 모른다. "예전에 할아버지는 담배를 피웠어요. 럭키 스트라이크. 기억나세요?"

그의 뺨에 붙은 속눈썹을 발견하면 나는 그걸 불면서 돈과 바닷가의 집과 테슬라를, 그리고 후베르트에게 슈퍼 두뇌를 달라는 소원을 빈다. 천재적인 터보 시냅스와 수십억 개의 새 뉴런을 장착한 슈퍼 두뇌를, 그가 아주 쉽게 자기 부모님의 이름을 찾아내고 에바도 평화를 누리게 될 슈퍼 두뇌를.

에바는? 그녀는 세상에 예수를 전할 힘이 이제 더 커졌다고 말한다. 매력적이고, 훨씬 젊어지고, 아주 느긋해 보인다. 그 무엇도 그녀의 평온을 깨지 못할 것 같다. 그리고 자부심에 가득 찬 표정으로 결혼식에 대해 이야기한다.

"두 사람, 결혼해요?" 나는 기절할 듯이 놀라서 묻는다.

"그냥 꿈이야." 에바가 대답한다. 그녀는 자기 결혼식에 모든 친척과 친구들을 폴란드에서 초대하려고 이제부터 돈을 더 모으려고 한다. "비용이 많이 들어!" 에바가 한숨을 내쉰다. 첫째, 친구가 많으므로. 둘째, 그들을 모두 별 네 개 짜리 호텔에 묵게 하려고. 그의 나머지 반쪽이 그 비용을 대주지 않을지 묻자, 에바는 자기가 친구들을 위해 호텔 비용을 직접 낼 수 있다고 대답한다.

에바가 새로운 삶을 향해 나아가고 있다는 사실이 분명하게 느껴진다. 에바의 눈이 반짝인다. 그녀의 나머지 반쪽이 손에 잡힐 듯 가까이에 와 있다.

"필리프 자크마이스터 박사는 사과 케이크는 물론 24시간 내내 온갖 보살핌을 받겠네요. 그저 하이디 클룸이 후베르트 할아버지에게 보청기가 필요하다고 한 덕분에." 내가 미소를 지으며 말한다. "그는 정말 행운아예요!"

이와 달리 케빈은 완전히 제정신이 아니다. 세부사항들을 연결하기만 한다면 우리가 대재앙으로 달려가고 있다는 사실을 깨닫게 될 거라고 한없이 떠들어대고, 자기는 이제 학교에 더는 가기 싫다고 말한다.

"너무 비이성적이야." 선생님들에게 계속 싸움을 건다는 케빈에게 내가 말한다.

"그런 어릿광대들에게서 뭘 배울 수 있겠어." 그가 코를 씩씩거린다. 나는 이미 오래전에 퇴원했는데도 케빈은 자기가 나를 방문해도 되는지 묻는다.

"방문?" 나는 이렇게 되묻고, 그는 손님이 아니고 우리 집도 박물관이 아니라고 대답한다. 어제, 할 말이 아무것도 없다는 듯이 30분 동안 조용히 벽만 노려보고 있다가 케빈이 물었다. "너, 일부러 차에 뛰어들었어?"

"돌았어?" 나는 그에게 욕을 퍼부었다. 그 후에 침묵이 이어졌다. 그가 손가락 관절을 꺾는 소리만 들렸고, 나는 그건 이제 그만하라고 부탁했다. "이제 가야 해." 케빈은 이렇게 말하고 자리를 떴다.

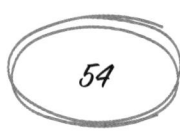

노부부, 또는 혼자 아이를 키우는 사람들이 사는 우리 다세대주택에서 나는 유일한 청소년이다. 건물에서 지켜야 할 규칙이 담긴 액자가 우편함 옆에 걸려 있다. 모든 것이 제자리에 있고, 복도는 반짝반짝 윤이 나며, 오래된 신문은 잘 묶여 건물 입구에 놓여 있다. 진흙이 잔뜩 묻은 산악자전거를 자기 집 현관문 옆에 시끄럽게 내던지는 사람, 또는 고무장화를 신고 빽빽 악을 쓰며 우는 어린아이들이 있는 가족이 이사 오면 좋을 텐데.

같은 건물에 사는 사람들이 나와 우리 엄마에 대해 무슨 생각을 하는지는 알 수 없다. 아마 내 흉을 볼 일은 별로 없을 거다. 나는 느긋해 보이고, 인사를 잘하고, 가볍게 이야기도 잘 나누고, 치매 어르신을 찾아간다. 왜 그러는지 이유는 잊어버렸다. 아니, 이건 농담이다. 낮에도 밤에도 시끄럽게 굴지 않고, 친구들을 안마당으로 끌고 오지도 않는다. 엄마는 내가 평범한 청소년이라면 또래들과 안마당에 앉아 있을 거라고, 그곳은 만남의 장소로 최적이라고 말한다. "옛날에야 그랬겠지." 내가 대꾸한다.

 버스에 같이 탄 사람들에게 나는 입구에 앉는 여자아이다. 어디에 있든 나는 언제나 출구 가까운 곳에 자리를 잡는다. 그러면 정말 기분이 좋아진다. 교실에서는 1학년 때부터 내내 출입문 옆에 앉는다. 어떤 건물에 들어서면 소화기와 비상 탈출로를 곧장 찾아본다. 겁이 많아서가 아니라 그냥 습관 가운데 하나다. 내가 평범하게 생겼다는 것도 장점이다. 할머니만 나를 매력적인 아이라고 생각하지만, 할머니야 뭐 제정신이 아니니까. 평범하게 보일수록 더 좋다. 나는 긍정적으로든 부정적으로든 남의 눈에 띄고 싶지 않다. 타인의 관심을 한 몸에 받는 사람 옆에 있는 게 가장 좋다. 부담이 엄청나게 줄어든다. 바로 그게 내가 첼리나의 옆에 앉는 진짜 이유다. 첼리나는 주요 과목이든 부수과목이든 모든 과목에서 빛나고, 눈은 별이며, 입술이 도톰하다. 화장을 안 하면 더 예쁠 텐데. 화장은 상급반의 문제 중 하나다. 그 전까지는 여름방학이 끝나면 모든 아이들의 바지가 지나치게 짧아진 것만 눈에 띄었다. 그것 말고는 만사가 평범하게 계속 이어진다고 예상하면 됐다. 그러나 상급반부터는 갑자기 다들 얼굴에 그림을 그리고 다녔다.
 아이들은 수업 시간 중에 화장을 하고, 손톱에 매니큐어도 바른다. "내가 에바를 너희에게 보내줄 수도 있어." 내가 말한다. 의자들 사이로 헤어스프레이 냄새만 번지면 완벽

할 텐데.

"무색 립밤 라벨로만으로 충분하고도 남아." 첼리나가 자기 피부 톤에는 너무 밝은 색이라면서(이게 무슨 말일까) 립라이너를 나에게 주려고 하자 내가 대답한다.

"아이고, 린다." 첼리나가 깔깔거리고 웃으며 고개를 젖힌다.

나는 일주일에 두 번 반호프 거리에 있는 물리치료사에게 가야 한다. 여자 치료사에게 갈 수 있다면 더 좋을 텐데. "또 다른 요구 사항은 없으시고?" 엄마가 말한다. "뭘 원하는 거야? 두개천골요법, 지압, 물리치료. 이 모든 게 한 건물에 있잖아. 아주 제대로 된 센터라고."

그게 나한테 무슨 도움이 된다는 걸까.

"끔찍해?" 케빈이 물어서 내가 대답한다.

"아니, 좋아해."

"물리치료사가 너한테 뭘 하는데?"

"붙은 걸 풀어줘. 최고의 고통이야."

우리 반 아이들에게는 누군가 정신을 만지든 몸을 만지든 아무런 차이가 없다. 물리치료사든 심리치료사든 상관하지 않는다. 치료사에게 가는 아이는 어쨌든 다른 아이들보다 관심을 더 많이 받는다. "네 치료사는 어떻게 생겼어?" 첼리나가 묻는다.

"거인이야."

"그리고 또?" 파트마가 캐묻는다.

"거인이고, 서른 살이나 서른다섯 살쯤이고, 양쪽 옆머리는 완전히 다 밀었고, 오른쪽 눈썹에 피어싱이 있어." 나는 땅딸막하고 안경을 쓴 예순 살 된 남자를 이렇게 설명한다. 릴리안과 파트마가 고래고래 소리를 지른다.

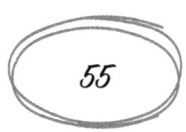

그러는 사이에 나는 다리에 30킬로그램의 무게를 실을 수 있게 된다. 혈전 방지 압박 스타킹, 얼음 팩, 다리 높이 올리기는 이제 모두 과거의 일이다. 위르겐도 마찬가지다. 우리는 그란 카나리아 계획을 묻어버렸다. 위르겐은 이제 더 이상 오지 않는다. 바닷가로 갈 계획은 물거품처럼 사라졌다.

"누가 끝낸 거야?" 내가 묻는다. 엄마는 어깨만 으쓱한다.
"인생은 부당해." 내가 말한다.
"너, 그 사람이 사라지길 원했어?" 엄마가 묻는다.
"물론이지. 매일 그랬어." 나는 현관 옷걸이를 노려본다. "자, 얼른 말해봐. 누가 끝냈어?"

엄마는 고개를 살짝 기울이고 어딘가를 보고 있다. 정적이 이어진다.

"대답하기 싫으면 하지 마." 나는 이렇게 중얼거리고 내 방으로 가서 머리 고무줄을 가지고 온다. 돌아와보니 엄마는 한 손으로 장미꽃들의 머리를 쥐고 음식물 쓰레기통에 던져 넣는다. 그러고는 위르겐이 선물한 손목시계를 손목에서 풀어, 슬로모션처럼 천천히 꽃병 안으로 떨어뜨린다. 나는 웃음을 터뜨리지 않으려고 입술을 앙다문다. 그리고 바로 다음 순간, 저 시계를 팔았더라면 나았을 거라고 생각한다. 엄마가 꽃병을 들고 실험실 연구원처럼 흔들다가 시계를 위와 옆에서, 아래에서 자세히 살펴본다. 나는 엄마가 혹시 꽃병을 벽에 던지는 게 아닐까 잠깐 생각한다.

"나쁜 자식." 엄마가 으르렁거리다가 웃으며 꽃병을 내려놓는다.

안전하군. 나는 꽃병을 들고 시계를 들여다본다. 그러나 엄마를 자랑스럽게 생각한다는 말은 하지 않는다. 처음부터 이럴 줄 알았다는 말도, 내 말을 듣는 게 나았을 거라는 말도 하지 않는다. 그 대신 이렇게 말한다. "그래도 연애는 쉬지 마. 약속해줘!"

엄마는 아무 말도 없다.

"엄마, 쉬는 건 의미가 없어!" 나는 꽃병에서 시계를 꺼내 냉동고에 넣는다.

"상처를 식혀야 해."

엄마는 내 말에 미소를 지으며 눈물을 훔치고, 다림질할 빨래에서 위르겐의 셔츠들을 꺼내 종이가방에 쑤셔 넣어 바깥에 내놓는다. 그리고 휴대폰을 탁자 위로 밀면서 나에게 고갯짓을 한다.

나는 '당신 셔츠들, 현관문 앞에 내놨어. 키르스텐'이라고 문자를 보낸다.

사랑에 대해 어떻게 생각해야 할지 나는 모른다. 버스 정류장에서 본 두 사람을 제외하고는 사랑하는 사람들을 지켜본다는 느낌이 든 적이 없다. 내 주변에는 같은 건물에 사는 노부부 말고는 연인 관계에 있는 사람들이 거의 없다. 우리 반에서는 레아와 에밀리아, 첼리나만 남자친구가 있다. 첼리나는 휴대폰에 담긴, 남자친구가 혀를 그녀의 목구멍까지 넣고 있는 사진을 모든 사람의 코밑에 들이댄다. 그럴 때면 나는 소름이 끼친다. 정말이다. 그 경우 말고 소름이 끼칠 때라고는 재채기할 때와 토할 때뿐인데. 내 생각에 첼리나의 남자친구는 성격장애가 있는 것 같다. 으음, 나는 그 애를 모르긴 하지만 첼리나의 설명을 들으면 그런 결론이 난다. 나에게 남자친구가 있다면 우리 반 아이들에게 사진을 보여주지 않을 텐데. 불현듯 쉬메이예와 노란색 미끄럼 주의 표지판, 청록색 보석이 달린 벨리 체인이 눈앞에 떠오른다. 나는 휴대폰을 뒤져 그녀의 전화번호를 찾는다. 여기 있군. 쉬메이예, 청소요원.

문자를 입력한다. '벨리 체인은 잘 있어?'

3초 후에 답장이 온다. '이제 착용하지 않아.'

분명히 그 해충방제사가 사랑스러운 쉬메이예의 마음을 아프게 했군. 내가 열네 개나 되는 이별 시나리오를 속으로 지어내고 있는데, 문자가 오는 소리가 다시 들린다. '왜 그

런지 안 물어봐?'

내가 입력한다. '왜???????? ☺'

'13주야. ☺' 쉬메이예의 답장이 온다.

나는 에바가 비타민 C 폭탄이라고 말할 때처럼 눈을 크게 뜨고 손바닥으로 탁자를 내려친다. 엄마가 어리둥절해하며 나를 빤히 본다. 나는 쉬메이예와 청소요원과 해충방제사와 임신에 대해 뭔가를 더듬더듬 중얼거린다. 그런데 눈물이 쏟아진다. 할머니가 봤더라면 심장이 찢어지게 운다고 했겠지. 왜 눈물이 나는지 이유는 모른다.

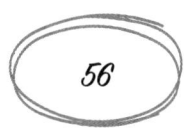

다음 날, 버스를 타러 가면서 나는 케빈에게 개를 한 마리 갖고 싶은지 묻는다.

"엄마는 전혀 아닐걸." 케빈이 대답한다.

"너는? 너는 갖고 싶어?"

"어쩌다가 그런 생각을 하게 됐어?"

"아, 그냥." 나는 이렇게 대답하고 쉬메이예의 임신 이야기를 시작한다. 자세히 설명할수록 이야기에 더욱 빠져드는 바람에 목발에 제대로 집중할 수가 없어 걸음을 멈추고 케빈을 빤히 쳐다본다. 케빈이 고개를 끄덕이고 아미를 가리킨다.

"관심 없어." 나는 쳇소리를 낸다. "쟤는 우리가 자기를 데리고 가는 걸 다행이라고 생각해야 해. 그리고 우리 여성들이 분명히 불리하다는 걸 받아 적는 편이 좋을 거야. 확실하게 해두려고 말하는데, 그게 사실이니까! 관계가 깨지면 귀여운 아이들은 우리 여성들에게 남아. 남자들은 피아노를 들고 세련된 원룸으로 들어가서 멋진 인생을 살아가고!"가늘어진 케빈의 눈이 불길을 일렁이며 나를 쏘아본다. 나도 적의에 차서 마주 쏘아본다. 아미는 당황하지 않고 우리 옆에서 종종걸음으로 걷는다.

"뭐 어쩌라고?" 케빈이 묻는다.

"여기에 대해 할 말 없어?"

"나랑 무슨 상관이람." 케빈이 어깨를 으쓱한다.

나는 이제 정말 제대로 화가 솟구친다. 머리가 금방이라도 폭발할 것 같다. 만화영화에서 눈에 스프링이 달려 머리에서 튀어나오는 것처럼. 케빈과 아미가 아무렇지도 않은 표정으로 계속 걸어가는 걸 지켜보면서, 나는 감정이 폭발했던 게 갑자기 창피해진다. 아스팔트를 노려보며 다른 생각을 하려고 애쓴다. 엄마와 위르겐과 함께했던 내 생일을 생각하고, '네 방이 좀 생기 있게 보이라고'라는 엄마의 말을 떠올리며 호흡에 집중한다. 몇 번 숨을 쉬고 나니 분노가 무너져 내리고 그 뒤에 숨은 감정이 느껴진다. 나는 슬픔을 삼키며, 지친 마음이 이런 느낌이겠다고 생각한다. 틀림없이 이렇겠지.

10미터 더 가서, 내가 쉬메이예의 임신 이야기를 꺼내지도 않았다는 듯이 케빈이 다른 말을 시작한다. "지난 40만 년 동안 대기 중 이산화탄소 농도는 300피피엠을 넘은 적이 없어." 그러고 나서 자갈을 걷어찬다. 나는 아무 대꾸도 하지 않는다. 왜 대답해야 하지? 케빈이 내 말을 무시했으니, 나도 얘 말을 무시해야겠어.

"나 때문에 짜증 나?" 케빈이 불쑥 묻는다.

"아니. 넌 내 친구잖아. 친구가 마음 쓰는 일에는 나도 마음이 쓰이지." 나는 은근히 비꼬는 어조로 대답한다.

"이제 우린 400피피엠이라는 이산화탄소 농도에 도달했어." 케빈이 이제 내가 말할 차례라는 듯이 나를 빤히 본다.

"안 좋은 일이야?" 내가 묻는다.

"바다는 이산화탄소를 많이 흡수할수록 더 산성화가 돼. 처음에는 산호에 치명적인 영향을 주고, 결국은 먹이사슬 전체에 돌이킬 수 없는 결과를 가져와."

"케빈, 모든 게 돌이킬 수 없는 결과를 가져와!"

"넌 내 말에 관심이 없구나." 케빈이 호통을 쳤다. "정치인들이 관심이 없듯이." 아미가 우리와 같이 있기 싫다는 듯이 2미터 떨어진 곳으로 간다. 케빈이 아미의 책가방 손잡이를 뒤로 잡아당긴다.

"그 사람들과 내가 한통속이라고 생각하지 마." 내가 말한다. 케빈이 자기가 나를 그들과 같다고 생각하는 이유는 우리 모두가 한통속이기 때문이라고, 사실 세상은 모두 한통속이고, 이 빌어먹을 지구상에서 한통속이 아닌 사람은 아무도 없기 때문이라고 설명하는 동안, 나는 발길을 돌리기로 마음먹는다.

"너, 뭐 해?" 케빈이 등 뒤에서 소리를 지른다.

나는 몸을 돌리지 않고 반대 방향으로 계속 걷는다. "린다, 무슨 짓이야?" 케빈의 목소리가 들려온다.

"그 빌어먹을 이산화탄소 농도 소리 좀 집어치우라고." 내가 중얼거린다. 통통한 남자아이가 등에 책가방을 멘 채 맞은편에서 달려온다. 신발 끈이 풀려 있고 뺨이 빨갛다. 나는 아이가 얼굴을 땅에 부딪쳐 턱뼈가 부서져서, 위 속에 관을 넣어 영양을 공급하는 모습을 상상한다.

"남자들이란." 내가 중얼거린다.

"린다, 돌아와!" 케빈이 고함을 지른다. '그러면 너야 좋겠지.' 나는 단호하게 발걸음을 옮긴다. 목발, 아픈 다리, 건강한 다리, 목발, 아픈 다리, 건강한 다리. 어디로 갈지는 금방 정해진다. 오래 생각할 것도 없다. 내 마음이 그 길을 알 듯이 내 발도 그 길을 알고 있다.

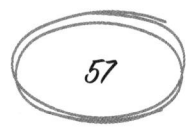

"다퉜어요." 현관문을 연 에바에게 내가 말한다.
"엄마랑?"
"아니, 케빈이랑." 내 말에 에바는 자기가 가장 잘하는 행동을 한다. 나를 품에 안은 것이다. 그녀의 품에 폭 안겨 있는 동안 나는 쉬메이예, 그리고 무단결석을 생각한다.

에바는 나방이 오후에 커피와 치즈케이크를 먹으러 올 거라고, 로잘리가 살아 있다면 오늘이 여든 살 생일이라서 식탁을 화려하게 꾸며뒀다고 말한다.
"아이고, 슬프네요." 내가 대답한다.
내가 로잘리를 알았던 것 같은 착각이 이따금 들 때가 있다. 아마 우리가 로잘리를 자주 기다렸기 때문에 그런 듯하다. 로잘리에 관해 아는 모든 것을 나는 퍼즐처럼 짜맞추었다. 로잘리는 남성복 재단사였다. 후베르트도 이건 아직 기억한다. 로잘리는 남편보다 머리 두 개만큼 작았고 체구가 가냘팠으며, 죽기 얼마 전까지 파마머리를 짙은 갈색으로 염색했다. 나이가 들면서 머리카락이 빠져 집을 나서기 전에 현관 옷걸이 거울 앞에 서서 손거울로 뒤통수를 보며, 남아 있는 머리카락을 빗어 넘겨 숱이 빠진 자리를 가리려고 했다. 후베르트와 로잘리가 함께 집을 나설 때면 늘 손을 잡고 다녔다. 로잘리는 1년 내내 베이지색 트렌치코트를 입고 다녔다. 코트 아랫단은 검정 하이힐의 10센티미터 위까지 내려왔다. 나방 말에 따르면 후베르트는 로잘리가 사망한 후에도 그 코트를 현관 옷걸이에 그대로 걸어두겠다고 고집했다고 한다. 지금도 코트는 그곳에 걸려 있다. 로잘리가 외출하려고 언제라도 코트로 손을 뻗을 것만 같다. 이따금 나는 코트 앞에 서서 코트를 매만지며, 이제는 그 옷을 입지 않는 사람에게 후베르트가 곧 당신에게 갈 거라고 말한다. 로잘리는 수십 년 동안 옷 치수가 같았고, 언제라도 새 코트를 만들 수 있었지만 늘 그것만 입었다. 실용적이라서 다른 건 원하지 않았다. 거기에 검정과 빨강, 베이지색으로 이루어진 가죽 가방을 들었다. 세월이 흐르면서 가죽이 바래고 손잡이가 닳아서 후베르트가 늘 새 가방을 사주려고 했지만, 실용적인 가방이라서 로잘리는 다른 가방을 원하지 않았다. 로잘리의 가방은 이제 나방의 침실에 있다. 나방은 그 가방을 차마 버릴 수 없어서 그 안에 바늘과 줄자, 밑실 실패와 천 집게, 옛날 잡지 《부르다》 두어 권을 보관하고 있다고 말했다.

어쩌면 후베르트의 인생에서 로잘리가 유일한 여성은 아니었을지도 모른다. 집을 뒤지는 건 아니지만, 나는 가끔 지루해서 여기저기 살펴볼 때가 있다. 지난봄에 옷장의 낡은 티셔츠 뒤편에서 빈 지갑을 발견했다. 이미 말했듯이 돈은 들어 있지 않았다. 로잘리의 빛바랜 사진 한 장뿐이었는데, 구깃구깃한 비닐에 끼워져 있었다. 로잘리의 사진 뒤에 다른 여성의 사진이 있었다. 사진의 오른쪽 모서리가 살짝 나와 있어서 우연히 발견하게 됐다. 지갑 하나에 두 여자라. 누구든 자기 마음대로 생각할 수 있겠지. 나방에게는 물어볼 수 없다. 나방의 상황은 지금도 많이 안 좋으니까. 후베르트는 말하자면 나의 피보호자이므로 나는 '어쩌면 애인'일지도 모르는 여자 사진을 감추었다.

그 여자는 안경을 쓰고, 연분홍 립스틱을 바르고, 진주 목걸이를 걸고, 하얀 블라우스를 입고 있다. 사진상으로 쉰다섯에서 예순 살 사이로 보인다. 도시 사람처럼 보인다. 우리가 사는 여기 사람들보다 더 도시적이다. 후베르트와 친척인 것처럼 보이지는 않는다. 지난봄에 사진을 보여줬을 때, 나는 그의 머릿속에서 검색 엔진이 풀가동되는 걸 느낄 수 있었다. 하지만 요즘 보여주면 아무 일도 일어나지 않는다. 나는 사진을 그의 손바닥에 올려놓고 내 손을 그 위에 덮으며 말한다. "여자가 사라졌어요." 그러고 나서 손을 들고 말한다. "다시 나타났네요."

에바는 빈 디저트 접시와 김이 오르는 코코아 한 잔을 내 앞에 내려놓고 사라졌다가 돌아와, 크리스마스 쿠키 캔을 코앞에 내민다.

"벌써 쿠키를 구웠네요." 나는 환호성을 지르며 계피와 바닐라 향기를 들이마신다. 초승달 모양의 바닐라 쿠키 하나를 들고는 "세 개가 더 낫겠어요"라고 말하며 또 손을 뻗는다.

에바가 웃음을 터뜨린다. "다섯 개가 더 나아"라며 럼볼 두 개를 얹어준다. 술이 들어간 럼볼을 내가 먹어도 되는지 묻지 않고, 왜 학교에 가지 않았는지도 묻지 않는다. 나는 의미 없는 질문을 하지 않는다는 사실만으로도 에바를 좋아한다.

후베르트는? 에바는 그가 너무 약해서 일어나지 못한다고, 요즘은 오전에 잘 때가 많다고 말한다. 그를 보고 싶다는 생각이 불현듯 들지만 그냥 쿠키 옆에 남기로 마음먹는다. 부엌 식탁에 앉아 창밖을 내다보고 코코아를 마시며 케빈의 무심함에서 조금씩 회복하고 있는데 에바가 말한다. "수요일에 간병 침대가 와." 나는 사레들려 기침을 한다. 간병 침대가 왜 필요한지 물으려다가 그 질문이 무의미하다는 걸 깨닫는다. 정신을 다른 데 쏟으려고 좋아하는 일들을 생각한다. 나는 지금 일어나는 단순한 일들을 좋아한다. 깊이 생각할 필요가 없어 이해하기 쉬운 영화와 책, 밖에 나가야 한다는 부담감을 없애주는 나쁜 날씨, 맛있지만 건강에는 안 좋은 음식, 새끼고양이일 때부터 알고 있는 카밀라. 어떤 존재를 평생 안다는 건 멋진 일이다. 더는 떠오르는 게 없자 부메랑처럼 간병 침대 생각이 돌아온다.

"안 먹으면 손해예요." 나는 후베르트 대신 이렇게 말하며 럼볼을 집어든다. 그리고 하나는 왼쪽 볼주머니에, 하나는 오른쪽 볼주머니에 넣는다.

"그 사람에게도 쿠키를 줄 거예요?" 내가 묻자 에바가 되묻는다.

"누구?"

"누구긴, 이비인후과 의사 말이에요."

에바는 목청껏 크게 웃고, 그를 위해 열다섯 가지 쿠키를 구웠다고 대답한다.

"열다섯 가지라니! 제정신이에요!?"

"건조실에 있는 건조대 빨래에 얼른 다녀와도 돼?" 에바가 묻는다.

나는 빨래 건조대라고 말을 고쳐주지 않는다. 독일어는 자크마이스터 박사가 에바에게 가르쳐줘야지. 어쨌든 그 사람은 공부를 했고, 열다섯 가지 쿠키를 받으면 소소한 독일어 강좌도 포함되어야 하니까.

"다녀오세요." 내가 대답한다.

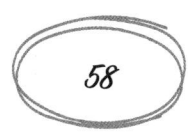

그가 누워 있다. 커다란 베개 두 개와 양 모피에 머리를 댄 채. 팔꿈치 안쪽에는 에바의 온라인 쇼핑몰 최신 상품인 하트 모양 라벤더 향주머니가 놓여 있다. 협탁 위에는 레이스 깔개를 깐 로잘리의 사진 액자와 에바의 암염 램프, 묵주와 에센스 오일 세 병, 너무 작아서 킨더 조이에서 나온 장난감 같은 마리아 성모상이 있다. 향기가 무척 좋다. 병의 상표를 보니 타임과 라벤더, 오렌지다.

나는 창가로 다시 가서 커튼을 걷고 하늘을 쳐다본다. 눈이 한 송이, 한 송이 떨어진다. 크리스마스까지는 이제 겨우 아흐레 남았다. 에바의 시디플레이어에서 리차드 클레이더만의 연주가 흘러나온다. 에바는 사랑에 빠진 뒤로 계속 클레이더만의 연주를 듣는다. 나는 눈을 감고, 그란 카나리아의 별 네 개짜리 호텔 접수대에 기대어 있는 내 모습을 상상해본다. 옆에는 제바스티안이, 내 손바닥 아래에는 차가운 대리석이, 주위에는 종려나무들이 거대한 테라코타

화분에 심어져 있다. 뭔가 바닥으로 떨어진다. 나는 그것을 잡으려고 손을 뻗는다. 제바스티안이 나를 도와주려고 몸을 숙이고, 우리 둘이 같은 위치에 있을 때 후베르트가 한숨을 내쉰다. 제바스티안과 접수대가 펑, 하고 사라진다.

나는 침대로 돌아가 검지로 후베르트의 코끝을 톡톡 두드린다.

"할아버지 코가 아주 차가워요. 불을 좀 붙일까요?" 나는 후베르트를 더 자세히 보고 싶은 마음을 누르고, 이 모든 상황이 전혀 마음에 들지 않는다고 그에게 말한다.

지난 몇 주는 계속 기복이 심했다. 후베르트는 어떤 날에는 쉴 새 없이 집 안을 돌아다녔고, 그다음 날에는 세 걸음만 걷고도 아주 지쳐 보였다. 어떤 날에는 문제없이 이야기하고, 먹고, 동생들을 찾으러 다녔다. 이틀 후에는 그저 숨만 쉬고 맥박만 뛸 뿐이었다.

"할아버지. 이러면 너무 힘들어요. 하나로 좀 정하세요." 내가 그에게 말한다.

이제 그는 누군가를 다시 찾으러 다닐 것처럼 보이지 않는다. 그는 작아지고, 더 작아졌다. 나는 그가 더 작아지리라고는 예상하지 못했다.

"할아버지, 내 말 들려요?" 내가 물으며 그의 손목을 짚는다. 맥박이 빠르다. 오르락내리락하는 그의 흉곽에 내 손바닥을 부드럽게 올린다. "뭐, 그래도 좀 좋은 것도 있네요." 그러고 신발장으로 가서 작업화를 가지고 와 그의 발에 신겨주고 속삭인다. "또각, 또각." 그가 그르렁그르렁 소리를 내며 숨을 쉰다.

"할아버지?" 손전등이 옆에 없지만, 나는 영화에서 본 것처럼 그의 눈꺼풀을 올린다. 왜 그렇게 하는지, 그의 동공이 어떤 반응을 보여야 하는지 모르지만 그건 중요한 문제가 아니다. 아무것도 하지 않는 것보다 뭔가를 하는 편이 나을 때도 있다. 그가 그르렁거리는 소리를 내는 게 듣기 힘들어서 내가 묻는다. "어때요? 하늘이 어떤지 알려드릴까요? 잘 들어보세요! 하늘에 구름이 잔뜩 끼고, 안개가 짙고, 삭막해요. 할아버지가 못 봐서 억울할 만한 건 아무것도, 정말 단 하나도 없어요." 이런 일기예보가 그의 기분을 나아지게 해주진 못할 것 같아서 나는 말을 잇는다. "할아버지, 상상 여행 떠나실래요? 난 그 분야의 전문가랍니다. 우리 체육 선생님은 수업이 끝날 때마다 우리랑 상상 여행을 해요. 자, 할아버지는 이미 누워서 눈을 감고 있네요. 아주 좋아요! 이제 시작할게요! 상상해보세요. 지금은 여름이고, 하늘이 새파랗고, 부드러운 바람이 살랑살랑 불어오고, 호수 수면은 수천 개의 별을 흩뿌린 것처럼 반짝이고, 공기가 온화해요." 나는 그의 발에서 작업화를 벗겨서 신고, 제자리에서 걷는다. 또각, 또각, 또각. "할아버지는 스포츠 풀장 주위를 한 바퀴 돌고 있어요." 설명을 이어간다.

"단골 방문객들이 할아버지에게 친근하게 인사하고 손을 흔들어요. 저기! 저기 그 여자가 있네요! 할아버지 지갑 사진 속 여자 말이에요. 그 사람이 수영하는 중이에요. 올림머리를 하고 연분홍 립스틱을 발랐고, 미소를 짓고 있어요. 할아버지를 봐서 무척 반가워해요. 저 사람이 할아버지를 사랑하는 걸까요? 할아버지를 어떤 눈으로 쳐다보는지 좀 보세요. 할아버지, 저 사람이 할아버지를 정말로 사랑하는 것 같아요."

나는 손바닥을 후베르트의 견갑골 아래에 넣고, 다른 손으로 조심스럽게 그의 팔을 당긴다. 에바가 그렇게 하는 걸 봤다.

"이게 더 편하신가요?" 나는 후베르트가 미소를 지으며 고개를 끄덕인다고 상상한다.

"아름다운 추억이지요. 안 그런가요?" 그러고 침대 가장자리에 앉는다.

"내가 무슨 생각을 하는지 아세요?" 그의 얼굴을 살핀다. 그는 긴장이 완전히 풀린 표정이다. 모든 게 최상인 것 같다. "우리 모두는 우리가 온 곳으로 돌아갈 것 같아요. 거기는 이곳보다 훨씬, 훨씬 더 좋을 거예요." 혹시 에바가 돌아왔는지 귀를 기울여보지만 들리는 거라고는 후베르트의 숨소리뿐이다. "죽음에서 가장 좋은 점이 뭔지 아세요? 아무도 미래로 할아버지를 협박하지 못한다는 거예요. 미래로 나를 협박할 때면 엄마는 내가 미래를 잘못 설계한다거나 망친다거나 뭐 그런 종류의 이야기를 해요. 그런 상황에서 내가 뭐라고 하는지 아세요? 몸을 뒤로 기대고는, 강아지들이나 손뼉치기 노래 가사를 생각해요. 아, 죄송해요. 말이 다른 데로 샜네요."

에바가 고개를 들이밀고 말한다. "얼른 우체국?"

"네, 그러세요. 여긴 모든 게 정상이니까요. 할아버지, 그렇죠?"

에바는 뭔가 변화가 생기면 자기에게 전화하라고 한다.

"좋은 쪽으로요?" 내가 묻는다. 그리고 암염 램프를 껐다가 켜고, 껐다가 다시 켠다. "할아버지, 또 누가 사랑에 빠졌는지 아세요? 우리 에바예요! 자크마이스터 박사를 사랑하게 됐어요. 그 남자 아시죠? 할아버지에게 보청기를 처방한 의사 말이에요. 에바는 지금 일곱 번째 천국에 있는 것처럼 기뻐서 어쩔 줄 몰라 해요. 일곱 번째 천국이라는 이 말이 어디서 나왔는지 아세요? 고대 사람들은 하늘이 일곱 층으로 구성되어 있다고 상상했대요." 나는 그의 손을 잡는다. 그의 손도, 내 손도 차갑다. 나는 창밖을 내다보며, 우리가 여기서 죽어가도 바깥세상은 계속 잘 돌아갈 거라고 생각한다.

"쉬메이예가 가족과 함께 아다나의 삼촌에게로 이사 간다는 말을 내가 했던가요? 사실 안타까워요. 쉬메이예는 내 친구가 될 수도 있었을 텐데. 아다나는 인구가 200만 명인 도시예요. 우리가 살기에는 너무 크지 않아요? 어떻게 생각하세요?"

에바가 돌아왔을 때, 나는 대답할 수 있는 사람과 이제 드디어 말을 해야 한다는 걸 느낀다. 후베르트에게는 해결해야 할 일이 있다고 말하고, 뭔가 핑계를 대어 에바를 부엌으로 유인한다. 에바의 뺨이 새빨갛다.
"뛰어왔어요?" 내가 묻자 에바가 고개를 끄덕인다.
"왜요? 할아버지가 돌아가시나요?"
에바는 자기 블라우스를 잡아당기기만 할 뿐 대답이 없다.
나는 아무도 그 이야기를 나에게 하지 않으니 에바가 해줘야 한다고 말한다.
에바는 행주를 적셔서 짜고, 그걸로 이마와 뺨을 톡톡 두드려 닦는다.
"저 상태로 얼마나 지속돼요? 언제 돌아가시죠?"
"곧." 에바가 대답한다.
"그걸 어떻게 알아요?" 내가 물으며 에바의 눈을 똑바로 바라본다.
"경험." 에바가 내 눈길을 피하지 않고 대답한다.
나는 싱크대에 기대, 고집스러운 목소리로 묻는다. "그럼 나는요? 나는 언제 죽죠?"
에바가 깜짝 놀라서 나를 보더니 내 얼굴이 마치 게시판에 붙은 단어라도 된다는 듯이 자세히 살피고는 나를 창가로 잡아끌고 가 내 왼손을 잡고 손바닥을 들여다보려고 한다. 나는 얼른 손을 뒤로 뺀다. "에바, 그러지 마세요. 됐어요."

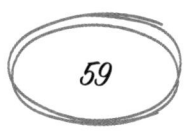

59

정말이네! 거실 한복판에 간병 침대가 있다. 간병 침대는 마치 '여러분, 이제 종착역이야!'라고 말하는 듯하다. 후베르트는 틀림없이 부부 침대에서 죽고 싶을 텐데. 그는 온갖 정교한 장치가 갖춰진, 바퀴 달린 대형 간병 전동 침대에 어울리지 않는다. 어쩌다가 우연히 침대에 들어가게 된 것처럼 보인다. "멋지네요." 나는 이렇게 말하지만, 왜 이런 야단법석을 피우는지 의아하다. 물론 간병 침대가 에바의 일을 편하게 해주리라는 건 안다. 하지만 솔직히 말해서 에바는 간병 전문가인 데다가 후베르트는 40킬로그램이 될까 말까 하고, 또 언제까지 이런 상태가 지속될지 누가 알까.

며칠 전부터 에바는 그의 의식이 흐리다고 주장한다. 나는 후베르트가 잔다고 생각하기로 마음먹었다. 그가 잔다고 상상하는 편이 더 마음에 든다.

"열어도 될까요?" 나는 창가로 가서 유리창을 연다. "나쁜 마음으로 하는 말은 아니지만, 여기서는 숨을 쉴 수 없네요."

두려움에 땅속으로 꺼져버릴까 봐 나방이 간병 침대를 꽉 움켜쥔다.

"맑은 공기는 건강에 좋아요." 나는 이렇게 말하고 후베르트의 이불을 가볍게 두드린다.

딸은 보기에도 신경이 곤두서 있는 상태다. "창문을 닫아 줘." 그녀가 말하고 걱정이 가득한 얼굴로 후베르트를 내려다본다.

나는 바깥세상에 대고, 우리는 아무것도 필요한 게 없다고 말하며 유리창을 닫는다. "침대를 창가로 더 가까이 옮겨야 해요!" 내가 말한다.

"왜?" 나방이 묻는다. 나는 그 질문에 다시 한번 놀란다.

"창에 가까우면 할아버지가 공기와 햇살을 누리니까요." 내가 설명한다. 우리는 브레이크를 풀고 침대를 창 쪽으로 25센티미터 더 밀어놓는다. 이제 햇살이 후베르트의 심박 조정기를 비춘다.

"보세요, 훨씬 좋잖아요." 내가 말한다. 나는 간병 침대가 어떻게 놓이든 그게 방 전체 분위기를 좌우한다는 사실을 이제야 깨닫는다. 좋은 징조가 아니다.

거실 탁자와 의자 세 개와 후베르트의 쿠션 안락의자가 보이지 않는다. 틀림없이 처분했겠지. 아니면 어디로 갔단 말인가. 나는 오른손을 검치호에 대고 심호흡을 한다. 내가 얼마나 당황했는지 사람들이 알아볼까. 나는 후베르트의 흉곽과 바닥을 번갈아 바라본다.

"괜찮니?" 나방이 묻는다.

후베르트의 쿠션 안락의자를 처분한 사람에게는 대답해 줄 수 없다고 말하고 싶다. 내 방에 그 안락의자를 두었더라면 얼마나 좋았을까. 하지만 그 소망을 아는 사람은 없었다. 지금까지 나 스스로도 몰랐으니까. 나는 침대 프레임과 하부 구조, 전동 조작 장치를 자세히 살핀다. 후베르트는 이런 장비에 감탄했을 거다. 손발이 있네, 이렇게 말했을 것 같다. 침대 위쪽에서 대롱거리는 트라이앵글은 아마도 환자가 일어날 때 필요한 거겠지. 나는 후베르트가 몸을 일으키고 우리에게 미소를 지으며, 죽음은 그냥 쇼였다고 말하는 모습을 상상한다.

나방이 아버지의 뺨을 쓰다듬고, 에바가 침대 옆에 늘어놓은 것을 흘낏 보고서 중얼거린다. "린다, 고마워."

나는 고개를 끄덕이고 머리를 쑥 집어넣는다. 나방은 그녀와 에바가 다퉜다는 걸 내가 안다는 사실을 모른다. 하지만 에바는 나에게 전부 다 시시콜콜 털어놓았다. 나방이 어제 잠깐 들렀는데, 후베르트가 전혀 끼어들지 않았음에도 몇 분 지나지 않아 엄청난 야단법석이 벌어졌다. 에바가 고함을 질렀다. 나방도 고함을 질렀다. 에바는 더 크게 소리쳤다. 나방도 더 크게 소리쳤다. 나방이 울고, 에바도 실망과 고통에 흐느끼며 하마터면 여길 떠날 뻔했다. 작은 폴란드에 들어가 문을 잠근 다음, 부모님의 사진을 가슴에 품은 채 흐느끼고 한탄하다가 밤 늦게까지 알렉산드라와 통화했다. 자정이 지나자 완전히 지쳐서 침대에 쓰러졌다. 그렇지만 후베르트 때문에, 오로지 후베르트 때문에 여기 남기로 결정했다. 다른 이유? 그거야 마음대로 생각할 수 있다. 에바는 체스토호바에서 가져온 초에 불을 붙여 검은 마돈나 사진과 함께 후베르트의 침대 옆에 두었는데 나방은 촛불도, 마돈나 사진도 그곳에 두길 싫어했다. 또 에바는 팬플루트 연주 시디를 틀어뒀는데 나방은 그것도 원하지 않았다. 그녀는 아버지가 이미 사망한 것 같은 냄새가 난다며 촛불을 끄고 창문을 활짝 열었고, 검은 마돈나 사진을 서랍으로 집어 던졌고, 시디플레이어의 플러그를 뽑아버렸다.

에바가 그 이야기를 하는 동안 분노로 눈을 번뜩이고 턱을 마구 떨어서 나는 떨림을 멎게 하려고 그녀의 아래턱에 손을 대야 할 정도였다.

"며칠 남지 않았는데 그렇게 다투다니." 나는 엄마에게 말했다가 그게 실수라는 걸 바로 깨달았다.

엄마는 숨이 넘어갈 듯이 욕을 퍼부었다. "아버지 임종을 앞두고 싸움질이라니, 말도 안 돼! 인간이 정말로 모든 걸 잘못할 수 있을까? 그 여자는 할 수 있어. 정말로 할 수 있다고."

"임종이라는 말은 하지 마." 나는 이렇게 말하고, 천둥과 번개가 칠 때 카밀라가 그러듯이 자리를 피해 숨었다.

후베르트는 느긋해 보인다. 통증에 시달린다는 느낌을 주지 않는다. 에바 말로는 죽음이 가까워지면 몸에서 행복감을 높여주는 호르몬이 분비된다고 한다.

"흠, 적어도 그건 다행이네요." 그 말을 들으니 반갑다. 나는 모든 것이 계속 변하는 모습을 지켜본다. 그의 표정, 숨소리, 안색. "할아버지, 카멜레온이에요?" 그의 귀에 대고 속삭인다. 면도용 스킨 향기가 풍겨온다. "말끔하게 면도하셨네요. 놀라워요." 피펫을 들어 숨 쉴 때마다 한 방울씩, 차 일곱 방울을 그의 입에 떨어뜨린다. 우린 이제 숫자를 세지 않는다. 맥박도, 호흡도, 완두콩도, 단추도. 나는 그저 날만 센다. 후베르트가 여기 남아 있는 날만. 수학 선생님에게서 팀즈로 연락이 온다. '학습 목표 확인 바람.' 그레테, 썩 꺼지시지. 후베르트가 죽어가고 있단 말이야.

에바가 후베르트의 등에 쿠션을 받치고, 위쪽에 있는 다리를 다른 쿠션에 올려놓는다. 작은 쿠션을 무릎 사이에 끼워서 두 무릎이 닿지 않게 한다. 모든 것이 주름 하나 없이 말끔하다.

"이렇게 해야 해." 에바가 말한다. "안 그러면 눌린 자국이 생겨."

후베르트는 어디에 뭐가 놓이는지 에바가 결정하는 걸 원하지 않았을 것 같다. 나는 오래 보지 않고 몸을 돌린다. 에바에게도 그게 더 마음에 들겠지. 이제 결정하는 사람은 에바다. 그녀가 정하는 게 법이다. 에바는 행복해 보인다고는 말할 수 없지만 그 어느 때보다도 느긋해 보인다. 각각의 피부 부위마다 다른 연고를 사용한다.

어깨에 바르는 연고.

귀에 바르는 연고.

꼬리뼈에 바르는 연고.

에바는 사람이 오래 누워 있을수록 피부가 위험에 처한다고 설명한다. 그래서 그녀는 후베르트를 두 시간마다 다른 방향으로 돌린다. 언제 어떤 방향으로 누웠는지 종이에 기록한다. 자를 대고 깔끔하게 줄을 세 개 긋는다. 한 칸에는 날짜, 한 칸에는 시각, 한 칸에는 오른쪽, 똑바로, 왼쪽이라고 쓴다.

후베르트는 이런 일에 절대로 서명하지 않았을 거다. 보복할 수 있다면 장식 쿠션을 태워버렸을 텐데. 하지만 어차피 상관없는 일이다. 여기 이 상황도 언젠가 끝날 테니까. 그는 이미 나흘째 아무것도 먹지 않았고 뭔가 알아들을 수 있는 말도 하지 않았다. 에바가 몸을 돌릴 때면 가끔 한숨을 내쉬기는 한다. 그럴 때면 나는 바깥으로 나온다. 음수량 목록을 다시 활성화하자는 내 제안을 에바는 거절한다. "이제 소용없어. 후베르트는 이제 완전 간병이 필요한 상태야"라고 말한다.

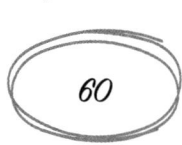

후베르트가 휘청거린 날, 그러니까 정말로 더는 서 있거나 걷지 못하게 된 날은 하필 수요일이었는데, 나는 그날 내내 『해리 포터』의 디멘터들을 떠올렸다. 디멘터는 가장 사악한 마법의 존재다. 희생자에게서 힘과 삶의 생기를 빼앗는다. "바로 그런 일이 후베르트에게 벌어진 거야." 다투고 나서 케빈이 완벽한 Sorry와 악수로 사과한 후에 내가 그에게 설명했다. 나는 케빈을 빤히 보며, 싸움은 정말이지 할 만한 게 못 된다고 생각했다.

"진짜 Sorry구나. 철자가 다섯 개야." 나는 케빈을 칭찬하고, 그의 머리카락을 흐트러뜨렸다.

후베르트의 상태가 점점 더 나빠지던 그 전 몇 주 동안, 나를 제외하고는 후베르트가 다시 옛날로 돌아갈 수 있다고 아무도 믿지 않았다. 나는 예전에 가능했던 일이 다시 가능해지기를 정말로 바랐다. 신문에 원을 그리거나 나쁜 날씨에 관해 대화하는 것 같은 소소한 일뿐 아니라 요란한 독살 시나리오나 호숫가로 소풍 가는 것과 같은 큰일까지도. 에바가 매일 후베르트를 위해 기도하니 기적을 기대해도 된다고 생각했다. 그게 기도가 지닌 의미 아닌가? 다른 사람들이 후베르트의 상황이 급속하게 악화된다고 주장할 때, 말하자면 나는 희망을 담당한 것이다.

"치매 환자의 상태가 좋아지는 경우는 없어." 에바는 놀랄 만큼 잘 구성된 문장으로 최악의 상황에 나를 대비시키려 했다. 후베르트의 상태가 정말 안 좋다는 사실을 나는 5주 전 수요일에야 깨달았다. 그때 내가 옆에 서 있었는데, 그가 그냥 쿵 넘어졌다. 마치 쓰러지는 나무 같았다. 그가 무너졌다. 몇 초 만에 모든 희망이 사라졌다. 그가 다시 한 번 옛날로 돌아가리라고 믿었던 내가 지금 와서는 순진하게 느껴진다. 우리 담임선생님은 순진함이 청소년의 권리라고 말했는데.

디멘터를 생각한 이유는 틀림없이 후베르트가 무너질 때 내 등줄기에 서늘한 전율이 일었기 때문일 거다. 게다가 그 장면을 보고 있자니 정말로 마법의 존재가 그의 육체에서 영혼을 빨아내는 것처럼 생각됐다. 우리는 뭘 했던가? 그저 그의 옆에 서 있었을 뿐 아무것도 할 수 없었다. 붕대도, 연고도, 아무것도 도움이 되지 못했을 테니까. 다 끝났다. 종말의 시작이었다. 이제 심각하지 않은 일은 없었다. 그때 이후로 후베르트의 시선은 텅 비어 있다. 남은 것이라고는 에바가 돌보는, 기능을 유지하고 있는 육체뿐이다. 후베르트는 집에 있지만, 이미 오래전에 디멘터들이 그의 영혼을 가지고 멀리 가버린 듯하다. 그래도 나는 매일 들러서 후베르트가 아직 거기 있는지 살핀다.

에바는 백리향 연고를 만들어 후베르트의 가슴과 등에 발랐다. 에바는 그의 몸을 돌릴 때 손가락 끝으로 그의 등을 두드린다.
"아래에서 위로, 뼈는 아니고." 에바가 말한다. 이렇게 하면 오래 누워 있느라 쌓인 점액이 풀린다고 한다.
"에바는 전문가예요." 내가 말한다. "할아버지는 훌륭한 손길의 보호를 받는 거죠." 자기를 주무르는 사람을 믿지 못한다면 끔찍할 거다. 에바의 말에 따르면 그는 이제 계속 누워만 있어서 폐에 바람이 잘 통하지 않는단다.
"숨쉬기는 중요해." 에바가 자기 가슴을 두드리며, 나더러 따라 하라고 한다.
"나는 그러기엔 아직 어려요." 나는 이렇게 대답하고는 족욕을 떠올린다. 에바는 10분마다 와서 손바닥을 그의 이마에 올려보고 고개를 끄덕인다.
"손발이 새것 같아." 에바가 짧게 깎은 후베르트의 손톱과 발톱을 가리킨다. 모든 게 쉽다. 소란스럽지 않다. 그는 너무 약하다.

"죽어가는 사람에게는 어떻게 해야 해요?" 나는 에바와 함께 부엌 식탁에 앉아서 묻는다.

에바는 한숨을 내쉬고, 홍차에 설탕 두 숟가락과 레몬즙을 넣고 젓는다. 죽어가는 사람을 많이 간병했으면서도 오랫동안 고민한다. 나는 차를 홀짝이며 저쪽에서 뭔가 소리가 들리는지 귀를 기울인다. 후베르트의 상태가 며칠 전부터 달라지지 않았지만 나는 아직 포기하지 않는다. 거실에 갔는데 그가 나에게 손짓을 하거나 미소 짓는 모습을 상상해본다. 또는 침대 가장자리에 걸터앉아 다리를 번갈아 흔들고 있다면 더욱 좋겠지. 에바는 그런 걸 이미 경험한 적이 있다고 말했다. 죽어가던 어떤 여성이 자기 힘으로 일어나 침대 끝에 걸터앉았다고, 죽기 하루 전날 그냥 저절로 그랬다고 한다.

"잘 대해줘야지." 내가 질문한 지 100년쯤 지났다고 느껴지는 순간에 에바가 대답한다.

그건 나도 안다. 내가 이해하지 못하는 것은 후베르트가 죽어가는 사람이라는 점이다. 정말 비현실적으로 느껴진다. "우린 비현실 속에 있네요. 게시판에 붙일 수 있게 이 단어를 써드릴까요?"

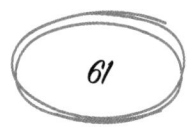

61

나는 가야 하는 날이 아닐 때도 올라간다. "그냥 몇 분 동안만." 엄마에게 이렇게 말하고서.

"또?" 엄마가 묻는다.

위에 도착하면 나는 힘을 주어 에바를 꼭 끌어안는다. 에바는 포옹을 좋아한다. 에바에게는 포옹이 필요하다. 그녀는 보통 케이크나 막 구운 꽈배기 빵으로 나를 부엌으로 유인한다.

"생크림 없은 코코아 있어요?" 내가 묻는다.

에바는 나방이 간병 침대를 맴돌고, 매일 똑같은 질문을 하고, 세탁하려고 가져간 커튼을 오늘 저녁에 가지고 온다고 말한다.

"무슨 말을 해야 할지." 내가 대답한다. 그러니 에바를 포옹하는 일이 더욱 중요하다. 우리는 필요한 것을 거의 얻지 못한다. 나는 왜 그래야 하는지, 누구나 자기에게 필요한 것을 그냥 말한다면 더 간단하지 않을지 생각한다.

죽어가는 사람과 하루를 보내는 일은 어려울 것 같다는

생각이 든다. 에바가 아는 지식과 연고 가방으로 할 수 있는 일이 많긴 하지만, 아무 일도 일어나지 않는데 어떻게 시간이 흘러가랴. 어쨌든 음식을 넣어주거나 화장실에 동행하는 것과 같은 일은 이제 없다. "하루 종일 뭐 하세요?" 내가 묻는다.

"후베르트를 위해 기도하기, 라디오 듣기, 독일어 잘하려고 티브이 보기." 에바가 하나씩 나열한다. "눈이 내리면 몇 분씩 관리인과 눈 치우기. 폴란드에서는……."

"알아요." 나는 그녀의 말을 가로챈다. "폴란드에서는 좋은 이웃이 중요하죠."

누워 있는 후베르트를 지켜보고 있자면 그의 성격에서 이제 아주 적은 것들만 발견된다. 헛기침과 잔기침 또는 이따금 보이는 무서운 표정뿐이다. 예전의 그를 알고 있어야 지금의 그를 알아볼 수 있다. 그리고 몽땅 잘못하지 않으려면 예전에 그가 뭘 좋아하고 뭘 싫어했는지 알아야 한다.

"누구나 존엄해." 에바가 말한다. 이런 면에서는 나방의 플랜 A가 완벽하게 옳다. 후베르트가 지금 요양 시설이나 병원에 입원해야 하고, 푈너와 같은 사람을 만나야 한다고 상상하면 끔찍하다. 매일 들러도 매번 다르게 느껴진다. 예전에는 일상적이었는데 지금은 무척 불안한 느낌이 들지만, 이런 말은 아무에게도 하지 않는다.

"리버가 올 때가 제일 좋아." 케빈이 후베르트 안부를 묻자 내가 말한다. 나방은 니나와 리버가 이틀에 한 번씩 오도록 계획을 짰다. 내 짐작이 옳았다. 에바는 니나가 부엌에 더는 발을 딛지 못하게 자기 뜻을 관철했다.
"지금까지 영웅은 나였어." 나는 케빈에게 설명을 이어 간다. "그런데 이제 난 리버의 보드라운 앞발을 따라갈 수가 없어. 너, 강아지 발 냄새를 맡아본 적이 있어? 캐러멜 냄새가 나!"
이제 영웅은 리버다. 리버는 후베르트 침대에 누워 나방을 위로한다. 그러니 리버가 제때 이곳에 나타났다고 말할 수 있다.

후베르트의 죽음을 어떻게 알게 될까라는 상상조차 벌써 스트레스가 된다. 나는 속으로 비상 상황을 다음과 같이 연습한다.
현관문을 열어보고서 나는 후베르트가 죽었다는 걸 느낀다.
나방이 전화를 걸어, 후베르트의 죽음을 장황하게 설명한다.
에바가 전화를 걸어, 아무 말도 못 하고 흐느끼기만 해서 나는 그가 죽었음을 알게 된다.
"때가 되면 나에게 집으로 가라고 말해줘요." 내가 에바에게 말한다.
"할아버지와 아직 몇 년은 더 잘 지낼 수 있었는데." 나는 후베르트에게 말하며 그의 어깨를 살살 흔든다. 그러면 그를 깨울 수 있다는 듯이. 그리고 팔꿈치를 매트리스에 대고 양손으로 얼굴을 괸 채 그에게 가까이 다가간다. 그의 움직임을 모두 살피면서 손목에서 머리끈을 풀어, 내 머리카락이 그를 간질이지 못하게 하나로 묶는다. 검지로 그의 코끝을 살짝 찌른다. 반응이 없다. 후베르트가 죽어가는 사람이고 지금 이게 죽음이 다가오는 상황이라면, 나는 지금껏 이렇게 죽음에 가까이 있어본 적이 없다.

눈을 감고, 지금은 뭐가 다른지 느껴보려고 한다. 가까이 있는 후베르트의 몸이 느껴지고, 그의 숨소리가 들리고, 멀리서 구급차의 사이렌 소리가 희미하게 들리고, 안마당에서 쓰레기통 뚜껑이 닫히는 소리가 들려온다. 그의 상체를 카디건으로 덮는 게 더 나을지 잠깐 고민하지만, 에바의 마음에 상처를 주고 싶지 않다. 카디건을 떠올리다 보니 완전히 다 정리된 옆의 옷장이 생각난다. 나방이 그 옷들을 헌옷수거함에 넣는 편이 가장 좋을 것 같다. 그러면 그게 이미 죽은 사람의 옷이라는 사실을 아무도 모를 테니까. 낯선 사람이 후베르트의 카디건을, 낯선 사람이 로잘리의 트렌치코트를 입게 되겠지.

에바가 내 생각을 흩어놓는다. "가판대에 갔다 올게. 오케이?"

"아니, 기다리세요." 내가 말한다. "이 소리를 들어봐요!"

에바가 원망하는 눈길로 나를 빤히 본다.

"죄송해요. 그런데 폐에 물이 차오르는 소리처럼 들려서요."

"정상이야." 에바가 대답하고 자리를 뜬다.

우리 둘만 남게 되자 내가 말한다. "실례할게요." 그러고 후베르트의 머리와 몸에서 차가운 자리를 더듬어 찾는다. 그는 반응하지 않는다. 그의 감각은 깊은 꿈에 빠져 있다. 에바는 평소 성품대로 세심하게 양모 양말 두 켤레를 겹쳐서 그에게 신겨놓았다. 그런데도 발이 차갑다. 너무 차서 그가 조금씩 죽어가는 느낌이다. 손가락과 코끝과 귓불…… 모든 곳이 싸늘하다.

"움직이지 않는 몸은 식어요." 내가 말한다. "그건 확실하죠. 할아버지, 하지만 할아버지는 그렇지 않아요!" 나는 다시 한번 그의 코끝을 만져본다. 변한 게 없다.

우리 둘만 있을 때면 나는 실험을 한다. 나는 그래도 된다. 그가 직접 허락했다. 우리가 두 번째인가 세 번째로 만났을 때 후베르트가 청소년은 실험을 해야 한다고, 그러지 않으면 인류는 발전하지 못한다고 주장했다. 사실 나는 그 후 몇 달 동안 실험만 했다. 온갖 어려움을 함께 겪으며 실험을 했다고 말할 수도 있을 것이다. 상황이 개선될 때까지 이렇게 또는 저렇게 계속 시도했다. 나는 에바가 굳은 목덜미 때문에 사용하는 적외선램프를 가져와서 차분한 후베르트에게 비춘다. 한 부위가 충분히 따뜻하게 느껴질 때까지 최대한 10분을 비춘다. 적외선을 비추기 위해 연장 케이블 세 개를 서로 연결한다. 이렇게 하면 범위가 넓어진다. 구글을 검색해보니 30센티미터 거리를 유지하라고 조언한다.

"온기에 기분이 좋아지죠." 나는 누군가 적외선램프를 엄마의 심장에 비춰주면 좋겠다고 생각한다. 그리고 후베르트가 다음에는 어느 곳에 적외선램프를 쬐기 원하는지 느껴보려고 한다. 그 전에 맞은편에 사는 사람들이 들여다보거나 경찰을 부르지 못하게 커튼을 닫는다.

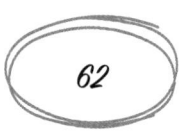

62

"할아버지, 내 목소리가 들리면 손을 꽉 잡아보세요." 아무 변화도 없다. 나는 현관 옷걸이로 가서 자동차 열쇠를 가져와 그의 손바닥에 놓고, 손가락을 굽혀 그가 열쇠를 쥔 것처럼 한다. 하지만 손가락이 펴지면서 열쇠가 떨어진다. 말을 하지 않으면 그가 무슨 생각을 하는지 우리가 어떻게 안담? 어쩌면 그는 프리츠 거리 또는 예금통장을 생각하거나 로잘리를 기다리고 있는지도 모른다. 그런데 우리는? 우리는 여기 늘어져 앉아 그의 몸을 돌보면서도 그의 내면에서 어떤 일이 벌어지는지 모른다. 나는 로잘리의 오드콜로뉴 병을 가져와서 그의 목덜미에 있는 베개에 한 번 뿌린다.

만지는 것도 쉽지 않다. 그는 움직임이나 말로 나를 밀어내지 못한다. 그러니 내가 만지는 걸 그가 괜찮다고 할지 내가 어떻게 알 수 있으랴? 그럼에도 나는 내가 대부분 올바르게 행동한다고 가정한다. 케빈이라면 "후베르트가 무슨 생각을 하는지 아는 사람이 있다면 그건 바로 너야"라고 말하겠지.

"우리 이렇게 하죠." 나는 그의 손을 잡고 말한다. "할아버지가 내 말을 들을 수 있다고 믿어요. 청각이 제일 오래 남는대요. 인터넷에서 보니 죽어가는 사람은 청각과 후각이 오히려 더 강해지더라고요."

나는 멈칫한다. 자신이 죽어가는 걸 그가 스스로 아는지 전혀 모르기 때문이다. 우리 윤리 선생님이라면 이걸 사례 연구로 삼겠지. 우리 반 전체가 나처럼 실패할 거다. 나는 불안해져서 한 단어 한 단어 천천히 소곤거린다. "에바─말로─할아버지의─삶이─끝난대요─맞나요?" 나는 후베르트가 나에게 윙크한다고 상상한다. 지금 우리가 윤리 수업 중인 것도 아니고 여기도 학교가 아니지만 할머니라면 인생 학교라고 표현할 테니, 나는 그냥 말을 계속한다. "할아버지, 보세요. 장점이 분명하게 드러나잖아요. 활성화는 끝났어요. 이제 아무도 할아버지에게 체리 색깔이 뭔지, 어떤 새끼 동물이 어떤 어미랑 맞는 짝인지 묻지 않을 거예요. 이제 드디어 할아버지를 그냥 내버려두겠죠."

예전에 나는 후베르트를 보면 그의 기분이 어떤지 알 수 있었다. 어깨가 축 처지거나 양쪽 눈썹이 가까이 모여 있을 때면 그는 접촉을 싫어하고 말을 최소한으로만 했다. 그럴 때는 피하는 게 상책이었다. 지금은 그를 봐도 아무 단서도 없다. 그는 바보 같은 침대에 에바가 눕혀준 대로 가만히 있다. 눈을 감고 있거나 허공 어딘가를 보고 있다. 그의 얼굴 앞에서 알짱대며 춤을 춰도 나를 보지 않는다. 허공 어딘가에 시선이 그대로 멈춰 있다. "나도 거기 가고 싶어요." 내가 말한다.

나는 3분 간격으로 울음과 차분함 사이를 오간다. 한순간은 경주에서 이긴 것 같고, 바로 다음 순간에는 후베르트의 죽음이 패배처럼 느껴진다. 모든 걸 잃은 느낌이다. 정확하게 말하자면 내 감정이 어떤지 모르겠다. 내가 과도한 부담을 느끼는 건지 어떤지 알 수 없다. 그저 엄마가 나더러 과부하 상태라고 말해서 이런 생각을 하는 건지도 모른다. "나는 아직 아이야." 나는 검은 까마귀에게 말하고, 내 유머를 칭찬한다. "난 누군가와 말하고 싶어. 난 아무와도 말하고 싶지 않아. 나는 도움이 필요해. 케빈은 도움이 필요해. 엄마는 도움이 필요해. 나방은 도움이 필요해. 이 중에 네가 하나 골라봐."

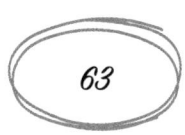

후베르트의 집에서 나가는 결정을 내리기는 매번 어렵다. 할 말을 모두 했는지, 아니면 아직 할 말이 남았는지 어떻게 알 수 있을까? 에바는 좀 더 쉽다. 그녀는 계획에 따라 후베르트를 간병하며 자기 일을 하면 모든 게 안전하다. 내가 여기 있는 게 중요한지 중요하지 않은지조차 모르고, 솔직하게 말해서 내가 여기 있는 게 맞는지 아니면 엄마 말대로 나방이 여기 앉아서 자기 아버지 임종을 지켜야 하는 게 맞는지도 모른다. 탁자를 내려치는 망치만 없을 뿐, 엄마는 미합중국 판사와 같은 말투로 그 말을 강조한다.

우리 집으로 내려가기 전에 나는 이곳을 한 바퀴 돌며 손을 씻고, 에바가 돌아왔는지 귀를 기울이고, 후베르트의 흉내를 낸다. 낯선 집에 들어온 이방인처럼 가구와 사진과 방들을 마치 처음 본다는 듯이 자세히 살펴본다. 가구 표면을 더듬으며, 후베르트와 연결되어 있다고 느낀다. 그가 이제 더는 일어날 힘이 없으므로 나는 이 모든 것을 그를 대신해서 한다.

부엌 식탁에 놓인 편지 두어 통을 보니 어떤 아이디어가 떠오른다. 나는 아무 편지나 한 통 집어들고 후베르트의 침대 옆에 앉는다. "오늘 아침 일찍 브레겐츠 시에서 할아버지에게 편지가 왔어요. 시장의 서명이 들어 있고요." 내 손을 그의 손에 얹는데, 그 순간 후베르트가 호숫가에서 내 손을 잡았던 기억이 떠올라 마음이 아프다. 잠시 눈을 감는다. 강가와 버드나무가 보이고, 갈매기 소리가 들리고, 말로 표현할 수 없을 만큼 심한 고통이 느껴진다. 눈을 크게 뜨고 스웨터로 눈물을 닦고는 몸을 똑바로 일으킨다.

"뭐라고 쓰여 있는지 크게 읽어볼까요?" 나는 그의 아래팔을 쓰다듬는다. "목소리가 잠겼어요. 죄송해요. 자, 잘 들어보세요. 여기 이렇게 쓰여 있어요. 친애하는 라이힐 씨, 브레겐츠 공공 서비스 기업은 우리 수영 시설에서 오랜 기간 근무한 귀하에게 감사드립니다. 우리는 귀하의 성실함과 동료애를 언제나 높이 평가했습니다. 40년이 넘는 귀하의 근무 기간에 익사한 어린이는 한 명도 없습니다. 이 점을 인정하여 강조하고 싶습니다. 존경을 담아, 시장 드림."

나는 그의 광대뼈에 손을 얹고, 그의 체중이 지금 얼마나 가벼울까 생각하다가 말한다. "보셨어요? 에바가 젖은 수건을 걸어뒀네요. 하양과 빨강이에요. 할아버지의 마지막 야영지는 아름다워 보여요. 폴란드와 오스트리아로군요. 두 나라 국기 색깔이에요."

주치의가 모든 약을 중단했다. 이제 에바는 후베르트에게 통증 패치를 붙이고 사흘에 한 번씩 교체한다. 패치에 날짜와 시간을 적고, 정확하게 72시간 후에 다른 패치로 바꾼다. 에바는 마약성 약품을 다룰 때는 신중해야 한다고 설명한다.

"어휘가 멋져요!" 나는 감탄한다. 패치 교체를 위해 설정한 벨소리는 심정지 때 심장 모니터에서 나는 삐이이 소리를 연상시킨다. "에바, 과장이 심하네요!" 내가 말한다. 후베르트가 아무것도 먹지 않는다는 사실이 무척 기이하다. 인터넷에는 '죽어가는 사람은 식음을 중지해서 에너지를 아낀다'라고 쓰여 있다. "정말 그런가요?" 나는 후베르트에게 묻는다. "할아버지는 자연이 모든 것을 스스로 결정한다고 생각하시죠. 그런가요?" 나는 곰곰이 생각한다. "어쩌면 할아버지가 옳을 거예요. 또 죽음은 힘들지 않아야 해요. 사는 게 이미 충분히 힘드니까요."

후베르트가 가만히 있으면 에바는 레몬수에 적신 커다란 면봉으로 그의 입안을 골고루 닦는다. 닦기를 잊어버리지 않으려고 휴대폰에 또 다른 알람을 두 시간마다 설정해둔다. 그의 입에 버터 조각도 넣어준다. 나는 그가 발라먹는 소시지나 양파 기름을 더 좋아할 거라고 생각한다. "이걸 다 누가 생각해낸 거죠?" 내가 묻는다.

오로지 이론상으로, 하지만 실제로도 후베르트를 혼자 둘 수 있을 것 같다. 그는 어디론가 가고 싶어한다는 느낌을 풍기지 않는다. 프리츠 거리나 자기 동생들을 잊었는지 궁금하다. 그는 에바가 위치를 바꿔줄 때만 동요한다. 다시 진정할 때까지 몇 분쯤 시간이 걸린다. 위급한 이 시간을 잘 넘기기 위해 나는 몇 가지를 생각해냈다. 그의 귀에 대고 오늘은 수요일이라고 속삭인다. 또는 오늘은 금요일이 아니라고 말하거나, 며칠 전부터 기다리던 말총 안감이 드디어 도착해서 로잘리가 옆방에서 알고이어 씨의 재킷 단을 수선하고 있다고 말한다. 또는 평소에 자주 그랬듯이 반딧불이 유머를 들려준다. 클라우스는 텐트를 치면서 계속 모기들과 싸운다. 어두워지자 반딧불이 몇 마리가 날아온다. "꺼져!" 클라우스가 고함을 지른다. "저놈들이 이제 손전등을 들고 우리를 찾아다니네." 후베르트는 8월 주말에 호숫가 수영장에 텐트를 쳐도 된다는 허락을 받은 보이스카우트 단원들에게 해마다 이 반딧불이 유머를 들려줬다. 몇 달 전에 집으로 병문안을 온 후베르트의 직장 동료 울리히에게서 이 말을 전해 들었다. 안타깝게도 후베르트는 울리히를 알아보지 못했다. 나는 후베르트에게 반딧불이 유머를 들려주면서, 눈을 감고 호숫가 수영장에 있는 보이스카우트 단원들을 상상한다. 부드럽게 부는 바람. 미지근한 여름밤. 침낭에 누워 있는 보이스카우트 단원들. 별이 빛나는 하늘에 뜬 초승달. 갈색으로 살갗이 그을린, 환하게 웃는 후베르트.

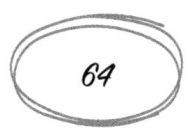

 부엌으로 가기 전에 에바는 우리에게 후베르트를 위해 노래를 부르자고 한다. "모두 함께." 그녀가 엄한 목소리로 말한다.
 에바는 엄마의 위팔을 잡고 다른 손님들 옆에 세운다. 에바가 가사를 알고 있다. 우리는 그냥 조금씩 흥얼거린다. 에바가 목동과 환희와 기쁨, 태어난 메시아에 관한 노래를 부르고, 마지막으로〈고요한 밤, 거룩한 밤〉을 노래하자 모두 따라 부른다. 에바는 자기 모국어로 기도를 하고 성체를 나눈다. 다들 손에 한 조각씩 성체를 받는다. 솔직하게 말하자면 에바가 우리에게 뭘 원하는지 아는 사람은 아무도 없지만, 그래도 신이 에바에게서 뭘 기대하는지 그녀가 안다면 만사 오케이이다. 내가 알아듣는 유일한 말, 그리고 에바가 여러 번 반복하는 말은 예수그리스도다. 이 모든 상황이 좀 과장되게 느껴져서 히죽 웃자, 엄마가 엄한 시선으로 노려본다.
 성체를 나눠준 후에 에바는 진지함을 모두 벗어버리고

환하게 웃으며 모두와 악수하고 새해 인사를 한다. 그녀가 모든 것을 총괄하니 무척 편하다.

맑은 국물에 파슬리와 딜, 두송 열매, 당근 조각과 파, 뿌리 셀러리, 생선 살이 떠다닌다. "대구야." 에바가 말하며 소스 팬 두 개를 전기레인지에서 내린다. "이건 널 위해 준비한 포르치니버섯 수프 주파 보로비코바, 그리고 이건 쌀을 넣은 토마토 수프 주파 포미도로바."

이 버섯은 에바가 반다와 알렉산드라와 함께 여름에 채집했다. 이틀 동안 비가 내린 후에 일기예보에서 다음 날 해가 난다고 하자, 에바는 나더러 일요일 아침에 해가 뜨기 전에 와달라고 무릎을 꿇다시피 하며 부탁했다.

"또 다른 부탁도 있어요?" 내가 물었다. 에바는 나방이 이 일을 몰라야 한다고 했다. 후베르트는 계속 자고 있을 터였다. 우리 엄마도 토요일 밤에 위르겐 집에서 묵을 예정이어서 알 길이 없었다. 엄마 생일이 다가오는데 나는 완전히 파산했으므로, 해 뜨기 전에 오는 조건으로 에바가 준 40유로를 받았다. 세 사람은 엄청난 양의 포르치니버섯을 씻고 말려서 병에 채웠다.

"이걸 누가 다 먹어요?" 내가 묻자 에바가 대답했다.

"비상시 대비."

"무슨 비상?" 나는 또 물었다.

다섯 명인데 식기는 여섯 벌. 에바가 여섯 번째 식기는 예상치 못한 손님을 위한 것이라고 이야기한다. 폴란드에서는 크리스마스이브에 혼자 있는 사람이 아무도 없기 때문이다.

"크리스마스는 사랑의 축제야." 에바가 말한다.

"엄청나게 훌륭한 문장 구조예요." 내가 칭찬한다.

에바가 턱을 치켜들고서 다시 입을 뗀다. "폴란드에서는……."

"손님을 후하게 대접하는 일이 중요하죠." 나는 에바의 말을 가로채고 사랑을 가득 담아 그녀의 볼을 꼬집는다.

이 자그마한 인형의 부엌에 손님이 이렇게 많이 오기는 이번이 처음이다. 내 오른쪽에 엄마가 앉았는데, 이건 기적과 마찬가지다. 에바가 어떻게 엄마와 나방을 한 식탁에 앉게 했는지 수수께끼다.

"우리 엄마를 돈으로 매수했나요?" 내가 에바에게 소곤소곤 묻는다.

내 왼쪽에는 나방이, 맞은편에는 나방의 아들이 앉아 있다. 후베르트의 손자가 크리스마스이브에 여기 나타나리라고는 아무도 예상하지 못했다. 애벌레가 왜 더는 오지 않는지 설명할 수 있냐고 그에게 묻고 싶다. 나는 사람들을 둘러보며 눈썹과 입술과 몸짓을 비교하고, 어떤 화젯거리가 입에 오르내릴지 생각하다 최악의 상황을 걱정하기도 한다.

에바는 생선 수프 다음에 버섯을 얹은 경단, 그리고 양파와 버섯을 섞은 양배추 샐러드를 내오고 멋진 크리스털 잔에 차례로 와인을 따라준다. 에바는 후베르트의 손자가 눈썹 피어싱을 돌리면서 샐러드를 쿡쿡 쑤시는 모습을 지켜본다.

에바의 관심을 재빨리 다른 데로 돌리려고 나는 손뼉을 치고서 역사 시험 이야기를 꺼낸다. "깔끔하게 '수'를 받았어요! 그리스 민주주의 탄생 초기 역사에 대해서였죠."

에바가 기뻐한다.

다들 음식을 많이, 아주 많이 먹는다. 예상보다 좋은 분위기가 펼쳐진다. 손자와 내가 거의 말을 하지 않는 반면, 에바와 나방과 엄마는 서로 내기하듯 말이 많다. 꽥꽥거리는 수다는 의심할 여지 없이 피노 블랑 와인 때문이다.

에바는 어린이 미사와 지난번에 필리프와 만났던 일, 온라인 사업 촉진을 위해 어떤 계획이 있는지 이야기한다. 엄마는 자기가 어릴 때 경험한 크리스마스와 할머니 이야기를 한다. 그러자 나방이 곧장 오래된 앨범을 거실에서 가져와 로잘리의 사진을 보여주고, 손자는 지루한 듯 휴대폰으로 포트나이트 게임을 한다. 그가 현명하지 않은 것 같다는 내 의심이 옳다는 확신이 든다. 다른 사람들의 이야기를 듣다가 나도 후베르트의 반딧불이 유머를 슬쩍 끼워 넣는다.

"아버지가 농담을 했다고?" 나방이 놀라서 묻는다.

엄마가 술에 취하지 않았다면 아버지에 대해 아무것도, 정말 아무것도 모른다며 나방을 비난했겠지. 와인이 크리스마스이브를 구해주는 힘이 얼마나 대단한지 놀라울 정도다. 애벌레 이야기가 나오자 손자는 나중에 애벌레가 완전히 유행이 지난 수영 보조 팔 밴드가 아닌 수영 보조 디스크를 쓰게 될 거라고 말한다. 나는 후베르트가 이 멍청한 소리를 들을 위험이라도 있다는 듯이 문을 흘낏 본다. 크리스마스에는 아무도 심하게 꾸짖어서는 안 된다는 목소리가 머릿속에서 들려서 나는 심호흡을 한다.

나방은 애벌레가 며칠 전에 자기 집에서 밤을 보냈는데, 아무 문제도 없었다고 말한다. 그녀가 '문제없이'라는 말을 강조하며 여러 번 반복하는 바람에 할머니의 친구와 브루크너 오르간이 떠오른다. 그러던 중에 리버가 화제에 오른다. 나방과 나는 개 비스킷 사건을 설명하고, 니나와 리버를 여전히 견디지 못하는 에바는 크라쿠프의 유대인 지구 카지미에시로 화제를 돌리려고 한다. 카지미에시에 아무도 관심을 보이지 않자 그녀는 설명을 하다 말고 뜨개질 재료와 화장품 가방을 가져온 다음, 피노 블랑을 한 잔 더 단숨에 마신다. 에바가 꽈배기 무늬를 설명하고, 나와 손자를 제외한 다른 사람들이 화장 팁을 얻은 후에야 나는 혹시 내 수학 점수에 관심이 있는 사람이 있냐고 묻는다. 순식간에 조용해진다. 손주도 고개를 든다. "관심이 있는 사람들에게 알려드려요. '양'을 받았어요. 양 마이너스가 아니라 양 플러스."

에바가 눈을 크게 뜨고 묵주를 가슴에 꼭 붙인다. 나방이 벌떡 일어나서 나에게 악수를 청하며 축하하고, 엄마는 술에 취한 목소리로 기적이 어쩌고저쩌고 웅얼거린다.

에바의 알람이 울리고, 그녀가 입 소독을 하러 간다고 하자 나도 따라나선다. 후베르트는 눈을 감고 편안하게 누워 있다. 크리스마스이브를 맞아 반짝반짝 단장해 마치 구유에 누운 아기 예수 같다. 고요하게 숨을 쉰다. 그르렁거리는 소리도, 끓는 소리도 다른 그 무엇도 없다.
"여기 무슨 일이에요? 크리스마스의 평화, 뭐 그런 거예요?" 내가 속삭이며 그의 이마를 부드럽게 쓰다듬고 메리 크리스마스를 빌어준다. 에바가 나가자 나는 2분 동안 후베르트와 둘만 남아 그의 목소리를 기억해내려고 애쓴다. 그가 이제 더는 말을 하지 않는다는 사실이 너무 슬퍼서 분명히 그에게 날개를 달아줄 통증 패치를 얼른 떠올리고 그의 귀에 속삭인다. "할아버지, 이제 출발하세요. 할아버지 앞에 긴 여정이 놓여 있어요."

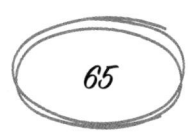

65

크리스마스이브 사흘 뒤에 에바는 후베르트가 호흡을 하면서 쉰다고 주장한다.

"휴식은 누구에게나 필요하죠." 내가 대답한다.

에바는 지나가면서 이따금 내 손이나 팔을 만지며 따뜻한 눈길을 보낸다. 에바, 그리고 사랑이 담긴 그녀의 눈. 아, 에바! "쉽지 않아." 에바가 말하고, 소매로 눈물을 닦는다. 나에게 지금 꼭 필요한 건 너무 적지도, 너무 많지도 않은 에바의 이런 스킨십이다. 에바는 확실히 전문가다. 우리는 그저 몇 마디만 주고받는다. 왠지 모르게 할 말을 이미 다 했다는 느낌이 든다.

나는 창가로 가서 바지 주머니에 양손을 넣고, 마음속으로 반쪽짜리 호두들로 원을 만든 다음 초승달 모양의 바닐라 쿠키로 그 안을 채운다. 에바는 후베르트가 이제 쿠키를 더는 먹을 수 없고, 올해의 마지막 날도 경험하지 못할 거라고 말한다. 나는 기분이 좋지 않다, 나는 기분이 좋다. 내 기분이 어떤지 나 스스로도 모른다는 게 가장 적합한 말이다."이제 끝났어요. 수영장 안전요원님." 이렇게 중얼거리고 창밖의 구슬픈 하늘을 쳐다본다. 여름을 또 한 번 같이 보낼 수 있다면 좋을 텐데. 후베르트가 이제 더는 몸을 추스를 수 없다는 게 훤히 보인다. 이번에는 못 일어난다.

"슈파어 슈퍼마켓 얼른 다녀와도 돼?" 에바가 묻는다.

"다녀오세요." 내가 대답하고, 후베르트에게 몸을 숙여 에바가 장을 보러 간다고 알려준다. 나방이 유방 방사선 촬영을 한다는 말은 하지 않는다. 후베르트는 이미 안 좋은 일을 많이 겪었으니까.

"불이 켜진 터널이 보이면 얼른 출발하세요." 금송화 향기를 풍기는 그의 귀에 대고 속삭인다. 이제 우리 둘뿐이니, 적외선이 그의 등을 따뜻하게 비추는 동안 수영 대회 상황 녹음을 틀어준다. "이제 결승선에 마르쿠스 지마. 새 수영 챔피언은 마르쿠스 지마입니다. 박수." 반응이 없다. 나는 녹음을 끈다.

"내가 할아버지를 위해 할 수 있는 일이 아무것도 없나요? 할아버지를 여기서 데리고 나가고 싶어요. 호숫가로 말이에요."

나는 오르락내리락하는 그의 흉곽을 지켜보며 그가 마지막으로 했던 말이 뭔지 기억하려고 애쓰다가, 아직 대답을 듣지 못한 질문이 많다는 사실을 불현듯 깨닫는다. "할아버지는 안전요원, 나는 질문요원." 그리고 이불을 쓰다듬어 반듯하게 편다. 주름 펴기는 전염되는 것 같다.

리버는 후베르트의 마지막 나날에 일어난 최고의 사건이다. 아주 간단하게 말해서 다른 건 모두 도움이 되지 않는다는 말이다. 열네 가지 종류의 연고나 5분도 차분하게 앉아 있지 못하는 딸이 무슨 소용이란 말인가. 그리고 내 이야기들은? 내 이야기가 그에게 가닿기나 하는지 의문이다. 그가 내 말을 듣는지, 그중 얼마나 이해하는지 나는 전혀 모른다.

리버는 완전히 다르다. "할아버지, 조커가 와요." 리버가 간병 침대에 다가오면 내가 알려준다. "박수, 박수." 리버에게 이렇게 말하고, 니나에게도 "반가워요"라고 인사한다.

니나는 리버를 조심스럽게 침대에 올리고 간식을 준다. 리버가 후베르트에게 가까이 다가간다. 니나가 후베르트의 손을 들어 리버에게 올린다. 리버는 니나가 고갯짓을 할 때까지 기다리다가 신호를 한 다음에야 머리를 앞발 사이에 묻는다. 몇 초 지나지 않아 방에 있는 모든 것이 긴장을 풀고 느긋해진다. 이 상황이 옳다고, 우리가 후베르트와 경험한 다른 모든 것보다 더 옳다고 느껴진다. 예전에 부엌에서 경험한 것, 내가 물이고 아베 마리아가 스펀지였던 그때와 약간 비슷하다. 아니, 그때보다 더 좋다. 게다가 훨씬 더 좋다.

리버가 오면 모든 것이 변하는 것 같다. 후베르트는 편하게 호흡하고, 경련이나 끓는 소리나 한숨이 덜해진다. 나방은? 그녀는 아버지 침대 옆에 앉아 있다. 30분씩 앉아 있을 때도 가끔 있다. 리버의 털을 쓰다듬으며 울고, 미소 짓고, 한숨을 내쉰다. 이제 더는 할 일이 없다는 사실을 깨달아서 그저 옆에 있는 것만으로 충분한 것 같다. 에바는? 에바는 인상을 찌푸리고 있다.

간헐적으로 숨이 멎는 무호흡 증상을 검색해봤다. 좋지 않은 신호다. 나는 후베르트에게 내가 그를 얼마나 좋아하는지 말해야 하나 이따금 고민한다. 남은 사람들이 이런저런 일을 하지 않았거나 말하지 않아서 후회한다는 말이 늘 들린다. 하지만 다른 한편으로, 내가 작별 인사를 하지 않는 한 그가 이곳에 몇 시간 더 머물 거라는 생각이 든다. 왜 그런지 설명할 수는 없다. 나는 그가 아직 이곳에 있는 매 순간에 감사한다.

"우리가 할아버지의 작업화를 얼마나 자주 찾았던가요? 할아버지는 프리츠 거리로 얼마나 자주 가려고 했던가요?" 나는 바깥을 가리킨다. 그리고 의자를 하나 들고 창가로 가서 앉는다. 머릿속에서 어떤 목소리가 저기 바깥에 프리츠 거리와 호숫가 수영장이, 후베르트의 과거가 있다고 말한다. 나는 모든 목소리에게 고마운 마음이 든다. 이런 일을 혼자 견디기는 어려울 테니까. "돌아가시자마자 엄마 이름이 틀림없이 다시 생각날 거예요. 확실해요." 나는 침대로 다시 돌아가 그의 손목을 짚어보지만 맥박이 느껴지지 않는다. 내 뺨을 조심스럽게 그의 뺨에 댄다. "아, 할아버지."

나는 한숨을 내쉰다. 베개들 사이로 그의 어깨가 뾰족한 산처럼 솟아 있다. "할아버지, 나도 데리고 갈 수 있어요?" 내가 속삭인다. '아이고, 린다.' 그의 목소리가 들리는 것 같다. 눈을 감으니 지금까지 알지 못했던 XXL 사이즈의 안도감이 느껴지고, 후베르트가 작업화를 신고 겨드랑이에 오리지널 베마 수영 보조 팔 밴드를 낀 채 떠나가는 모습이 보인다. "모자도 잊지 마세요!" 나는 그의 등에 대고 외친다.

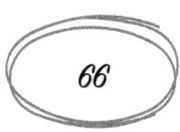

다음 날 우리 현관문 앞에 서 있는 니나와 리버를 본 순간 나는 바로 알아챈다. 무릎이 풀려서 쪼그리고 앉는다. 심장이 목으로 올라와서 뛴다. 목구멍이 바짝 말라 침을 삼킬 수 없다. 오른손으로 왼쪽 손목을 잡고 힘을 주어 꽉 누른다. 후베르트의 얼굴을 떠올리며 그의 양쪽 눈썹이 좁게 모아진 모습을 상상하고, 내 몸에서 지금 힘이 다 빠져 나가는 걸 느끼며 디멘터들을 생각한다. 얼마나 소름 끼치는 일인가.

"괜찮아요." 니나가 나를 만지기에 나는 그 손을 치운다. 리버가 내 허벅지에 자기 머리를 댄다. "아, 리버." 나는 한숨을 쉬며 손가락을 리버의 털에 파묻고, 심호흡을 하며 계단실을 쳐다본다. 소리 없이 층계 개수를 세어본다. 하나, 둘. 후베르트의 목소리가 들린다. 셋, 넷. 이제 더 세어볼 게 없구나. 리버의 털에서 손을 떼고 몸을 일으킨 다음, 니나와 잠깐 포옹한다. 이제 이 둘을 다시는 못 볼지도 모른다고 생각하는 동안 둘은 소리 없이 자리를 뜬다. 마치 하늘로 솟는 게 정말 선택지였다는 듯이.

후베르트는 잠을 자듯 누워 있다. 나는 후베르트가 '내가 어디 있는지 너희가 안다면'이라고 말하는 모습을 상상하고, 그 말에 따라 오른쪽 구석 위를 향해 손을 흔든다. 그가 거기서 이 상황을 지켜보고 있다는 듯이. 그런 일이 가능하다는 건 임사 체험에 관한 다큐멘터리를 봐서 안다. 그가 이제 더는 자기 몸에 있지 않다는 것도 느낄 수 있다. 그는 이제 육체가 필요하지 않다. 전혀 필요 없다. '낡은 뼈는 던져버려요.' 내가 생각한다. 심박 조정기도 할 일을 다 끝냈다. 나는 그의 손을 바라보지만, 잡을 엄두가 나지 않는다. "드디어 자유롭게 됐군요." 나는 이렇게 속삭이며, 후베르트가 파란 하늘을 따라 산책하며 작업화를 신고 느긋하게 별을 밟는 모습을 상상한다. 그 상상을 하자 미소가 지어지고, 그 미소는 눈물 한 방울을 자아낸다. 눈물이 떨어져 바닥에 부딪친다. 나는 케빈이 아드리안의 장비로 그 소리를 녹음하는 모습을 상상한다.

에바가 그의 턱을 묶어뒀다.
"그다지 보기 좋은 모습이 아니네요." 내가 말하자 에바가 설명한다.
"안 그러면 턱이 벌어져."
"에바가 그렇게 말한다면 맞겠죠." 나는 창가로 가서 지나가는 구름을 지켜보며 후베르트가 리버 덕분에 웃던 추억을 떠올린다. 내 기억에 개 비스킷 요리법은 무척 간단했던 것 같다. 예전에 후베르트의 딸과 우편함 옆에 서 있던 일도 생각난다. 나방의 아버지가 몇 주 만에 내 마음속에 아주 제대로 자리 잡을 거라고는 상상도 하지 못했다.

에바는 리버가 마지막까지 후베르트의 옆에 누워 있었다고, 후베르트는 무척 편안하게 잠들었다고 이야기한다.

"그럼 됐네요." 나는 에바의 이마에 진하게 입을 맞춘다. 에바가 내 손을 잡아 자기 품으로 당기고, 우리는 그렇게 서로를 안는다. 에바가 여기 있어서 얼마나 다행인가 생각하는 순간, 눈물이 내 뺨을 타고 흘러내린다. 머릿속에서 어떤 목소리가 이건 사흘 동안만 지속되는 우울감이 아니라고 말하자, 나와는 전혀 관계없는 소리가 내 안에서 흘러나온다. 나는 후베르트 대신 여기 서 있는 것처럼 흐느끼며 뒤죽박죽인 문장을 몇 개 말하면서도, 온갖 상황에도 불구하고 이게 좋은 종말처럼 느껴져서 미소를 짓는다.

후베르트는 이틀 동안 거실에 안치될 예정이다. 에바가 어떻게 이걸 관철했는지는 수수께끼다. 나방이 와 있는 시간이면 에바는 모든 것을 치운다. 그러고 나방이 떠나자마자 후베르트 주위에 꽃과 초와 성화를 다시 놓는다. 검은 마돈나 사진이 그의 가슴에 놓여 있다. 나는 두어 시간에 한 번씩 후베르트 집에 들른다.

"왜 그래?" 엄마 질문에 내가 대답한다.
"후베르트가 거기 있는 동안은."

사람들이 30분 후에 후베르트를 데리러 온다는 에바의 말을 듣고 나는 호숫가로 도망친다. 그가 집을 떠날 때 내가 그곳에 꼭 있을 필요는 없다. 호수는 잔잔하다. 나는 마음속으로 파란 하늘에 계속 성호를 긋는다. 어디선가 어린 아이가 고함을 지른다. 어디선가 개가 짖는다.

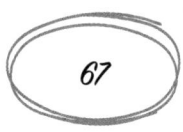

잠에서 깬 나는 금방 깨닫는다. 일요일이고 12월 31일이구나. 후베르트는 사흘 전에 죽었어. 비현실 세계로 온 걸 환영해. 나는 스스로에게 말한다. 라디오 알람 야광 숫자판에 09:10이라고 쓰여 있다. 오리들이 거실을 수영하던 꿈을 놓아주고 싶지 않아서 침대에 그대로 누운 채 다시 한번 눈을 감는다. 옆으로 몸을 돌리고, 협탁에서 『우리들의 발라카이』를 밀어낸다. 마치 책에 대한 발표가 시간표에 없는 것처럼. 배가 텅 비어서 아프다. 카밀라가 침대로 뛰어 올라온다. 나는 여전히 눈을 감고 있다. 점점 가까이 다가오며 더 커지는 카밀라의 골골송을 듣는 게 좋다. 이제 곧 내 뺨에 얼굴을 비비겠지. 하나, 둘, 셋. 지금이야.

벨소리에 소스라치게 놀란다. 휴대폰을 들어 액정을 본다. '자라 아줌마'라고 뜬다. 벨소리가 이어진다. 일요일 아침 이 시간에 무슨 일이지? 나는 유리창 너머로 반짝이는 하늘을 쳐다본다.

"자라 아줌마?"

"린다?" 아줌마 목소리가 들려서 내가 대답한다.

"네."

"미안하다." 아줌마가 말한다. 훌쩍이는 소리가 들리더니 숨을 짧게 끊어 들이쉬고 내쉬는 듯한 소리도 들린다. "지금 우시는 거예요?" 내가 묻는다.

"미안하다." 아줌마가 또 말한다. 아줌마를 어떻게 진정시켜야 할지 고민하는데, 아줌마가 다시 말한다. "린다, 얘야. 너무나 미안하다."

나는 하마터면 아줌마더러 지금 같은 말을 반복하고 있다고 말할 뻔했지만, 뭔가가 그러지 못하게 막는다.

그러다가 아줌마가 말한다. "케빈이 죽었어."

"아니, 아니에요." 내가 대답한다. "후베르트가 죽었죠."

"아니야, 얘야. 케빈! 케빈이 죽었어." 자라 아줌마가 반복해서 말한다.

나는 웃음을 터뜨릴까 잠시 고민하다가, 그런 농담은 아무도 하지 않는다는 걸 바로 깨닫는다. 허벅지를 꼬집고서 휴대폰을 멀리 떼어놓는다. 그렇게 하면 아줌마의 말이 사실이 아닌 게 된다는 듯이. "린다, 린다!" 아줌마 목소리가 들린다. 낯설고, 평소와 다르고, 절망한 목소리다. 지금 여기서 무슨 일이 벌어지고 있는지 서서히 깨닫자 나는 몸을 웅크린다. 숨고 싶고, 도망치고 싶다. 하지만 그 어느 것도 가능하지 않다고 느낀다. 꼼짝도 하지 않고 그대로 앉아서 평소보다 빠르게 숨을 쉬며, 휴대폰을 여전히 멀찍이 두고

서 무슨 일이 벌어질지 기다린다.

학교에 가면서 했던 다툼을 떠올리니 "린다, 돌아와!"라는 케빈의 목소리가 들려온다. '케빈, 돌아와'라고 생각하자 고통이 느껴지기 시작한다. 고통은 과거 어딘가에서, 내 유년기 어딘가에서, 내 외면의 어딘가에서 시작되어 명치 부근에서 끝난다. 누군가 온 힘을 다해 배를 때리는 것 같다. 나는 숨을 헉헉거린다. 몇 초 후에는 통증이 온몸에서 느껴진다.

원격조종되듯이 부엌 쪽으로 걸어간다. 위르겐과 엄마가 손을 맞잡고 식탁에 앉아 있다. 아주 좋아! 시간을 돌리는 거야. 모두 살아 있어. 다들 일하러 가고, 학교에 가고, 매주 서는 장에 가. 나는 엄마 옆에 앉을까, 아니면 위르겐 옆에 앉을까 고민한다. 내 안의 뭔가가 일요일과 12월 31일, 일요일과 12월 31일을 생각한다. 나는 말없이 위르겐 옆에 앉는다. 그러고 숨을 한 번 내쉰 후에, 베어지는 나무같이 후베르트가 쓰러지던 날처럼 나도 쓰러진다.

다음 날 저녁, 자라 아줌마가 우리 거실에 앉아 있다. 케빈이 켄첼레 절벽에서 뛰어내려 즉사했다고 한다. 그러고 가방에서 편지를 꺼내 나에게 내민다. 나는 망설이다가 편지를 받아 봉투를 읽는다. '유일한 내 친구 린다에게.'

그 후 몇 시간 동안 나는 편지를 손에 든 채, 이제 곧 잠에서 깨어날 거라고 생각한다. 울고, 또 운다. 울음이 다시는 그칠 것 같지 않다. 내가 왜 그를 위해 기도했어야 하는지 알 것 같고, 호숫가에서의 만남도 이제는 이해한다. 그에게 소중한 추억을 남기려고 궁리했던 모든 일이 이제는 나 자신을 위한 선물이 됐다. 내가 아니라 케빈이 떠났다. 조각들이 하나로 맞춰진다.

나는 편지를 입술에 대고 속삭인다. "같은 시간을 살아가는 우리는 서로에게 신비로운 의미를 지닌 존재다."

저기 있구나. 구름이 내 위에 있어.

1년 후

나는 케빈의 편지를 아직도 열지 않았다. 작별 편지들에 대해 오랫동안 고민했고, 이제 그 편지들이 아무에게도 도움이 되지 않는다는 사실을 안다. 그의 편지는 책상 서랍 제일 아래 칸, 할머니가 내 다섯 살 생일 선물로 준 농장 동물들 상자 아래에 있다. 케빈의 편지는 그곳에 잘 있다.

나는 후베르트처럼 한다. 모든 것을 한곳에 쓸어 담는다. 사람과 계절, 사건을 모두 한군데에 담고 뒤섞으면 다 괜찮아진다. 모두 살아 있고 아무도 죽지 않았다. 빠진 사람은 한 명도 없다. 현실이 너무 가까이 다가오게 내버려두면 안 된다.

왜 그런지는 잘 모르겠지만, 후베르트와 케빈이 떠난 시점부터 내 삶은 갑자기 의미가 생겼다. 그저 내가 아직 남아 있으니까. 많은 것이 무너질수록 모든 것을 지키고 싶다는 느낌이 들었다. 시간이 흐를수록 내가 죽지 않으려고 한다는 사실이 더 확실해졌다. 머릿속의 온갖 목소리 가운데 후베르트의 목소리가 가장 좋다. 나는 야외 수영장의 소음을, 이야기를 사랑한다. 매일 반쪽짜리 호두 다섯 개를 먹고, 기분이 내키면 사과를 창턱에 놓는다. 이제는 카밀라가 의젓하게 앉아 있는 후베르트의 쿠션 안락의자 옆 바닥에 앉아, 눈을 감고 하늘을 생각할 때가 많다.

올해 초에 후베르트의 손자가 집을 정리할 때 나방이 우리 집 초인종을 눌렀다. 애벌레가 자기 할머니 뒤로 몸을 숨겼다.
"네가 가질래?"
"뭘요?"
"아, 쿠션 안락의자."
"쿠션 안락의자를?" 나는 놀라서 물었다.
"지하실에 있어. 어떻게 할래?"
당연히 갖겠다고 했다. 그것보다 더 원하는 건 없었다.

나는 케빈이 뛰어내린 절벽에서 아래를 내려다보려고 일요일마다 켄첼레로 간다.
"너에게 화내는 거 아니야." 내가 속삭인다. 그곳에 서면 내 머릿속의 모든 목소리가 와자지껄 떠든다. 나는 그 목소리들을 무시하고 검치호에 손을 올린 다음, 눈을 감고 심장박동을 느끼며 우리가 그 일을 막을 수 있었을지 스스로에게 묻는다. 그리고 삶에서는 한 가지가 다른 것으로 이어지고, 모든 것이 서로 얽혀서 움직인다고 나 자신에게 대답한다. 우연이 계획을 좌절시키고, 계획이 우연을 방해한다. "자책은 도움이 안 돼요." 케빈의 방에서 버섯 피자를 나눠 먹으며 나는 자라 아줌마에게 말한다. 아줌마는 케빈의 방을 예전 모습 그대로 두었다. 데이터 센터만 위르겐이 전기제품 재활용 센터로 가지고 갔다.

내가 원래 계획에서 이탈한 이유는 여러 가지다. 엄마를 홀로 내버려둘 수 없다. 내가 사라지면 엄마에게 뭐가 좋은지 누가 말해줄까? 또 자라 아줌마는 나와 시간을 보내길 좋아하고, 1층 남자아이들에게도 내가 필요하다. 후베르트가 죽고 일주일이 지난 후에 아딜과 살림, 하무디와 에니스가 엄마와 함께 1층의 방 두 개짜리 작은 집으로 이사 왔다. 시리아 출신이다. 아버지는 그들의 눈앞에서 총에 맞아 사망했다. 나는 아이들에게 독일어를 가르친다. 새로 생긴 취미다.

"아이들이 엄청나게 똑똑하네요." 내가 파르한 부인에게 말한다. "틀림없이 의사나 변호사, 판사가 될 거예요." 아이들은 네 살, 여섯 살, 여덟 살, 열 살이다. 할머니라면 오르간 음관처럼 나란하다고 말했을 테지. 나는 그 집 맏이에게 둘밖에 없던 내 친구들이 죽었다고 말했다.

"그랬구나." 그 아이가 대답했다.

오늘 숲에서 에바를 만난다는 것은 기적과도 같다. 작년에 나는 에바를 다섯 번밖에 못 봤는데, 그중 두 번은 시장에서 우연히 만난 거니까 봤다고 할 수 없다. 에바는 A) 결혼 준비로 바빴고, B) 아버지가 결혼식 전에 돌아가셔서 엄마를 만나러 폴란드로 자주 가야 했으며, C) 나머지 반쪽과 떨어져 있기 싫어한다. 에바가 C는 인정하지 않지만 그게 사실이다. 이따금 나는 에바의 마음에 필리프가 제대로 자리를 잡기까지, 많은 망자가 그곳에서 나가야 했을 거라고 상상한다. 에바의 결혼식은 정말이지 준비한 보람이 있었다. 기가 막힌 파티였다. 하지만 아버지가 참석하지 못해서 에바는 결혼식 내내 눈물을 훔쳤다.

초록 방은 이제 하얗다. 에바를 보자 마음이 따뜻해진다. 드디어! 에바는 눈 부츠와 머플러, 귀마개를 제대로 갖춰 입은 모습이다. 나는 그녀에게 다가간다. 눈이 신발 밑에서 뽀드득 소리를 낸다.

에바가 내 어깨를 잡고 눈물을 흘린다.

나는 몸을 빼고 말한다. "에바, 봐요! 다 달려 있어요."

그녀가 외투 주머니에서 후베르트의 손수건을 꺼내 코를 푼다.

"손수건을 받았어요?" 내가 묻는다.

"응, 다 받았어. 그리고 행주랑 크리스털 잔, 핸드 믹서,

시트, 다리미판. 모두 다."

"에바가 받았다니 기뻐요. 그거 아세요? 난 쿠션 안락의자를 받았어요." 나는 자랑스럽게 말하고 그녀의 어깨에 팔을 올린다. "그렇게 오랫동안 엄마 옆에 있어야 했는데, 어떻게 견뎠나요?"

"폴란드에서는……." 에바가 운을 뗀다.

"부모님을 공경하지요." 내가 그 문장을 마친다. "이제 에바는 다시 온전해졌네요. 참 좋아요. 안 그래요?"

에바의 입꼬리가 양쪽 귀마개까지 벌어진다.

"키스 말고 또 뭘 하죠?"

에바는 뺨을 붉게 물들인다.

"나, 일하러 가."

"일을 한다고요?" 나는 놀라서 묻는다.

"응, 초록 방에서." 에바가 웃음을 터뜨린다.

"초록 방에서? 어떻게요?"

"숲속 놀이 그룹에서 월요일부터 금요일까지 오전 네 시간씩 매일 일해. 아이 일곱 명을 두 명이 돌봐. 여자아이 네 명, 남자아이 세 명이야."

"독일어를 완벽하게 하시네요." 내가 칭찬한다.

"아이들이랑 필리프에게서 배워."

"요즘은 뜨개질로 뭘 떠요?"

"우리 침실에서 쓸 침대보." 에바가 걸음을 멈추고 백팩을 열어 하늘색 타파웨어를 꺼낸다.

"뭐예요?" 나는 호기심을 보인다.

"린다, 사과 케이크야!"

"보여줘요, 보여줘요." 내가 재촉한다.

에바가 용기를 열고 코밑에 케이크를 들이민다. 내 눈이 감긴다. 케이크 향기가 내 머릿속에서, 그리고 에바가 내 마음속에서 춤을 춘다.

월요일 수요일 토요일

초판 1쇄 발행 2025년 8월 13일
초판 6쇄 발행 2025년 10월 2일

지은이 페트라 펠리니
옮긴이 전은경
책임편집 조혜영
콘텐츠 그룹 양예주 전연교 김신우 정다솔 문혜진 기소미
디자인 디자인 소요

펴낸이 전승환
펴낸곳 책읽어주는남자
신고번호 제2024-000099호
이메일 bookfarmers@thebookman.co.kr

ISBN 979-11-93937-82-2 (03850)

* 북파머스는 '책읽어주는남자'의 출판브랜드입니다.
* 이 책의 저작권은 저자에게 있습니다.
* 저작권법에 의해 보호를 받는 저작물이므로 저자와 출판사의 허락 없이 무단 전재와 복제를 금합니다.
* 이 책의 일부 또는 전부를 재사용하려면 반드시 저작권자와 출판사 양측의 동의를 받아야 합니다.
* 책값은 뒤표지에 있습니다.